헤르만 헤세

인
생
론

인생론

헤르만 헤세 지음 | 송동윤 옮김

스타북스

나는 진정 나의 내부에서
스스로 용솟음쳐 나오는 것만을 살려고 했을 뿐이다.
그런데 그것이 왜 그리도 어려웠던 것일까?

〈데미안〉

자기 자신의 생을 사는 것을 배우라.
자기 자신의 운명을 인식하는 것을 배우라.

〈자라투스트라의 재래〉

꿈꾸며 아파하는
삶을 위하여

헤르만 헤세의 작품은 대체로 고뇌하고 방황하며 아파하는 청춘에게 깊은 위안을 주는 것들이 많다. 그는 자신을 시인이자 괴로워하는 자, 탐색자, 고백자로 정의하며, 이러한 자기 인식을 통해 인생의 본질을 탐구해왔다. 그의 작품과 생애는 상처와 위기, 그리고 새로운 시작을 간직하면서도 놀랄 만큼 일관된 주제를 유지하고 있는데 정신에 의해 다스려지는 존재 형식의 가능성, 문화 위기 속에서 인간이 직면하는 도전과 실패, 사랑과 이별과 같은 우리가 살면서 눈앞에 늘 직면하는 현실의 문제를 깊이 있게 다루었다.

헤세에게 영혼이란 사랑이며 미래다. 영혼은 우리에게 위대한 모습을 이루도록 하는 원천으로, 사랑이란 모든 것을 자신의 중심으로 끌어들여 시간을 극복하고, 비평, 교양과 지성이 할 수 없는 일을 가능하게 만드는 힘이다. 그는 인간이 사랑을 통해 현실을 초월하고 영원한 신의 미소 속에서 웃음을 되찾는 순간을 행복으로 보았다. 이러한 철학은 그의 작품 속에서 일관되게 드러나며, 여전히 흔들리며 방황과 고뇌를 거듭하고 있는 청춘들을 어루만진다.

헤세의 사랑에 대한 관점은 예술을 통해 더욱 빛난다. 사랑이 예술 속에서 하나의 작품으로 완성될 때, 청춘은 그 빛을 더한다. 헤세의 문학은 여전히 흔들리는 청춘들에게 위로와 영감을 주며, 삶의 여정을 더욱 풍요롭게 만들어 준다. 그의 작품을 통해 독자들은 자신의 내면을 탐구하고, 진정한 자아와 조화를 이루며, 삶의 의미를 찾을 수 있다.

이 책이 방황하고 고뇌하며 아파하고 여전히 흔들리는 청춘들에게 작은 위로와 영감을 주기를 기원하며, 헤르만 헤세의 깊은 인생론을 소개한다.

마장호수에서
송동윤

Contents

Chapter 1

내 작은 인생론

Hermann Hesse

그러나 나는 오래지 않아 깨닫게 되었다. 시인은 되는 것이 아니라, 오직 존재할 뿐이라는 것을 체험하게 된 것이다. 시인은 언제 어디에서나 찬미와 찬탄을 받으며, 그러한 운명을 가진 다른 모든 존재처럼 비범한 운명을 짊어지고 살아가야 한다는 것을 나는 비로소 절감하게 된 것이다.

마침내 긴 방황과 고통 끝에 시인이 되겠다는 결심을 하고 그 길을 선택하고부터 다른 모든 것들이 모호해지면서 집에서나 학교에서 남들이 이해하기 힘든 사건들을 일으키게 되었다. 그리하여 마침내 나는 다른 도시의 라틴어 학교로, 또 그 이듬해에는 신학교로 옮기지 않으면 안 되었다.

그것은 억압받은 내 청춘의 갈등이 나에게 그곳을 마침내 떠나게 만들었다. 그런 뒤에도 학교에서의 공부는 주위 사람들의 열망과 나 자신의 온갖 노력에도 불구하고 결국은 참담한 실패로 끝나고 말았다. 그리하여 나는 여러 방면의 기술을 가진 전문가에게 도제(어려서부터 스승을 따라 기술을 배우는 제자)와 견습공으로 몇 년간을 전전하지 않으면 안 되었다.

학업에 실패하고 난 후, 나는 나 스스로 가고자 하는 선택의 길에서 잘해보기 위해 내 나름대로 수업을 시작했다. 조부 때부터 내려온 많은 장서 속에 묻혀서 독서와 습작에 전념할 수 있었던 것은 참으로 다행스럽고 행복한 순간순간의 시간이었다.

　스무 살에 이르기까지 나는 내 눈에 띈 모든 문학 서적들을 반 이상 읽었으며, 철학과 예술사와 언어학 등에도 끈질기게 집념을 보이면서 수많은 습작을 할 수 있었다. 그리고 마침내 자신의 힘으로 자신의 생활을 꾸려가기 위해 서점의 점원으로 취직을 했다. 책과 더불어 산다는 것은 다른 어느 것보다도 확실히 나에게 알맞은 직업이었다.

　나는 책 속에 묻혀서 처음에는 새로 나온 것들에만 집착하여 읽었는데, 점차 오래된 책과의 관계를 통해 보다 더 정신적인 위안을 받으며 지혜를 터득해 갈 수 있다는 사실을 알게 되었다.

　스물여섯 살 때 최초로 문학상이라는 것을 수상하면서 나는 그동안 호구지책으로써의 책과의 씨름을 그만두기로 하였다. 이제 나는 시인으로서 세상에 존재하게 되었고, 그와 동시에 삶과의 지루하고 쓰디쓴 생존의 싸움을 그만두게 되었다. 그리고 드디어 모든 고통의 기억들을 잠시 잊을 수가 있었다.

　이때까지 나에게 실망하고 있었던 가족과 친지들도 다시 미소를 지어 주었다. 비로소 나는 위안과 승리를 누리게 되었다. 이제는 어떠한 일을 하더라도 나 자신이 너그러운 심정이 되었고, 세상 사람들도 그것을 가치 있는 것으로 생각하게 되었다. 그동안 얼마나 무서운 고독과 금욕과 위험 속에서 살아온 것인가를 나는 절감하고 있었다. 이렇듯 안정과 찬사의 미풍이 불어오면서 차츰 나는 만족스러운 인간으로 변모되어 가고 있었다.

그 후 나는 여러 권의 책을 썼다. 그 덕택에 나는 아내와 아이들과 아름다운 정원이 있는 집을 가지게 되었다.

1905년, 나는 빌헬름 2세의 전제적 통치에 반대하는 한 잡지의 창간에 협조했다. 그리고 멀리 인도에 이르기까지 여행을 했다.

1914년 여름, 엄청난 시대가 닥쳐왔다. 그때까지의 평온한 생활이 불안한 기반 위에 서 있었다는 것을 나는 비로소 깨닫게 되었다. 또다시 긴 터널과도 같은 그 커다란 삶의 불행이 시작되었다.

전쟁을 겪으면서 그 엄청난 시대를 통하여 의기양양해하는 사람들 가운데서도 나는 유난히 참담한 절망에 젖어 있었다. 어느 날, 그 비참한 심경의 고백을 통하여 나는 수많은 사람들과 신문들로부터 조국의 배신자라는 낙인이

찍히기에 이르렀다. 그러나 그 많은 친구 중에서 나를 옹호
하고자 한 사람들은 단 두 명에 불과했다.

낯모르는 사람들로부터는 모욕적인 편지가 수도 없이
날아왔다. 나는 다시 모든 것들과 충돌하면서 외톨이가 되
었다. 바람직하고 이성적이고 좋은 일들과 현실 사이에는
암울한 심연이 가로놓여 있음을 다시금 깨닫게 된 것이다.

자기 성찰을 통하여 나는 자신의 고통과 책임이 나의 외
부에서가 아니라 나 자신의 내부에서 추구하도록 강요당
하고 있음을 알았다. 왜냐하면, 전 세계의 광기와 포악성을
비난할 권리는 인간에게도 신에게도 없으며, 하물며 나에
게는 더욱 없다는 것을 깨달았기 때문이다.

세상이 움직이는 정보나 동향에 대하여 감당할 수 없는
나 자신과의 충돌은 여러 가지의 혼란을 가져다주었던 것
같다. 실제로 그것은 크나큰 혼란이었다.

자신에게 존재하는 내면의 혼란을 파악하여 그 정리를
시도한다는 것은 결코 유쾌한 일이 아니다. 그리고 내가 현
실과 유지하고 있었던 평화를 나는 너무 값비싸게 치르고
말았다. 돌이켜보면 그것은 세계의 외면적인 평화와 마찬
가지로 너무나 터무니없는 장식품과 같은 것들이 아니었
던가 싶다.

나는 소년 시절의 오랜 고통스러운 싸움을 통하여 세상

역시 그 어떠한 고통을 당할 때에도 그것을 요구하고 절실하게 원했던 것이다. 세상을 살아가면서 정의라든가, 이성이라든가 하는 생활 속에서의 의미를 단념할 수 없는 것과 같은 이치였다. 이렇듯 이 세상은 그러한 추상적인 것이 없어도 존재할 수 있다는 것을 나는 깨닫고 있었다.

그런 어느 날 갑자기 나는 새로운 기쁨을 발견했다. 어느덧 나는 마흔 살이 되어 있었는데 그림을 그리기 시작한 것이다. 스스로 화가라고 생각하지도 않았고 화가가 되고 싶다고 생각하지도 않았다.

다만 그림을 그린다는 작업은 기막히게 아름다운 일이었다. 그것은 사람을 즐겁게 하고 참을성 있게 만들었다. 그림을 그리고 나면 글을 쓴 뒤처럼 손가락이 시꺼멓게 되지 않고 온통 붉어지는 것이었다.

그러한 나를 세상 사람들이 또다시 비난한 것은 당연했는지도 모른다. 그것은 나에게 현실 감각이 없다는 것이었다. 내가 짓는 시나, 내가 그리는 그림은 현실과 부합되지 않다는 것이다.

창작할 때 나는 흔히 교양 있는 독자가 정당한 저서에 대해서 요구하는 바를 망각해 버리는 것과 같기 때문이다. 그러므로 나에게 현실이란 복잡하게 생각하거나 신경까지

써야 할 필요가 없는 것으로 생각하고 지냈다.

　현존하는 것들이 나에게는 까마득히 멀어 보이기 때문에 나는 대개 남들처럼 미래까지도 과거와 연관 지어서 이렇다 할 구별 없이 생각하기도 한다. 그러므로 나는 적지 않은 시간을 미래 속에서만 살고 있었다.

　그러므로 나의 전기도 여기에서 끝나는 것이 아니고, 내가 이어갈 삶을 통하여 끝없이 쉬지 않고 미래를 향해 나아갈 수 있을 것이다.

나의
소년 시절

　내가 어른이 되어서도 나의 소년 시절은 언제나 여러 가지 모습으로 나에게 떠오르곤 한다. 그것은 마치 창백한 얼굴을 한 동화 속의 어린아이처럼 곱슬머리를 묶고, 어딘가 낯선 듯한 것이었다.

　이러한 추억은 대개 잠 못 이루는 밤이면 찾아오는 것이었다. 처음에는 꽃향기와 노래의 음조와 더불어 오지만, 마지막에는 슬픔과 불쾌함과 죽음의 괴로움이 되거나, 또는 애무해 주는 사람의 손길에 보내는 부드러운 동경이나 기도와 눈물에 보내는 따뜻한 마음으로 변하는 것이었다.

지금도 때때로 소년 시절이 나의 마음속에 떠오르면 그 것은 마치 금빛 액자 속에 넣어진 음영 짙은 그림처럼 그 곳에는 유달리 울창한 밤나무며 오리나무가 무성하고, 무 어라고 표현하기 어려운 아침 햇살이 비치고, 우람한 산마 루가 배경을 이루고 있는 모습이 또렷이 나타나는 것이었 다. 나의 생활 가운데에서 세상일을 잊게 하는 짧은 안식이 나마 나에게 주었던 모든 시간도, 전에 아름다운 산들에 올 라가서 혼자 헤매었던 그 어떤 방황도, 뜻하지 않았던 작은 행복이나, 또는 욕심 없는 사랑이 어제와 내일의 일들을 잊 게 해주었던 어떠한 순간도 나의 어린 시절의 생활을 그린 초록빛 그림에 비하면 그 이상 고귀한 것은 없을 것 같다.

　그러므로 내가 지나간 생애에서 위로받았고, 최고의 기 쁨으로서 사랑하고 바라왔던 그 어떤 것과 비교해 보아도, 다시 말해서 타향 마을을 돌아다니고 별을 헤아린다든가 푸른 나무 그늘의 아래 드러눕든가, 나무와 구름과 아이들 과 함께 이야기를 주고받은 모든 것과 비교해서도 똑같은 말을 할 수가 있다.

　나의 생애 중에서 얼마쯤 분명히 생각해 낼 수 있는 가장 어린 날은 아마 세 살 되던 해가 다 지나갈 무렵이었던 것 같다.

나의 양친은 나를 데리고 어떤 산으로 올라갔다. 그 산에는 꽤 높은 곳에 널찍한 폐허가 있어서 매일 많은 고을 사람들이 모여들었다. 그때 같이 간 젊은 삼촌이 나를 높은 성벽 위에 있는 흉장胸墙 위에 올려놓고 몹시 깊은 골짜기를 내려다보게 했다.

　그 때문에 나는 현기증이 나는 듯한 공포에 사로잡혀 흥분하여 집에 돌아와서 침대에 누울 때까지도 온몸이 떨려왔었다. 그 당시는 흔히 무서운 꿈에 사로잡히곤 했었는데, 그 이래로 괴롭고 무서운 꿈을 꾸면 흔히 이 골짜기가 나의 영혼 앞에 나타나서 가슴을 조여서 그 때문에 나는 꿈속에서 신음하고 울면서 잠을 깨는 것이었다. 그날 이전에 어떤 풍부한 비밀에 가득 찬 날이 있었다고 생각되지만, 그중의 약간의 시간도 나는 생각해 낼 수가 없다! 아무리 나 자신을 괴롭혀 보아도 나의 회상은 이날보다 더 옛날로 거슬러 올라갈 수가 없다.

　그러나 내가 나의 어린 시절과 그 시절의 기분을 곰곰이 회상해 보면 나는 이런 인상을 느끼고 있다. 즉, 사람을 기쁘게 해주려는 기분과 함께 부끄러운 감정만큼 일찍이 또한 강렬하게 내 마음속에 싹튼 것은 없었다 하는 것이다. 나는 다섯 살이나, 또는 그 이상 된 아이들에게서 이따금 수치심 없는 말을 듣는 적이 있는데, 그런 것은 내가 서너 살 때는 도저히 말할 수 없었던 것으로 생각한다.

여러 가지 사건이나, 그것에 잇따라 일어나는 갖가지 상태에 대한 상세한 기억도 다섯 살 이전으로 거슬러 올라갈 수는 없다. 그 기억에서 먼저 나타나는 것은 나의 주위, 즉 나의 양친과 우리 집의 모습들이며, 또한 내가 자라난 거리와 근교의 풍경들이다. 이 시절에 뚜렷이 나의 인상에 남아 있는 것은 내가 살고 있었던 거리 바깥에 한쪽에만 집들이 늘어서 있어서이다. 널찍하고 햇볕 잘 드는 한길이었다. 그리고 거리의 큼직한 건물들, 시청이며 성당이며 라인강의 다리, 그중에서도 가장 자주 생각나는 것은 우리 집 뒤에서 시작되어 어린 나의 발걸음으로는 끝이 없어 보였던 넓은 목장이었다.

아무리 깊은 심리적 체험도, 또 어떤 사람들도, 나의 양친의 모습까지도, 이 헤아릴 수 없이 세세한 것들로 가득 찼던 목장만큼 어릴 적부터 나의 마음에 명확히 기억된 것은 없었던 것 같다. 이 목장의 추억은 갖가지 사람들의 얼굴이나 나의 괴로워해 왔던 운명의 추억보다도 훨씬 오래된 것 같이 생각된다.

이미 일찍부터 의사나 시중꾼의 손에 의해서 함부로 나의 몸을 건드리는 것이 싫어서 생기는 부끄러움과 연관되는 것은 아마도 들판에서 혼자 있고 싶어 하는 어린 시절의 욕망 때문이었던 듯하다. 그 시절의 오랜 시간의 산책은 그 넓은 목장 중의 아직 가 보지 못한 푸른 초원을 돌아다니는 것이 정해진 목표였다.

이 초원에 혼자 있었던 시절이야말로 추억할 때마다 특히 나의 가슴을 슬픈 행복감으로 가득 차게 한다. 이 행복감은 우리가 어린 시절에 걷던 길을 걸을 때마다 흔히 일어나는 것이다. 지금도 그 초원의 풀 내음이 엷은 구름이 되어 나의 머릿속에 되살아난다.

다른 어떤 시절도 또 다른 어떤 목장도 그처럼 아름다운 방울내풀이며 나비들을 보여주지는 못할 것이며, 그처럼 짙은 초록색 물풀이며, 그처럼 아름다운 황금빛 민들레꽃이며, 그처럼 색깔이 풍부한 진귀한 전추라꽃이며 앵초며, 풍령초風鈴草며 체꽃 등은 아무 곳에도 없으리라는 특별한 확신조차 지니고 있다. 나는 지금까지 그처럼 아름답고 날씬한 질경이를 본 적이 없으며, 그렇게 샛노랗게 불타는 듯한 꿩비름꽃이며, 그처럼 매혹적으로 반짝이는 도마뱀이며 나비들을 본 적이 없다. 그러나 그때 이후로 꽃들이나 도마뱀이 싫어진 것이 아니라, 다만 나의 마음과 눈이 변해 버렸다는 생각을 희미하고 담담하게 머릿속에 지니고 있을 뿐이다.

이런 것들을 생각하노라면 그 후 내가 내 눈으로 보고 내 손으로 갖게 된 모든 것이, 심지어 나의 예술조차도 그 훌륭한 목장에 비한다면 시시한 것 같은 생각이 드는 것이다.

그 목장에는 흔히 맑은 아침이 계속되었다. 그런 아침이면 나는 풀밭에 드러누워 머리를 손 베개에 얹고 햇볕에 반짝반짝 빛나면서 물결치고 있는 풀숲의 바다를 바라보곤 했다. 이 풀 바다 위에는 붉은 양귀비꽃 섬이며, 푸른 풍령초의 섬이며, 등꽃색의 황새냉이의 섬들이 여기저기 떠 있었다.

그 위를 노랗게 반짝이는 노랑나비며, 연약한 부정나비며, 마치 골동품처럼 진귀한 광택을 띠고 있는 귀중한 오색나비며, 작은멋쟁이나비, 무거운 날개가 달린 들신선나비며, 경쾌하고 기품이 있는 돛날개나비며, 산호랑나비며, 검정과 빨강이 섞인 제독提督나비며, 숭배심에서 아폴로라고 이름 붙여준 보기 드문 아폴로나비 등이 팔랑팔랑 날아다니며 나의 마음을 매혹하는 것이었다.

이 아폴로나비는 그전에 친구에게서 설명을 들어 분간할 수 있었는데, 이 나비가 어느 날 내가 있는 쪽으로 날아와 바로 옆의 땅 위에 앉아서 유유히 그 설화석고雪花石膏 같이 새하얀 신기한 날개를 움직이고 있었다. 그래서 나는 그 날개의 미묘한 모양이며, 둥그스름한 형태며, 또한 빛나는 다이아몬드 같은 선이 있다는 것과 양쪽 날개 위에 밝은 진

홍색 눈과 같은 무늬가 있다는 것을 알 수 있었다.

먼 옛날의 추억 속에서 이 순간에 나에게 밀려 왔던 숨막히고 가슴 두근거리게 했던 기쁨만큼 강렬하고도 생생히 남아 있는 것은 별로 없다.

그러나 나는 이내 아이들이 흔히 하는 짓궂고 잔인한 방법으로 이 귀한 나비에게 살그머니 다가가서 그 위에 모자를 던졌다. 그 나비는 순간 사방을 살피더니 아주 우아한 동작으로 날아올라서 곧 눈부신 금빛 햇살이 가득 찬 공중으로 사라져 갔다. 내가 나비를 뒤쫓고 수집하는 즐거움 속에는 학문적인 흥미란 단 한 번도 없었다.

이 지방에서는 좀머페그라인(여름의 작은 새)라는 말을 사투리로 '줌머페그리'라고 부르고 있었는데, 그 나비의 유충이나 여러 가지 이름 따위는 나로서는 상관할 바가 아니었다. 나는 많은 나비에게 내 멋대로 이름을 붙였다. 빨간 날개를 가진 놈을 나는 '겁쟁이'라고 불렀고 어떤 갈색 나비는 '딱따구리'라고 이름 붙였다. 그리고 흰나비나 산나비, 그 밖의 별로 아름답거나 진기하지 않은 천한 무리에 대해서는 좀 경멸하는 이름으로서 '촌놈'이라고 이름 붙였다. 수집된 죽은 표본들에 관해서는 관심이 없었기 때문에 나는 좋은 수집을 한 적은 전혀 없었다.

이 여름날의 목장에서 음악적인 인상으로서 남아 있는

것은 별로 없었지만 다만 멀리서 달려가는 기차의 기적 소리에 대해서 느꼈던 나의 특이한 감수성과 공포의 느낌은 지금까지도 남아 있다.

그러나 이미 그 무렵에 음악은 나에게 친근해 있었던 듯하다. 왜냐하면, 나의 마음에 어렴풋이 비쳤던 오래된 성당의 어스름한 모습은 으레 오르간 소리와 함께 나의 마음속에 나타나기 때문이다.

이 성당이며 거리 전체에 대해서 내가 조금씩 알게 되었던 것은 푸른 자연보다는 훨씬 나중의 일이었다. 왜냐하면, 반나절을 혼자서 돌아다니도록 허락받았을 때도 혼자서 거리에 나가는 것을 부모님에게서 금지당했기 때문이다. 게다가 사람들과 마차들의 굉장한 혼잡은 나에게 공포와 두려움을 주기도 했었다.

나의 목장 시절의 푸른 몇 달은 다 같이 맑고 끊임없이 아름다운 꿈처럼 나의 의식 속에 잠겨 있으면서 그중의 며칠은 특별한 빛을 띠고 부드러운 윤곽과 함께 떠올라 온다. 만약 이러한 날들을 좀 더 많이 기억할 수만 있다면 나는 아무리 귀중한 보물을 주어도 좋다고 생각한다.

이렇게 내가 지내온 인생의 길을 뒤 돌아보면 그럴 때마다 잃어버렸던 수없이 많은 날의 엷은 슬픔이 갑자기 닥쳐온다. 이제는 아무도 나 자신의 이야기를 내게 들려줄 사람은 살아 있지 않고, 나의 어린 시절 대부분은 마치 기적奇蹟처럼 닫힌 채 이해할 수 없는 황금빛 회고의 행복 속에 감추어져 나의 동경의 대상이 되어 있다.

우리들의 어린 시절이 우리에게 상관없는 것이 되고, 소중한 보물이 아이들의 장난하는 손에서 미끄러져서 깊은 샘물 속으로 떨어지듯이, 그것을 망각해야 한다는 것은 인간 생활이 불완전하고 빈곤하기 때문이다. 나는 소년 시절까지는 생활의 실마리를 더듬어갈 수 있지만, 그 이전의 일은 그 기억과 연결되는 며칠밖에는 안개와 박명薄明 속에 싸여 있을 뿐이다. 그런 날의 기억을 발판으로 하여 마치 탑에서 내려다보듯이 나의 어릴 적을 회상해 보지만 보이는 것은 오직 수수께끼와 태초의 굽이치는 바다뿐이다. 그것은 아무런 형태도 갖고 있지 않지만 신성하고 아득한 안개와 기적과 귀한 것을 감싸고 있는 베일에 덮여 있는 것이었다.

이러한 하나하나의 은빛 광채 같은 기억 중에서 특히 나에게는 어떤 '산책'이 귀중하게 떠오른다. 왜냐하면, 그 산책은 아버지의 옛 모습을 명확히 갖추고 있기 때문이다. 아버지는 나와 함께 산중의 성 마르가레테 교회의 햇볕으로 따스해진 흉벽 위에 걸터앉아서 처음으로 높은 곳에서 그 아래쪽의 라인 평야를 내게 보여주었다. 그 우아하고 연푸른 풍경의 첫인상은 나의 추억 속에서 그 후 되풀이하여 자주 바라보았던 그 풍경의 뚜렷한 인상과 혼합되어 버렸다. 그러나 그때 아버지의 가장 오래된 모습만은 그 뒤의 어떤 아버지의 모습과도 아주 다른 것이었다. 그의 검은 수염은 내 이마의 금발을 스쳤고, 그의 크고 밝은 눈은 나를 다정하게 바라보고 있었다. 이 흙벽 위에서 쉬던 일을 회상할 때면 나는 아버지의 얼굴을 곁에서 또다시 쳐다보고 있는 듯한 느낌이 든다. 검은 수염과 검은 머리칼에, 높고 귀족적인 코와 굳게 다문 붉은 입술, 등 뒤로 검은 곱슬머리를 드리우고 나를 커다란 눈으로 바라보며, 그 머리 전체는 푸른 여름 하늘을 배경으로 그 위에 듬직하고 위엄 있게 앉아 있었다.

또 하나의 아버지의 모습을 본 것도 같은 해 여름이었던 듯하다. 그 앞뒤의 관계는 잊어버렸지만, 그 모습은 놀랄 만치 선명하게 내 마음속에 기억되어 있다. 아버지의 키가 크고 깡마른 모습이 고개를 뒤로 젖히고 왼손에 펠트 모자를 들고 저물어 가는 태양을 향해 똑바로 걸어가는 모습이 보인다. 그 옆에 기대듯이 어머니가 걸어가는데, 아버지보다는 좀 자그마하고 단단한 체구의 어머니는 어깨에 흰색 숄을 두르고 있다. 거의 붙어 있다시피 한두 분의 머리 사이로 핏빛으로 물든 태양이 이글거리고 있었다. 두 사람의 윤곽이 뚜렷이 황금빛으로 빛나고 있었다. 그 양쪽에는 풍성히 익은 밀밭이 펼쳐져 있었다.

그런 양친 뒤를 내가 뒤따라갔던 것은 어느 날이었는지 이젠 생각나지 않지만, 그때의 광경은 나의 마음속에 잊히지 않고 생생히 남아 있다. 나는 그 선과 색채에 있어 그 이상 훌륭하게 보이는 풍경이나 그림을 본 적이 없다. 또한, 붉게 타오르는 태양을 향해 아무 말 없이 그 빛을 받으며 밀이삭 사이의 오솔길을 걸어가던 그 거룩한 양친의 모습보다 귀중한 현실의 모습이 그려진 그림을 나는 본 적이 없다.

헤아릴 수 없이 많은 꿈속에서와, 잠을 설치는 밤이면 나의 눈은 내 추억 중에서 이 가장 아름다운 보석, 즉 나의 황금 시절의 유산을 응시하곤 했었다. 사실 태양이 밀이삭의 바다 너머로 그렇듯 붉고 아름답고 평화롭게, 또 그다지도 둥글고 풍요롭게 불타며 저무는 것을 다시는 본 일이 없었다. 그리고 만약 또다시 그런 태양이 나타난다 하더라도 그것은 여느 때의 저녁과 다른 바 없는 황혼에 지나지 않을 것이며, 그때 내가 그 그림자를 밟으며 따라간 사람들이 없어짐을 알고, 나는 얼굴을 돌려 슬퍼할 밖에 없을 것이다.

아버지와 어머니의 추억은 이 무렵부터 뚜렷해진다. 나의 목장에서의 고독과 함께 그와는 관계없이 즐거운 가정생활이 계속되고 있었다. 그 가정생활에 대해서는 수많은 사람과 여러 가지 자극 때문에 초원에서의 생활처럼 통일된 명확한 것으로 의식되지는 않는다. 조형미술과 문학을 즐기는 아버지와 음악을 즐기는 어머니의 애정이 어느 정도 어릴 적부터 내게 영향을 주었는지 나로서는 알 수가 없다. 왜냐하면, 이러한 양친에게서 받은 개별적인 인상이 처음 회상된 것은 조금 지난 후의 일이지만, 실상은 철이 들기 훨씬 전부터 있었음이 틀림없기 때문이다.

나는 어린 시절의 장난에 대해서는 많은 것을 이야기할 수가 없다. 장난에 몰두하고 있는 어린이의 마음만치 신비하고 불가사의한 것도 없거니와, 그만큼 우리 어른들의 마음에 멀고 뿌리째 잃어버린 것도 없으리라. 생활이 비교적 유복했고, 양친의 마음이 너그러웠기 때문에 장난감에 부족함은 없었다. 나는 장난감 병정이며, 그림책이며, 집짓기 돌이며, 흔들이 목마며, 피리며, 말채찍이며, 마차 등을 가지고 있었고, 나중에는 장난감 상점이니 저울이니, 장난감 돈이니, 상품 등을 갖게 됐고, 연극놀이에는 어머니의 상자를 사용했다. 그뿐 아니라 나의 공상은 다루기 힘든 물건들에 쏠리어 걸상으로 말을 만들고, 책상으론 집을, 천 조각으로는 새를 만들고, 벽과 난로의 불막이와 침대 시트로 큼직한 동굴을 만들곤 했다.

게다가 어머니의 이야기 속에는 수없이 많은 갖가지 세

계와 나의 꿈을 연결해 주는 많은 다리가 있었다. 나는 세상의 이름나 있는 독서가나 소설가나 이야기꾼의 이야기들을 들었으나 어머니의 이야기에 비하면 모두 어색하고 무미건조한 것이었다. 아, 황금빛 바탕에 그려진 신비하고 밝은 예수님 이야기, 베들레헴 이야기며, 신전에 나타나는 소년 예수며, 엠마오(팔레스티나의 도시)로 가는 길! 어린이의 생활의 모든 충만한 세계 중에서 어린이에게 이야기해주고 있는 어머니의 모습보다 더 감미롭고 성스러운 그림이 또 있으랴. 그 어머니의 무릎에는 깊은 놀라움에 눈을 동그랗게 뜬 어린이가 금발 머리를 기대고 있다.

어머니들은 이처럼 위대하고 즐거운 예술을, 이처럼 화가의 마음을, 이처럼 마를 줄 모르는 입술 마술의 샘을 어디서 가지고 온 것일까? 어머님, 지금도 나는 훤칠하고 유순하면서도 인내력 있는 모습으로 비길 데 없는 갈색 눈과 아름다운 머리를 내게로 숙이고 있는 당신을 눈앞에 그려 봅니다.

성서 이야기의 따를 수 없는 가락과 의미 외에도 나는 동화의 샘의 물을 깊이 길어서 마셨다. 붉은 두건의 소녀며, 충실한 요한네스며, 일곱 개의 산 너머에서 일곱 난쟁이와 함께 살고 있다는 백설 공주는 나를 동화의 나라로 끌어들였다.

나의 끝없는 호기심은 이윽고 달빛에 빛나는 초원에서 춤추는 요정들의 산이며, 비단옷을 입은 여왕이 있는 궁전이며, 정령이랑 신선이랑 술꾼이랑 도둑 떼들이 살면서 섬뜩하게 드나드는 깊고 무시무시한 산속 동굴 따위를 마음대로 상상하게 했다. 침실의 두 침대 사이의 좁은 공간은 특히 눈이 찢어진 요마妖魔며, 검게 그을린 광부며, 목 잘린 유령이며, 몽유병에 걸린 살인자며, 푸른 눈으로 노려보는 맹수들이 항상 사는 곳이었다.

그 때문에 한동안은 어른들을 따라서 그곳을 지나가야만 했고, 그 후로도 오랫동안 그곳을 지나갈 때면 소년으로서의 온갖 용기를 다해야만 했었다. 한번은 아버지가 그곳에서 자기의 슬리퍼를 가져오라고 내게 일렀다. 나는 그 침실로 들어가긴 했으나 그 무서운 장소엔 갈 수가 없어서 슬그머니 돌아와서는 찾아보았지만 없더라고 핑계를 댔다. 나의 말이 꾸며서 하는 말이라는 것을 느끼고, 또한 순간을 모면하기 위한 거짓말을 싫어하는 아버지는 다시 한번 나를 침실로 보냈다. 나는 또 침실로 들어서긴 했으나 나의 공포는 한층 더 커져서 어물어물 되돌아와서 똑같은 변명을 했다. 문틈으로 내 거동을 살피던 아버지는 성이 나서 엄중히 꾸짖으셨다.

"너 거짓말을 하는구나! 거기 가서 서 있어."

그러면서 아버지는 손수 슬리퍼를 가지러 갔다. 나의 불안은 더욱 강해져서 아무리 전능한 아버지라도 그 괴물들을 당하지 못하리라고 생각하고, 울부짖으며 아버지에게 매달리면서 뜨거운 눈물로 그 구석으로 가까이 가지 말도록 애원했다. 그러나 그는 강제로 나를 그곳까지 데리고 가서 허리를 굽혀 슬리퍼를 들고는 아무 일도 없이 그 무서운 동굴에서 돌아왔다. 나는 오랫동안 그것을 아버지의 비범한 용기와 사랑하는 신의 특별한 가호에 의한 것으로 생각하고 감사의 기도를 드렸었다.

또 언젠가는 나의 공포감이 완전히 병적으로 되어버린 적이 있었다. 그 사건은 모든 마음 아프게 하는 영상과 함께 나의 마음에 날카롭게 새겨져서 그 어릴 적의 로맨틱한 시절 전체에 마치 메두사(그리스 신화에 나오는 뱀의 머리카락을 가진 괴물)의 머리처럼 뒤덮고 있었는데, 그것은 요염한 아름다움이라기보다는 공포감이 더한 것이었다.

어느 때 우리는 어두워진 후에 좀 무서운 기분으로 시내에서 집으로 돌아왔다. 열네 살쯤 된 이웃집 두 소녀와 그의 남동생과 나, 그렇게 넷이었다. 높은 집과 탑들이 거리 위에 톱날 같은 그림자를 던지고 있었고, 집마다 이미 불들이 켜져 있었다. 게다가 지나는 길에 있는 대장간을 흘깃 보니 검게 그을린 반나체의 남자들이 어두운 곳에서 불을 내뿜고 있는 노煉 옆에서 큼직한 집게를 들고 마치 고문하는 고문관처럼 서 있었다. 또 그때까지 내가 들어 본 일이 없는 주정꾼들이 취해서 부르는 요들 가락이 마치 사나운 짐승의 울부짖음처럼, 또 죄인의 신음처럼 들려왔다.

어둑어둑한 속에서 한 소녀가 자기도 두려운 듯이 바르바라의 종 이야기를 내게 들려주었다. 그 종은 바르바라 교회에 걸려 있었는데, 마법과 죄업에 의해 이룩된 것이었다. 그 종은 울릴 때마다 억울하게 타살당한 바르바라의 이름을 피맺힌 음향으로 불러댔기 때문에 바르바라를 학살한 자들에게 도난당해 땅속에 묻혀버렸다는 것이다. 그러나 한밤중에 종이 울릴 때가 되면 그 종은 땅속에서 은은하게 구슬피 울리기 시작한다는 것이다.

> 내 이름은 바르바라,
> 바르바라에 걸렸던 종,
> 바르바라는 내 고향

속삭이듯이 들려준 이 이야기는 나를 무섭게 소름 끼치게 했다. 나의 공포는 그것을 안에 숨기려고 했기 때문에 더욱 커졌다. 왜냐하면, 나이 어린 동행 소년은 아무것도 모르고 아무 불안도 없이 어둠 속을 걸어가고 있었고, 나이가 위인 누이는 자기도 무서워서 소곤소곤 이야기하고 있었는데, 나는 그들에 대해 나의 두려움을 보인다는 것이 부끄러워 참고 있었던 때문이었다. 그러나 그 이야기의 한 마디 한 마디를 들을 때마다 나의 공포심은 더해져서 마침내 이빨이 덜덜 떨려왔다.

그런데 마침 이야기가 끝나는 순간 성 페터 교회의 저녁 종이 떨리듯이 울려오자 나는 미친 듯한 공포감에 사로잡혀 함께 가던 아이의 손을 뿌리치고서 마치 지옥 전체에 쫓기기라도 한 듯이 밤길을 내달렸다. 그리고 비틀거리고 자빠지고 하며 숨을 헐떡이고 떨면서 끌려가듯 집으로 달려갔다. 그날 밤 내내 나는 가슴 답답한 공포에 떨었다.

그 후 한동안 나는 바르바라라는 말만 들어도 무언가 얼음같이 찬 것이 골수까지 스며드는 것이었다. 그때 이래로 나는 요괴니 흡혈귀니 악령이니 하는 것을 살아 있는 것으로 믿게 되었다. 왜냐하면, 그런 것들은 아직 들은 적이 없는 온갖 공포를 갖고서 내 목덜미에 올라타고 있었기 때문이다.

아마 이 무렵에 차츰 눈뜨기 시작한 나의 이성이 그 권리를 요구하기 시작하여 나를 괴롭히어 그 때문에 나는 가끔 무력한 짜증과 초조의 미친 듯한 발작을 나타냈다. 이런 점에도 대개의 사람에게는 근본적으로 상실된 듯한 어린 시절의 성질의 일부가 있다. 즉 진리를 추구하려는 충동, 사물과 그 원인을 캐내려는 욕망, 조화를 바라고 정신적 소산을 한층 더 확실히 하려는 동경심 등이 그것이다. 나는 풀길 없는 무수한 문제에 고민하고 그 결과 나의 의문은 그것을 듣는 어른들에게는 모두 하찮은 것이며, 나의 고민도 이해해 주지 못한다는 것을 차츰 알게 되었다. 대답해 주더라도 그것이 하나의 구실이거나 또는 농담이거나 하면 나의 영혼은 그 무렵에 차츰 흔들리기 시작한 신화의 성 속으로 하는 수 없이 되돌아가는 것이었다.

만약 많은 사람이 이러한 탐구심과 어린아이가 흔히 사물의 이름을 물어볼 때의 호기심 일부라도 소년 시절이 지난 후에도 지니고 있었다면 그 사람들의 생활은 지금보다는 훨씬 진지하고, 순수하고, 존경할 만한 것이 되었을 것이련만! 무지개란 무엇인가? 바람은 왜 신음을 내는가? 목장이 시드는 것은 무엇 때문인가? 꽃이 다시 피는 이유는? 비와 눈은 어디서 오는 것일까? 우리는 왜 부유하고 이웃집 양철 직공은 왜 가난한가? 저녁이면 태양은 어디로 가는가?

이러한 질문에 대해서 어머니의 지혜가 바닥을 드러내든가 더는 견디지 못하게 되면 아버지는 더없는 애정과 섬세한 마음씨로 대답해 주었다.

"그건 사랑하는 하느님께서 그렇게 만드셨기 때문이란다" 하는 평소의 증명으로는 통하지 않을 경우, 아버지는 예술가가 하는 훌륭한 방법으로 눈에 보이는 세계며 식물이며 동물들이 사는 지구의 표면이랑, 별의 회전 현상을 설명해 주었다. 그와 동시에 그는 동화의 숲 외에도 오랜 역사상의 훌륭한 인물이며, 그리스의 도시며, 고대 로마의 이야기를 잘 해주었다. 아이들이란 넓은 마음을 가지고 있어서 어른들의 머릿속에서는 극히 치열한 싸움이 되거나 어떻게 해야 할지 모르는 모순된 사태에 대해서도 상상의 마력에 의해서 그것들을 마음속에 사이좋게 챙겨둘 수가 있다.

그런데 나는 스스로 궁리한다든가, 어린애다운 창조력으로 놀기를 좋아했으므로 여러 가지 의문이 생겨났다. 그 중에서도 가장 큰 의문은 '세계도회世界圖繪(코메니우스가 1656년에 출간한 그림을 넣은 백과사전)'가 진실성이 있는가 하는 점이었다. 그 책은 내가 좋아해서 처음에는 호기심에서 시작되어 성장한 소년기에 이를 때까지 나의 반려伴侶가 되었고, 나의 역사 속에서 로빈슨이나 걸리버와는 또 다른 역할을 그 실제로 해 주었다.

나는 오랫동안 이 그림의 원본이 실제의 세계를 근거로 하고 있고, 단순히 한 화가의 즐거운 공상이 아니라는 것에 매우 의심하고 있었다. 기사騎士나 건축물이나 그 밖의 역사적인 사물의 그림을 볼 때마다 내가 전에 아킬레스라든가 큰 교회라든가 그 비슷한 것들을 그려서 이게 실물이니 진짜 베낀 그림이니 하면서 친구들에게 보였던 일을 생각하고 자신의 교활함을 재미있게 여겼다.

아버지는 나의 오해를 알아차리고 그 책의 맨 뒷장에 있으면서도 내가 알아차리지 못하고 있었던 이 마을의 교회 그림을 펼쳐 보였다. 나는 즉시 커다란 경이로써 그것을 다시 보았다. 그때부터 꽤 오랫동안 아버지의 말은 내게 무엇이든 의심할 바 없고, 신빙성 있는 것이 되었다.

어느 날 이웃에 사는 소년이 아주 비밀스럽게 이런 말을 들려주었다. 그것은 우리들의 이야기라든가, 서로 주고받는 공상적인 체험 속에서 항상 중심인물로서 나오곤 하는 '야만인'이 마을의 문 근처에 살고 있다고 그의 아버지가 말했다는 것이었다. 그러나 나를 놀려 주려는 그 말도 아무 효과가 없었다. 왜냐하면, 나의 아버지가 이미 '야만인'에 대해서는 분명한 것은 아니었지만 좀 더 명확한 설명을 내게 해 주었기 때문이었다. 그래서 나는 그 이야기를 의심하고, 무감동하게 있었을 뿐만 아니라 그 친구를 조소하고 자신만만하게 너의 아버지에게 가서 아버지는 바보라고 말하라고 일러 주었다. 그 대답 때문에 나는 처음에는 그 모욕당한 친구의 아버지로부터, 다음에는 나의 아버지로부터 매를 맞고 말았다.

사랑하는 아버지의 손으로 이렇게 벌을 받으면 나는 대개 뿌루퉁해서 침묵으로 맞서곤 했는데, 나의 작은 가슴은 이 벌을 말할 수 없이 괴롭고, 슬프고, 굴욕적인 것으로 느꼈었다. 이런 벌은 내가 기억할 수 있는 가장 최초의 고통이며, 내가 어린 시절을 떠올려 보면 학교 가기 이전 시기에 겪었던 유일한 우울이었다.

그것은 때리거나 반항하거나 하기 때문만이 아니고, 벌의 끔찍한 목적은 억지로라도 자신의 잘못을 빌게 하는 것 때문이다. 그러나 그것이 끝나면 양친의 눈은 다정스러워지고 나의 말을 무엇이든 들어주셨다. 물론 그렇게 함으로써 여느 때와 같은 화해의 친근감에 의해서 벌의 가시는 꺾여졌지만, 내가 지친 나머지 "용서해 주세요" 하는 말을 하기까지는 언제나 흠뻑 눈물을 흘리는 괴로운 싸움이 필요했다.

내가 어머니로부터 키스도 받지 못하고, 또 어머니의 동반도 없이 말없이 맥이 빠져서 잠자리에 들던 최초의 밤을 지금도 생생하게 기억하고 있다. 그 후로도 여러 번 물에 빠진 것 같은 고뇌에 잠기곤 했지만, 그 슬픈 밤처럼 말할 수 없는 고통과 분열의 감정이 무섭게 나를 짓눌렸던 적은 없었다. 그것은 내가 기도를 드릴 수 없었던 최초의 밤이기도 했다. 기도의 말이 혓바닥에서 막히고, 그 기도 말의 엄숙한 무게를 처음 알게 됐고, 그것이 질식당하는 사람처럼 내 목을 졸랐다. 그리하여 이 매우 우울한 시간이 아무 생각도 없이 함부로 기도할 수 없게 만들었다.

그러는 동안에 나의 지성知性은 성장해서, 최초의 교훈이며 경험 등을 기초로 하여 차츰 침착해져 가는 자신의 행동을 즐기게 되었다. 나의 놀이는 어떤 모범이 있는 것도 아니고, 본래 아이들의 놀이가 갖는 복잡하면서도 지적인 형식을 더욱 원하게 되었다. ABC를 배우기 시작하자 그 즐거움과 함께 엄격한 학교에 대한 예감을 느끼게 했다. 이미 나는 과거의 추억을 간직하고 있었지만, 입학 날이 결정되어 그것이 알려진 후로는 내일과 그다음 날을 생각하는 습관을 갖게 되었다.

이러한 단면들이 지금도 내가 기억하고 있는 가장 어렸던 무렵의 추억의 보물 전부이다. 어쩌면 그것이 전부가 아닐지도 모른다. 왜냐하면, 그 가장 좋은 것들을 여기서 말할 수가 없었기 때문이다. 다시 말해서 꿈결 같았던 봄이며, 즐거웠던 수집 취미의 감정이며, 그 후의 훨씬 큰 기쁨이나 슬픔보다도 더 절실하게 마음 깊이 즐기고 깊이 괴로워했던 어린 시절의 기쁨이나 슬픔의 부드러운 뒷맛을 표현할 수는 없기 때문이다. 나는 아름다운 추억의 꽃다발은 가지고 있지만, 숲을 찾아갔던 일이며, 이웃 친구들과 사귀던 일이며, 무엇을 노리고 엎드려 있던 새끼고양이며, 털을 솔질해 준 새끼 양 등등의 추억들은 적을 수가 없기 때문이다.

학교에 다니기 전의 마지막 시기에는 우스꽝스러우리만치 슬픈 감정에 빠져있었다. 그 시기에 소년의 자부심이 눈 뜨고, 공상으로부터 사고로 옮아가는 불안이 커지고, 오색의 공상이 차츰 사라지고, 그 모든 어린 시절의 모습을 그려냈던 형언키 어려운 금빛 바탕의 빛깔들이 차츰 퇴색해 갔기 때문이다.

나의 추억은 어떤 잊을 수 없는 하룻밤과 함께 나의 최후의 분방했던 어린 시절의 막을 닫게 된다. 그것은 내가 학교에 들어가기 조금 전의 누이동생의 생일이었던 11월 27일의 일이었다. 그 때문에 온 집안 식구들의 마음과 애정이 누이동생에게 쏠려 있었고, 나는 울적한 기분으로 혼자 어두운 창가에 앉아 있었다. 밖은 늦가을의 이른 밤이었고 밝은 별들이 총총했다.

현실 생활에 첫발을 내디딘다는 기대와 함께 나의 마음 속에는 이별의 감정과 이제까지의 아무 얽매임 없는 깊은 꿈의 생활로 반쯤은 무의식적으로 되돌아가고 싶다는 욕망이 남아 있었다.

별 간에 어떤 움직임이 있구나 하고 생각한 것은 바로 이 때였다. 나는 집중해서 똑바로 하늘을 쳐다보았다. 그러자 한 개의 별이 이상하게도 빛을 내다가 갑자기 자취도 없이 어둠 속으로 흘러가 버렸다. 그러자 저쪽에서 또 한 개가, 이쪽에서는 동시에 두 개가, 마침내는 수많은 별이 흘러 떨어져 갔다.

그때 아버지가 들어오셨고, 심부름꾼들도 들어와서 한참 동안을 우리는 어둠 속에 말없이 서서 무수한 유성의 신기한 광경을 바라보며 이 신비로운 한때를 감동하고 있었다. 아마 이 어두운 방에서 유성을 바라보던 일을 언제까지나 잊을 수 없으리라고 누구나 생각했을 것이다.

학교에 다니게 되면서부터 나의 인간적인 사회생활이 시작되었다. 여기서 시작된 생활은 자그마하나마 사회라는 형태를 취하게 됐고, 이곳에서의 '현실적'인 생활의 법칙과 규율이 힘을 갖게 되었고, 여기서 비로소 노력과 절망, 갈등과 인격의 의식, 불만과 알력, 투쟁과 고민, 그리고 하루하루의 끝없는 되풀이가 이루어졌다. 처음으로 평일과 휴일이 나누어졌다! 우리는 시간에 맞추어 생활하고 공부해야만 했다. 하루하루가 그 무게와 확고한 가치를 지니고, 특별한 시간으로서 일반의 시간의 흐름에서 벗어난다.

무한한 것으로 생각되었던 세월과 계절, 충족한다고 생각되었던 생활도 종말이 되었다. 축제일이나 일요일이나 생일도 이제는 불의의 경이로서 나타나지 않았고, 그러한 날과 그것이 다시 돌아오는 사실은 시계의 숫자처럼 명확하게 종이에 적혀 있어서 그 시침이 그날을 가리킬 때까지 얼마쯤 시간이 걸리는지를 우리는 알고 있는 것이었다.

나를 손수 가르치려는 아버지의 희망도 일반의 습관과 모든 친구와 친척들의 충고를 거역할 수는 없었다. 나는 공립학교에 입학하여 거기서 매해 바뀌는 많은 선생에게서 가르침을 받고, 그 학교 제도의 온갖 폐해 때문에 괴로워했다.

학교와 가정은 엄격히 구분된 두 개의 독립체였다. 나는 두 사람의 지도자에게 복종해야만 했으며, 그중 한쪽은 나의 애정에 의지했고, 다른 한쪽은 나의 공포심을 노린 것이었다. 어떤 엄한 교사에 의해서 자주 얻어맞거나 남아 있게 되어 그것에 익숙해짐으로써 그전 같은 아버지의 처벌을 조금도 두려워하지 않게 되었고, 그 때문에 가정에서의 견책이 그 가치를 상실하고 도덕적인 부정을 바로잡으려는 아버지의 극히 간단한 해결방법이 차츰 불가능해졌다는 것이 첫 번째의 폐해였다.

그 결과 아버지에게는 무한히 많은 걱정과 노고가 생기고, 나에게는 많은 불행이 생겼다. 왜냐하면, 이제는 어떠한 개선이나 용서도 곤란해지고 또 그렇게 되더라도 오랜 시간이 걸렸기 때문이다. 이러한 위기의 시대에 나는 여러 번 절망하고, 마음의 고통과 격정으로 하여 병에 걸렸고, 슬픔과 수치와 울화와 자부심으로써 자신을 스스로 괴롭혔다. 학교에서 가혹한 일을 당하거나, 집에서 무슨 일을 저질러도 그것을 털어놓지 못하고 우울해지면 나는 흔히 넓은 목장의 대지에 몸을 내던지고 흐느껴 울면서 알 수 없는 잔인한 절대력에 대항했다.

점심시간이 되어도 대화를 나눌 수가 없었고, 다음에 계속될 재미없는 수업시간을 끔찍하게 생각하고 있었고, 한편 아버지는 야단치는 것을 참고 있었지만, 그것이 양친이나 누이동생의 얼굴에, 심지어는 심부름꾼의 표정에서도 느낄 수 있었던 일들, 또 용서를 빌거나 아버지가 기대하는 말을 하지 않고 고집과 수치로 하여 마음속에 억누른 채 잠자코 뿌루퉁한 채 아버지와 함께 산책했던 일 등이 지금도 무겁고 불쾌하게 나의 기억에 남아 있다.

나의 불안과 억제되었던 정열과 생의 충만함이 어떤 돌파구를 찾았을 때, 나는 그때까지 알지 못했던 젊은 관능의 난폭성으로서 소년의 놀이 속으로 몸을 던졌다. 나는 이내 운동선수로서, 놀이 두목으로서, 도적의 괴수나 인디언의 추장으로서 모든 친구의 선두에 서서 뛰어다녔다. 집안의 공기가 재미없을 때는 더욱 열심히 놀았다. 나의 양친, 특히 가슴을 태우고 있던 어머니는 개구쟁이니 장난의 주동자니 하는 소문을 듣고 있는 나를 슬픈 눈으로 바라보고 있었는데 나는 항용 잠자코 우울한 얼굴로 양친의 눈을 빠져나가려고 했다.

3학년이 된 어느 날 나는 이 거리의 길가에 있는 한 가난한 직공의 집 창문에 무엇을 던져 깬 적이 있었다. 그 남자는 우리 아버지에게 달려와서 내가 일부러 그랬을 것이라고 말하고, 그뿐 아니라 내가 나쁜 짓만 저지르며, 거리의 악동이라고 덧붙였다. 저녁때 아버지는 그 모든 것을 내게 말하면서 실토할 것을 추궁했을 때 나는 그 일러바친 사람에게 화가 나서 유리창을 깨뜨린 엄연한 사실조차도 완강히 부인했다.

나는 여느 때보다도 심한 처벌을 받았으나 그럴수록 내 고집을 꺾을 수는 없으리라고 생각했다. 그리하여 며칠 동안 나는 타협을 하지 않고 적의를 품은 태도를 보였고, 아버지는 아무 말도 하지 않아서 온 집안이 어두운 그늘에 덮여 있었다. 그 며칠 동안 나는 그전보다도 더 불행했다.

그때 마침 아버지가 1주일간 여행을 떠나야 했다. 그날 내가 학교에서 돌아왔을 때는 아버지는 이미 여행을 떠난 다음이었고, 내게 짧막한 편지가 남겨져 있었다. 식사 후 나는 다락방에 올라가서 편지를 뜯었다. 그 안에는 한 장의 아름다운 그림과 아버지가 쓰진 편지가 들어 있었다.

> 나는 네가 고백하지 않은 잘못 때문에 너를 벌주었다. 그러나 만약 네가 그런 짓을 저지르고도 내게 거짓말을 했다면 앞으로 나는 너와 더불어 말을 할 수 없을 것이다. 만일 그 반대라면 내가 너를 매질한 것은 잘못이다. 1주일 후 내가 돌아왔을 때 우리 중 어느 쪽이 상대편을 용서할 수 있기를 바란다.
>
> 아버지로부터

온종일 나는 가슴이 답답하고 흥분하여 그 편지를 손에 든 채 집 안과 정원을 돌아다녔다. 한 남자로부터 한 남자에게 보낸 이 말은 자부심과 잘못을 뉘우치고 깨달음으로써 나의 마음을 가득 채웠고, 다른 어떤 말로도 할 수 없으리만치 내 가슴을 쳤다.

다음 날 아침 나는 그 편지를 들고 어머니 침대 옆으로 가서 울면서 말은 한마디도 하지 못했다. 그리고 나는 오랫동안 집을 나가 있다가 돌아온 것처럼 집 안을 돌아다녔다. 모든 것이 매우 오래되었으면서도 새로이 주문에서 풀려

다시 내게 주어진 것 같았다. 저녁때가 되자 나는 오래간만에 처음으로 어머니 발밑에 앉아서 어릴 적에 그랬던 것처럼 어머니의 이야기를 들었다. 그 이야기는 그녀의 입에서 매우 감미롭고 자애가 넘치는 말을 해줬지만, 그녀의 이야기는 이제 옛 동화는 아니었다.

어머니는 내가 그녀에게 서먹서먹하게 굴던 때의 일이며, 그런데도 그녀가 얼마나 걱정과 애정으로써 나를 지켜보았는가를 이야기했다. 어머니의 한 마디 한 마디는 나를 부끄럽게 하기도 했고 행복하게 하기도 했다. 그리고 우리는 애정과 존경으로써 아버지의 이야기를 나누었고, 아버지의 귀가를 그리움으로써 고대했다.

아버지가 돌아온 날은 마침 나의 여름방학이 시작되기 바로 전날이었고, 그래서 나의 행복은 완전한 것이 되었다. 몇 마디 주고받은 후 아버지는 나와 함께 서재에서 나와 어머니에게로 가서 이렇게 말했다.

"여보, 우리 아들도 돌아왔소. 오늘부터 다시 내 아들이 됐구려!"

"나는 벌써 1주일 전부터랍니다!"

하고 어머니는 웃으면서 대답했다. 그리고 우리는 즐겁게 식탁에 둘러앉았다.

이날부터 시작된 휴가는 학교 시절 중에서 마치 울타리

를 두른 푸른 정원과도 같은 것이었다. 햇볕 가득 찬 한낮, 놀이와 담소의 저녁, 평화로운 마음으로 잠드는 밤!

　매일 저녁 아버지는 내 손을 잡고, 반 시간쯤 걸리는 교외의 채석장으로 산책하러 나갔다. 거기서 우리는 집이며 동굴을 만들기도 했고, 목표를 향해서 돌을 던지기도 했고, 망치로 화석을 찾아보기도 했다. 돌아오는 길에 우리는 어떤 농장에 들러 우유와 빵을 먹고, 그 뒤에 어머니가 마련해 주는 저녁 식사를 자랑스럽게 거절하고 여러 가지 수수께끼로 어머니를 놀려대거나, 돌 던지기를 얼마나 잘했는가를 이야기하거나, 발견한 대자석代赭石이랑 번쩍이는 희석稀石을 하나하나 자랑하기도 했다.

　아버지는 산길의 개척자로서, 사냥꾼, 사수, 발명가로서의 뛰어난 점을 보여주었다. 우리는 단둘이서 주머니에 한 덩이의 빵을 넣고 반나절 동안을 목장이랑 숲의 경사면을 돌아다니고 쉬고 하면서 새로운 길을 찾고 식물을 채집하곤 했다. 나는 아버지가 그 자신의 청춘을 다시 찾고, 원기 넘친 가슴과 홍안이 된 얼굴을 기뻐하는 것을 보면 어떤 생각이 집히는 것이 있었다. 왜냐하면, 아버지는 태생이 섬약해서 흔히 두통이나 그 밖의 병을 잘 앓곤 했었기 때문이다. 그래서 우리는 마치 두 소년처럼 함께 걸어 다니기도 하고, 노래도 만들고, 연도 띄우고, 정원에 구멍을 파기도

하고, 안마당에서 여러 가지 도구며 상자를 만들기도 했다.

이 무렵에 나의 귀도 차츰 눈뜨기 시작하여 나의 공상은 멜로디에 골몰하기 시작했다. 학교 공부가 끝나면 나는 교회당에 가기를 즐겨 했고, 문으로 살짝 들어가서 교회 안에서 오르간 연구가가 자신의 예술을 즐기며 연주하고 있는 것을 몇 시간이고 듣곤 했다. 나는 학교를 오가는 길이나 정원에서나 심지어는 잠자리에서도 흥얼거리며 노래를 불렀다. 그리고 많은 찬송가며 가곡의 멜로디를 일찍부터 잘 외웠다.

그러자 아홉 살 때의 생일날에 양친은 내게 바이올린을 선물로 사 주었다. 그날 이래로 오랜 세월 동안 이 담갈색의 작은 바이올린은 내가 어디에 가든 함께 따라다녔다. 또 그날부터 나는 하나의 다른 세계, 하나의 마음의 고향, 하나의 피난처를 갖게 되었으며, 그 이후의 수많은 흥분이랑, 기쁨이랑, 슬픔이 이곳으로 모여들었다.

선생님은 내게 만족하고 있었다. 나의 주의력과 기억력은 예민하고, 애처로울 만치 선생님에게 충실했다. 그리고 몇 해 배우는 동안에 바이올리니스트가 될 자격, 즉 단단하고 잘 움직이는 팔, 자유로운 관절, 지속력 있는 강한 손가락이 되어갔다.

그러나 음악이 유감스럽게도 뜻하지 않은 폐해로서 나

타났다. 왜냐하면, 음악이 완전히 나를 사로잡아서 학교 공부를 싫어하게 됐기 때문이다. 그러나 그와는 반대로 음악은 나의 명예심과 소년 시절의 야성을 난폭한 놀이라든가 나쁜 장난에서 떠나게 하여 다른 방향으로 이끌어 주었다. 음악은 나의 흥분되기 쉬운 열정을 순화시켰고, 나를 말수 적게 하고, 나를 유순하게 해 주었다.

그러나 나는 결코 바이올리니스트가 되게끔 가르침 받았던 것은 아니다. 나의 교사도 역시 딜레탄트였으므로 그 공부는 나에게 있어서 하나의 오락이었으며, 엄격한 연습이나 정확성을 목적으로 하기보다는 빨리 어떤 곡을 켤 수 있게 하는 것이었다. 어머니의 탄생일에 연주한 최초의 찬송가는 훌륭한 성과를 거두었다. 그다음 처음으로 가보트 (17세기 프랑스의 춤곡)를 연주했고, 처음으로 하이든의 소나타를 연주했다. 나는 혼자서 기쁨과 자만에 넘쳐 있었다. 그러나 차츰 나의 성질에 어떤 결함을 느끼기 시작했고, 그 때문에 어떤 유의 경박한 연주법이나 위험한 딜레탕트한 흥분된 연주법에 빠지지 않을 수 있었다.

학교생활도 그와 동시에 진급해갔으나 열네 살이 될 때까지의 모든 해를 통하여 학교는 내게 강제적인 제도에서 생기는 음울함을 지속하고 있었다. 나 자신의 결함에서 오는 것도 있었겠지만, 얼마나 많은 나의 고뇌와 울화가 이 온갖 교육 방법의 책임이었던가는 판단할 길이 없다.

그러나 내가 저학년에서 보낸 이 8년 동안에 나는 단 한 분의 선생님을 발견했다. 그 당시 나는 그 선생님을 경애하고 있었고, 지금도 그 선생님께는 감사를 느끼고 있다. 어린이의 마음을 조금이라도 이해하고, 상처받기 쉬운 동심의 자취를 조금이라도 지닌 사람이라면 아동들이 흔히 느끼는 고뇌를 알 수 있다. 그런 사람은 많은 교사의 난폭한 방법, 즉 힐책이라든가, 소문난 상처를 낸 일이나 잔혹한 처벌이라든가, 수 없는 비위행위 등을 생각하면 언제나 부끄러움과 분노에 몸이 떨릴 것이다.

실제로 내가 말하려는 것은 어느 아이에게나 필요한 근면의 채찍에 대한 것이 아니다. 내가 말하려는 것은 아이들의 신앙이나 정의감에 대해서 이루어지는 불법적인 행위라든가, 내향적인 아이의 질문에 대한 난폭한 대답이라든가, 단편적으로 얻은 사물의 지식을 통일시키려는 어린이의 충동에 대한 무관심이라든가, 믿기 쉬운 아동의 순진한 물음에 대한 조롱 섞인 대답 등이다.

나는 이런 방법으로 괴로워했던 것은 나 혼자만이 아니란 것을 알고 있다. 또한, 그런 것에 대한 나의 불쾌감과 자신의 어린 영혼이 파괴되고 위축된 데 대한 슬픔이 단순히 신경질적인 한 개인의 분노만이 아니란 것도 나는 알고 있다. 왜냐하면, 나는 많은 사람으로부터 그런 개탄을 들었기 때문이다. 물론 이해하기 곤란한 흥분이나 지나친 행동에 충만하여 있는 시기, 자립과 할례割禮와 탈피脫皮 등의 어려운 문제성 많은 시기로서 이 소년 시절의 특이성을 생각해야 한다는 것도 나는 잘 알고 있다. 그러나 나는 이 슬픔과 개탄을 말하지 않을 수 없다. 나의 그 후의 생활의 모든 시기를 나는 각별한 애정으로써 어린아이들을 위해 마음을 쓰며 지내왔다. 그리고 나는 나의 옛날의 불안이 자주 소년들의 붉힌 얼굴에 나타난다는 것을 다시금 발견했다.

이러한 괴로웠던 심정들을 기록하는 것은 싫은 일이다. 나의 추억도 시들어가는 어린 시절과 눈뜨기 시작하는 청춘 시절과의 사이의 이 시기에 이르면 어찌할 바를 모르고 슬픔에 방황하게 된다.

내가 정원이나 들판이나 서재에서 아버지로부터 받은 가르침은 존경과 사랑으로 하여 맑고 깨끗하게 추억된다. 이 아버지의 가르침은 역사와 시詩라는 두 가지 친근한 나라를 나에게 열어주었다. 그리스의 역사는 왕관을 쓴 제왕이며, 패배의 고통을 견디는 사람들이며, 여러 가지 원정이며, 화려한 도시들과 함께 전개되었다. 로마의 역사는 영광의 화관을 쓴 승리자랑, 정복당한 대륙이랑, 옛이야기 같은 개선 행렬 모습 등과 함께 이야기되었는데, 그러한 호화와 고귀에 비하면 독일의 가장 오랜 시대의 수렵과 피비린내 나는 방랑은 오랫동안 나에게 별로 기쁨을 주지 못했다.

질문, 대답, 그리고 이야기 형식으로 친절하게 주어진 아버지의 교육은 나의 마음속에 좋은 기초를 이루었다. 교실에서 교사의 입을 통해 들으면 지루하고 역겹게 느껴지던 것도 아버지에게만 가면 매력적인 형식을 갖추고, 열심히 공부할 가치가 있는 것 같이 느껴졌다.

나는 선생님의 사랑을 받는 편은 아니었지만, 우리 반에서 항상 상위권을 유지했었고, 특히 라틴어 수업에서는 언제나 우수한 성적을 차지했다. 나는 라틴어를 별로 힘들이지 않고 배웠고, 또 열심히 공부했다. 라틴어는 학교 시절에서뿐 아니라 나의 생애를 통해서 아주 친근하고 익숙한 것이었다.

이리하여 나는 슈바벤의 라틴어 학교에 입학할 자격이 있다고 인정을 받았다. 시험에도 겨우 합격했다. 나의 최초의 학교생활은 끝났다. 그리고 숙망의 목표였던 수도원 부속 상급학교에 입학하기까지 여름의 1개월의 휴가가 남아 있었다.

이 휴가 중에 아버지는 처음으로 괴테의 시를 내게 낭독해 주었다. 「모든 봉우리에」라는 그 시는 아버지가 가장 좋아하는 것이었다.

은빛 황혼, 달이 막 떠오를 때, 나는 아버지와 함께 나무들이 무성한 산 위에 서 있었다. 우리는 산에 올라왔기 때문에 깊이 숨을 쉬고 마음에서 우러나오는 진지한 대화를 나눈 후에 아무 말 없이 달빛 밝은 조용한 풍경의 아름다움을 바라보았다.

아버지는 돌 위에 앉아서 주위를 둘러보고, 나를 끌어당겨서 옆에 앉히고는 나를 팔로 껴안으면서 나직하고 엄숙하게 그 무한히 심오하고 훌륭하고 아름다운 시를 읊어 주었다.

> 봉우리마다
> 안식은 깃들고,
> 가지마다
> 바람의
> 숨결은 멎고
> 새들은 숲에서 잠잠하다.
> 기다리라! 이윽고
> 너에게도 안식은 오리니

이때 이후로 나는 수없이 이 말 '새들은 숲에서 잠잠하다.'를 갖가지 상황과 여러 가지 심정으로 듣고, 읽고, 이야기했다. 그리고 그때마다 그 어떤 부드러운 마음을 위로해 주는 듯한 애수에 젖어서 나는 고개를 숙이고 형언하기 힘든 슬픈 행복감을 맛보았다.

그것은 마치 내가 기대어 있는 아버지의 입에서 나오는 것 같았고, 나를 껴안고 있는 아버지의 팔을 느끼는 것 같았고, 아버지의 크고 밝은 이마를 바라보고, 아버지의 나지막한 목소리를 듣고 있는 것 같은 기분이었다.

1900년의
일기

1900년 4월 7일 바젤

　저녁, 어둡고 추운 날. 나는 톨스토이의 〈부활〉을 손에서 놓는다. 이것을 읽지 않으리라 생각하고 있었으나 온 세상이 이 이야기로 가득 차 있으므로 나도 이것을 탐독하지 않을 수 없었다.

　그리고 지금은 그것을 팽개쳐 버렸다. 하긴 이 러시아 작가가 쓴 위안도 없고, 슬프고, 거칠고, 무서운 분위기의 그 어떤 것이 지금도 내 마음을 압박하고 있다. 그러나 이런 책을 읽는다는 것은 육체적으로 건강하지 않다.

내게 있어 톨스토이는 졸라나 입센이나 루터나 헵벨이나 그 밖의 또 20명쯤의 훌륭한 사람들과 똑같다. 그들을 만나면 나는 모자를 벗어야 하지만 만나지 않는 편이 훨씬 마음이 편하다.

톨스토이는 놀랄 만치 정신의 위대성을 지닌 사람이다. 그는 일단 진리의 소리를 듣기만 하면 마치 개나 순교자처럼 곤란을 무릅쓰고, 더러움도, 피가 흐르는 것도 두려워하지 않고 그것을 따라간다. 그를 혐오하게 하는 것은 바로 그에게 갖추어져 있는 러시아적인 그것이다. 이 러시아적인 둔중함, 음울, 문화의 빈곤, 기쁨의 결여 등은 톨스토이만이 아니라 저 온화한 투르게네프조차도 때때로 싫증 나게 한다.

성聖 마르틴이나 성 프랑시스도 톨스토이와 똑같은 설교를 했지만, 이들에게 있어서는 인물이나 설교가 밝고 경쾌하고 즐거운 데 반하여 톨스토이에게 있어서는 어둡고 둔중하고 마음을 음울하게 한다.

아마도 이러한 곳에서 세계의 혁신이 생기리라는 것을 나는 부정하고 싶지 않다. 그러나 이러한 떫고, 여리고, 소박한 싹 속에서 예술이 생겨나기까지는 아마도 백 년이나 그 이상의 세월을 성장해야 할 것이다.

언젠가 나는 이런 꿈을 꾸었다. 나는 이상하게 침묵을 지키고 있는 대중들 한가운데 있었다. 그러자 갑자기 헐렁한 플록코트 차림의 한 우람한 남자가 진지하고 엄숙하고 위압적인 모습으로 내게로 다가와서 거친 목소리로,

"자네는 그리스도를 믿는가?" 하고 물었다. 뭐라고 대답해야 좋을까 하고 생각하고 있는 사이에 그 남자의 이글거리는 눈과 그의 난폭하고 강요하는 듯한 표정을 가까이 보자 나는 매우 불쾌해지고, 굴욕감이 치밀었다. 나는 냉정하고 경멸하는 투로,

"아뇨" 하고 대답하지 않고는 못 견뎠다. 그것은 다만 이 난폭한 질문자의 강압적인 눈길과 그가 눈앞에 있다는 불쾌감을 쫓아버리기 위해서였다.

톨스토이는 말하자면 이런 식으로 질문을 던지고 있다. 그의 목소리는 광신자의 경련적인 열정을 가지고 있을 뿐만 아니라, 동방의 미개인들이 보여주는 매우 조잡하고 거친 울림을 갖고 있다.

나는 다음에 따뜻한 날에, 밝은 봄 숲속에 누워 괴테를 몇 페이지 읽고 싶은 충동에 차 있다.

1900년 4월 11일 바젤

자네는 그리스도를 믿는가?

어제 저녁때 리엔호프의 그 자그마한 홀에서의 물음이었다. 나는 이틀 동안 나겔스 박사 댁에 손님으로 있었다. 친절한 박사 부인은 마음을 터놓은 대화를 나누면서 부드러운 저녁 햇볕을 받고 함께 앉아 있었다. 생각지도 않았던 행복한 시간이었다.

우리들의 화제는 온갖 중요한 일, 진지한 일, 즐거운 일에, 그리고 죽음과 별과 기적에 대해서까지 미쳤다. 마지막 문제에는 이미 더 대답할 말이 없었다. 친근한 신뢰로서 침묵하고, 서로 고개를 끄덕이고, 노을 진 하늘을 바라보며, 비로오드처럼 푸른 포오게젠 평야와 또렷이 보이는 검푸른 슈바르츠발트 숲을 말없이 가리킬 뿐이었다. 그리고 잠자리에 들기 전에 우리는 노발리스의 찬가 제3절을 읽었다.

리엔호프에 있는 큰 살롱의 소파 위에 프리쯔·브르거의 거의 완성된 그림이 걸려 있었다. 그것은 많은 과일꽃이 핀 시냇가 목장 풍경이었다. 이러한 완성되어가는, 혹은 막 완성된 예술작품에 접하면 나는 언제나 아픔과 흥분, 선망羨望을 동시에 느낀다. 왜냐하면, 나는 그날그날의 자질구레한 일에 묻혀서 전보다도 더 내 일에서 떨어져 있기 때문이다. 그러나 일에 대한 욕망과 동경은 날마다 더욱더 강해지고 있다……

1900년 4월 15일 바젤

리엔호프의 이 따뜻하고 푸른 황혼이여! 몇 달 내내 한 줄의 시도 쓰지 못했다. 그러나 이제는 샘솟듯 한없이 솟아 나온다. 시, 시가! 아름다운 시가집詩歌集처럼 완벽하게 봄, 신록, 지빠귀 울음소리, 그리고 시인을 위해 즐거운 금빛 안개가 세계를 감싸고 있다. ……

나는 풀밭에 눕는다. 목장을 산책한다. 저녁이면 방의 어둠 속에 의자에 기댄다. 포도주를 마시러 간다. 그리고 내 입술은 시만을 노래하기 위해 타오르고, 붉어진다. 이미 아무런 내용도 사상도 없다. 오직 세련되고 미소 띤 말의 음악뿐이다. 오직 박자뿐, 운율뿐이다. 그럴 때 그 모든 시가 잘 되었더라도 아직은 서정시抒情詩가 아니라는 것을 잘 알고 있다. 또한, 이윽고 오늘과 어제에 대해서 무언가 불가사의한 것, 아름다운 것, 지나가 버린 것으로서, 고통과 아이러니 Irony로써 생각하게 되리라는 것도 나는 알고 있다.

내가 지금 생각하고 있는 것도 어떤 시인이 이미 아름다운 시로서 노래하고 죽은 것처럼 여겨진다. 생각해 보면 그 것은 저 얄미운 벗 하이네로서 이런 시구가 있다.

나를 사랑한다고 말하지 마오.
나는 알고 있다.

이 세상에서 가장 아름다운 것, 봄과 사랑도
그것들은 이윽고 멸망하는 것

봄과 사랑, 사랑이란 무엇인가? 나는 모른다. 그것은 다만 하나의 이름에 불과하다. 나의 경우에 있어서 사랑이란 부드럽게 흐르는 서정성抒情性이며 그것이 이상한 형식의 센티멘털로서 이따금 나를 엄습해오는 것으로 감미로운 동시에 괴로움을 주는 것이다. 아니면 사랑이라고 할 때 엘리자베트를 생각하면 되는 것일까? 흔히 아가씨들에 관해서 이야기하는 것보다 더 많은 것을 나는 엘리자베트에게 자주 말하고 싶은데 그런 것이 사랑이라는 것일까? 내가 그녀에게 고백하고 창피를 당하고서 달아나는 장면을 상상하면 이따금 슬퍼지는데 그것이 사랑일까? 나는 현재의 생활의 불안정한 토대를 타파하고, 단단한 기반을 쌓고, 거기서부터 정열의 붉은 깃발을 들고 희생을 무릅쓰고 돌격하여 그녀를 추구해야만 할 것인가?

내가 아직 소년이던 시절, 첫사랑에 빠졌을 때의 그 진지하고 불타는 듯한 정열이나 황홀함, 눈물로 지새우던 그 수많은 밤들을 생각하고, 또한 열에 들뜬 듯이 계획하고, 갑자기 자살의 충동마저 일어나서 좌절하면서도 대담하게 세웠던 생활 계획이며, 침대 속에서 몇백 번이나 엘리제의 이름을 부르다가 정원에 나가 노래 부르고, 숲에서 큰소리로 외쳤던 때의 그 격한 기분을 회상할 때 그 모든 일을 상기하면 나는 서글픈 기분으로 웃지 않을 수 없는데 이런 덧없는 사모의 정을 사랑이라고 부를 수는 없다.

그것은 하나의 기분이며, 여명 속에서 연주되었던 단조短調의 화음和音이며, 불안하고 슬픈 시의 수줍은 시초이다. 그런데도 결국 지난 수년 동안에 설령 희미한 것이기는 하지만 몇 번의 흥분이 일어나고 그때마다 사랑이라는 이름이 내 마음에 떠올랐다. 그 당시에 불타올랐던 도취감은 몇 해 동안에 수많은 철학, 수많은 미학, 수많은 예술과 아이러니로 차츰 퇴색하고, 창백해지고, 피상적인 것이 되었는데 아마도 그것이 사랑인 모양이다.

그러나 나는 이따금 그 옛날의 빨간 불꽃 같은 사랑을 꿈꾸고 오만과 숙명에 대한 불만에서 짜였던 격렬하고 미치광이 같던 정열에 그리움을 느끼는 것이다. 내가 할 수 있는 것은 그런 꿈과 그리움뿐일까? 아니면 그것은 옛사랑의 여운일까, 또는 앞으로 올 아직도 가능한 사랑의 예감일까? 그리고 이 꿈은 전혀 무의식적인 생이나 본능과 지나간 추억에서 생겨나는 것일까? 아니면 이 꿈은 그 색채를 아르놀트 뵈클린(스위스의 화가)에서 얻고, 그 위대한 마력적인 박자를 쇼팽이나 바그너에서 얻은 것일까?

생각건대, 자기의 사소한 일시적인 감정을 잘 관찰하고 모든 관능적인 흥분의 발생을 추구하는 사람만큼 자기의 내적 생활의 근거나 욕망이나 불만의 참된 원인에 대해서 어두운 사람은 없으며, 더욱더 혼란에 빠지는 사람은 없는 법이다. 그러나 그럼으로써 무의식적으로 두려워하는 것이 모여서 공포증이 되고, 아무런 조심스러운 관찰도 못 하게 되리라.

1900년 5월 3일 악센슈타인

여기서는 도저히 글을 쓸 수가 없다. 너무 건강이 지나친 듯한 예감이 들기 때문이다.

1900년 5월 13일 바젤

호수에서의 감명은 아직도 계속되고 있다. 그 아름다움이란 무한하여 모든 산이 깊은 눈에 덮여 있는 지금은 더욱 신선하고 선명하다. 몇 번이고 이곳을 찾을 때마다 이 호수는 항상 새롭고, 위안과 풍요함이 가득 차 있다. 루체른(스위스의 명승지)의 선착장에 갈 때마다 호수의 감명은 새로워지고, 그때마다 그것이 강렬해지든가 아니면 달라지곤 한다.

나는 아름다운 목장도, 피투스 산도, 여러 개의 숲도, 또한 모든 산 가운데서 가장 지루한 리기 산도 생각하지 않게 된다. 내 눈을 감격하게 하는 것은 이 맑은 물의 아름다움 뿐이다. 이 물은 암청색으로부터 녹색과 회색을 거쳐 가장 순수한 은빛에 이르기까지 온갖 색채와 뉘앙스를 보여줄 수 있다. 어떤 때는 이 물빛이 무거운 잿빛이 되었다가 잔잔한 물결이 일 때는 서늘한 연녹색이 되고, 또 어떤 때에는 화가가 화필을 내던지고 '기름을 부은 호수'라고 한 상태로 된다.

이것이 가장 아름다울 때이고, 갖가지 색채의 반점이 나타나 때로는 뚜렷한 윤곽을 드러내고 나타내기도 하고, 때로는 극히 미묘하게 색채가 융합된 때도 있다. 그 위에 구름이 암청색 그림자를 드리우고 햇빛이 비치는 데 따라 산봉우리의 눈이 은색이나 납빛으로 비친다. 너무 높은 곳에서 내려다보면 이 호수의 매력이 별로 없다. 보트에서 보는 것이 가장 아름답지만, 태양이 잘 비치고 있을 때는 모르샤하나 제리스베르크 고지에서 보면 매우 아름답다.

최근 나는 이 호수에서 청아하고 밝은 청록색을 보았다. 그것은 마치 저녁놀 뒤에 하늘에 나타나는 마지막 푸른색과 흡사하지만, 금빛이라기보다는 은빛 색조를 띠고 있었다. 이 뭐라고 형언키 어려운 색채와 그것이 완전히 그을린 은빛으로 변해가는 모습은 나에게 열광적인 기쁨을 주었다. 그것은 마치 중력의 법칙에서 해방된 듯한 감정이었다. 즉 나의 영혼이 신선해지고, 나 자신을 망각하고, 말 없는 호수의 품속으로 펼쳐지고, 에테르 자체가 되고, 색채 자체가 되고, 아름다움. 그 자체가 된 것 같이 현실에서 용해되어버리는 감정을 가져다주었다.

예술이나 시나 철학적인 방법이 주는 감명이 나를 이처럼 높여주고, 안식을 주었던 일은 별로 없었다. 그것은 아름다운 그림을 보는 기쁨과도 다르며, 훌륭한 예술작품 앞에서 이루어지는 즐거운 자기기만도 아니다. 이러한 색채를 바라보는 동안 순수한 아름다움이 의식적인 생명과 무의식적인 생명의 모든 감동에 승리하는 것을 맛보았다. 이따금 나는 저 별을 의심하고 '미적 세계관'에 대하여 세상 일반의 공격을 시인하려 하지 않았던가?

그러나 이제 나는 나의 아름다움에 대한 신앙이 결코 미신이 아니라는 것과 모든 육체적 정신적 사물을 오직 아름다움과의 관계에서 관찰하는 것이 의의가 있다는 것, 그리고 이 신앙은 그 순수성과 축복이라는 점에서 순교자나 성자의 숭고한 마음에 못지않은 마음의 앙양을 줄 수 있다는 것을 깨달았다. 그와 동시에 이 아름다움의 종교가 보통 종교에 못지않은 희생을 요구하고, 적지 않은 고뇌와 회의와 투쟁을 수반한다는 것도 나는 벌써 알고 있었다.

이 아름다움을 대할 때 우리의 마음속에는 기독교도의 생활과 같은 원죄가 있고, 타락과 부활이 있고, 축복과 불행이 엇갈리는 감정이 있다. 무릇 이와 같은 진실로 경건한 사람들은 우리 유미주의자唯美主義者들에게 있어서는 유일한 존경할 만한 경쟁자이다. 왜냐하면, 그들만이 우리와 마찬가지로 일상생활의 심연이나 범속한 것들의 고뇌를 깊이 알고, 이상 앞에서 무릎을 꿇고, 진리에 대한 외경이라든가, 신앙의 가차 없는 관철을 잘 알고 있기 때문이다.

우리에 의해서 항상 얼마쯤 이해됐던 고대(그리스와 로마를 말함)가 몰락한 이래 이 두 가지의 길(기독교와 유미주의)만이 항상 범속凡俗을 초월해 왔다. 내 느낌에 따르면 철학사 중에 있어서도 유미주의자와 기독교도의 길만이 추구되어 왔기 때문이다.

사색자思索者의 길도 이와 마찬가지로 영원한 것에 대하여 어떠한 태도를 견지하자마자 반드시 똑같은 희생과 고뇌를 겪고, 또한 항상 드러난 상처를 건드리는 고통을, 어떤 의미에서는 세상에 대한 체념을, 그리고 혐오의 극복을, 이상에 대한 회의의 어둠 속을 빠져나가지 않으면 안 되는 것이다.

항상 변함없는 '현세'에 대해서 고통스러운 대조를 이루는 이상을 지닌 사람은 철학자일까, 아니면 유미주의자일까, 또는 기독교도일까? 어찌 됐든 이 셋은 항상 고뇌하며, 타협을 경멸하며, 그 때문에 '임기응변'이나 유머를 배척한다. 그렇지 않다면 비속한 위트는 별도로 치고 그 궁극의 기초가 나약함이 아니고, 기관이 아니고, 이상주의자의 고통스러운 철저로부터의 도피가 아닌 유머라는 것이 실제로 있는 것일까? 가령 이야기를 하는 사람이 매우 교묘한 방법으로 화제를 끄집어내고, 그것이 품위 있는 것이면서도 위트 속으로 끌어들임으로써 가장 우둔한 사람의 양심조차도 자주 자극할 경우 어떠한 재치 있는 대화에도 어려운 한계가 있다는 것을 느끼지 않는 사람이 있을까?

코미디의 위트가 각 등장인물의 가엾은 성격에 바탕을 두고 있다는 것을 알면 사람들이 코미디의 공연자共演者가 되고 싶다고 생각할까? 그러나 너그러운 이상주의자에게 있어서 가장 큰 희극적 매력은 영웅 같던 주인공이 비속한 자로 전락하는 데 있다. 이러한 매우 유혹적인 흥미를 버린다는 것은 이상에 대해서 우리가 바치지 않으면 안 될 희생의 하나이다.

열렬히 서로 사랑하다가도 지참금이 적다는 것을 알자 그야말로 희극적으로 결혼을 포기하는 애인들, 어떤 고상한 목표를 향해 나가는 도중에 육체적 피로의 순간에 빵을 위해서 이상을 팔아먹는 주인공들, 모든 이러한 희극적 인물은 그것을 보고 갈채를 하는 관객 속에 으레 많은 추종자를 갖고 있으며, 그들에게 있어서 연극의 가장 강력한 매력은 양심이 어중간하게 눈뜨는 데에 있다. 그들의 대다수는 아마도 잠깐은 분하고 노여운 감정을 느끼리라. 그러나 그들에게는 용기가 없거나 똑같은 암초에 몇 번이나 부딪친 일이 있었으므로 그 주인공들에게 박수를 보내고, 웃는 즐거움을 위해서 자기의 이상을 팔고 그들의 흉내를 내는 것이다.

이러한 연극이 효과를 거두고 있는 경우라도 소재의 코믹성과 관계없이 예술적 표현으로서 순수하게 감상할 만한 것이 몇이나 될지 의문이다. 나 자신도 그런 감상을 한 적은 거의 없다. 내가 구경한 이런 종류의 몇몇 희극도 그 예술적인 질이라는 면에서 볼 때 대개 나를 불쾌하게 하거나 슬프게 할 뿐이다.

1900년 5월 19일 바젤

엘리자베트, 나는 그녀를 정원에서 만났다. 그녀는 매우 수수하고 침침한 연푸른 색의 새 여름옷을 입고 있었다. 그녀는 그네를 타고 마치 자기가 얼마나 아름다운가를 알고 있는 아름다운 새처럼 앞뒤로 흔들흔들하고 있었다.

그때 박사 부인이 왔다. 이미 어두워지고 있었다. 함께 차와 얼음물을 마셨다. 별이 빛나기 시작했다. 나는 그녀를 집까지 바래다주었는데 오늘 저녁은 지루함을 느꼈다. 나는 내가 쓰려는 소설에 관해 이야기하고 그것을 그녀에게 바치겠다고 약속했다.

이제 내 방 안에 별빛이 비치고 있다. 지난날의 감미로운 애수 같은 것이 내 가슴속에서 울리기 시작했다. 문득 쇼팽의 D단조 발라드의 멜로디가 떠오른다.

1900년 5월 23일 바젤

아이러니! 우리는 저녁 내내 이것에 관해 이야기했다. 물론 한밤중에 다시 글을 썼다. 한 시가 되었다. 아이러니란? 우리에겐 거의 그것이 없다. 그러나 이상하게도 나는 이따금 그것에 흥미를 느낀다. 나의 우울한 기분을 몽땅 풀어서 고운 비눗방울처럼 하늘에 날리고 싶다. 모든 것을 표면화시키는 것, 세련된 의식으로써 모든 말로써 표현하지 못한 것들을 그 신비가 드러난 것으로서 나만이 간직하는 것! 이것이 로맨티시즘이라고 나는 생각한다. 이것은 피히테를 슐레겔로, 슐레겔을 티이크로, 티이크를 현대로 번안한 것이다. 그것이 나쁘다는 건 아니다. 티이크는 아무도 따를 수 없다. 하이네조차도 그를 따르지 못한다. 그렇다면 비조형적非造型的이고 음악적인 우아함을 지닌 티이크는 원래 내가 애호하는 작가라야 할 것이다.

1900년 5월 30일 바젤

쇼펜하우어, 그는 연극을 하고 있고, 그의 말은 옳지 않다는 느낌을 나는 이따금 받는다. 그러나 그보다 더 나은 것이 있다는 것을 모르는 것도 아니라. 아니 어쩌면 나는 쇼펜하우어의 더 좋은 면을 알고 있으면서 그것은 표현하기가 너무나 어려워서 말하고 싶지 않은지도 모른다.

1900년 6월 6일 바젤

나의 동화소설이 완성됐다. 모두 칭찬해 준다. 때로는 이해를 하고. 쓰는 동안에도 매우 흥미가 있었지만 역시 만족스럽지는 못하다. 체잘리우스(독일 중세 때의 이야기 작가)의 작품을 모두 읽었다. 〈유혹에 대하여〉였던가, 〈잠의 유혹에 대하여〉에서였던가, 두세 가지 다소 재미있는 소재가 있었다.

내가 편집하고 있는 로망파 문학작품집에 두 개의 좋은 작품을 증보했다. 1803년의 〈민네 장戀歌〉과 〈슈테룬바르트〉의 초판이다. 전자는 극히 귀중한 작품이다. 호프만은 내게 로망파 작가로서 더욱더 제1인자의 지위를 차지하기 시작했다. 티이크는 이따금 기대에 어긋난다. 그의 동화도 그렇다. 노발리스는 아직도 미완성으로 끝났다. 브렌타노는 너무나 의식적으로 형식을 무시하고 있다. 그러나 브렌타노의 〈고드비〉는 천재적인 작품이며, 〈로벨〉(티이크의 소설)보다는 천박하나 무한히 재미있다.

이미 문학이랄 수 없는 〈오프터딩겐〉(노발리스의 작품)을 제외하고 나는 〈브람빌라〉(호프만의 소설)를 가장 높이 평가한다. 기교면에서 보면 호프만 이후의 것은 가치가 작다. 켈러조차도 하나의 소재를 내부로부터 조명照明하여 그처럼 완성된 예술로 만든 예는 극히 드물다. 그렇다 하더라도 켈러의 기교에는 얼마나 많은 로맨티시즘이 잠재해 있었는가 하는 것은 놀라운 일이다.

1900년 9월 4일 비츠나우

프로렌스의 우피찌엔 화랑畫廊에서도 나는 이곳의 황홀한 호수 위에서만큼 아름다움을 기쁨과 동경으로써 열심히 추구하지는 못했으리라.

9월, 오전의 안개. 비 오는 날이 거의 없다. 달이 차츰 차올라 가는 서늘한 밤들. 아직 어디에도 마른 잎은 눈에 띄지 않는다. 나뭇잎들은 늦여름의 초록색이며, 이미 곳곳에 9월의 금속성 광택을 띠고 있다.

사과, 배, 무화과가 휘어진 가지에서 떨어진다. 저녁때에는 어김없이 밝고 다채롭고 빛난다.

1900년 9월 5일 비츠나우

오, 지금도 나의 어린 시절의 소박한 향락욕享樂欲을 다시 가질 수 있다면! 나의 가슴이 옛날처럼 도취와 탐닉에 두근거릴 수 있다면!

그러나 그럼에도 불구하고 나는 매일 향연의 화환(자연을 가리킴)을 찬미하고 있다. 호수는 차츰 그 엷은 비단옷을 벗고 내 눈앞에 다가와서 끊임없이 유혹과 매혹과 경탄 속에 나를 사로잡는다. 그것은 이따금 겸손하게 억제하여 나를 고대하게 했다가 별안간 찬란한 아름다움을 한 아름 나에게 던짐으로써 나를 눈에 부시게 한다. 하나하나의 후미가 방위와 그날의 시간에 따라서 색채가 변화한다는 것을 나는 명확히 알게 되었다. 그러나 이러한 외부의 경치도 넘칠 듯한 환희에 찬 생명, 목적도 규범도 없이 시시각각으로 믿을 수 없으리만치 풍요하게 피를 흘리며 새로이 성장해가는 생명에 비하면 시시한 것일 뿐이다!

나는 낮 대부분을 호수의 색채의 희롱과 비밀을 탐지하는 데 보내고 있다. 처음 며칠은 몇 번이고 호반의 길을 산책하고, 그 후로는 내 시간의 거의 전부를 물 위에서 보내고 있다. 이따금 높은 곳에서 내려다보기도 했지만 대수로운 발견은 없었다. 하메춰반트의 고지에서 내려다보면 나의 눈에 가장 알맞게 보이는데, 거기서 위쪽으로는 1m를 오를 때마다 광택과 색채가 희미해진다. 리기쿨므 산에서 보면 이 호수는 흐릿해져서 거의 회색으로 보인다. 그보다 낮은 곳에서는 몇 가지 미묘한 매력을 발산한다. 이를테면 숲 사이로 바라보면 이따금 너도밤나무랑 칠엽수랑 떡갈나무 잎사귀들이 훌륭한 뉘앙스를 보여준다.

그러나 무엇 때문에 이런 빈약한 원경遠景만을 찾으며 시간과 태양 빛을 낭비하고 있는 것일까? 그래서 나는 온종일 보트를 타고 수면과 후미를 돌아다니기로 했다. 경쾌한 보트, 휴식 시간을 위한 한 개의 시가와 한 권의 플라톤 책, 그리고 낚싯대와 낚시 도구들. 이것이 나의 장비이다.

이 현란한 환희와 색채로 흥분된 순간을 가져다주는 물의 흐름을 마침내 말로 옮겨서 시로 표현할 수 있는 날이

올 것인지? 이 유혹, 매력, 욕망, 이 갑작스러운 만족, 황홀, 현혹을 시로 쓸 수 있을까? 오늘은 다만 더듬거리면서 산문적散文的으로 적어 둘 수밖에 없다. 아마도 이대로 그칠지도 모른다. 최초에 보았던 소박한 뉘앙스를 초월해서 독자적으로 규명하고 감상적인 눈에 따라서 표현하기란 아마도 불가능하리라.

화가라 할지라도 겉보기엔 극히 단순한 색채의 배합에서도 오직 자기의 타고난 재질이나 직분에 맡기고 의문에 찬 독자적인 길을 갈 수밖에 없으리라. 언어의 포인틸리스點描派란 것이 있을 수 있을까? 도대체 청록색이란 어떤 빛깔인가? 진줏빛 청색이란 어떤 것일까? 금빛이나 코발트 블루나 바이올렛이 약간 강한 색을 어떻게 표현할 수 있을까? 그런데 이러한 약간의 농담濃淡 속에 교묘한 색의 배합, 다시 말해서 하나의 분위기의 감미로운 비밀 전체가 포함된 것이다.

1900년 9월 6일 비츠나우

아름다움을 철저하지는 못하나 기쁘게 즐기지 못하고, 그것을 해체하고, 추구하고, 세밀하게 분석하고, 그것을 다시 예술적인 방법으로 재구성하는 가능성을 사색하지 않으면 안 된다는 것은 나의 저주이자 행복이다.

드문 일이기는 하지만 내가 철저하게 벗어버렸던 옛날의 몹시 어리석고 하는 짓이 굼떠 흐리터분했던 기분이 잠깐 다시 소리를 내면서 엄습해 올 때가 있다. 즉 옛날의 순진하고 우둔한 열중성과 이해를 초월한 탐닉이 문득 나타날 때가. 이러한 순간은 차츰 드물어지고 있고, 그 순간적인 희미한 쾌락을 위해서 나의 이상을 팔아넘길 수는 없는 일이다. 왜냐하면, 순진한 소년의 박명薄明 시절로 완전히 되돌아간다는 것은 결코 있을 수 없기 때문이다. 만약 어디엔가 그런 것이 있다면, 나에게 있어서 인생의 즐거움과 의의가 진보하고 있다는 것, 다시 말해서 아름다움의 본질과 법칙을 의식적으로 더욱더 명확하게 해명하고 추구하고 있다는 것이다.

그런데 오늘, 나는 그런 박명 시절로 되돌아간 한때를 가졌다. 오후, 화사한 햇볕을 받고 뷔기스 기슭의 넓은 호수 한가운데에 있었다. 나는 노 젓는 자리에 누워 호면을 바라보고 있었다. 자주색과 황금빛이 가득 찬 물결이 내 눈앞에 펼쳐져서 끊임없이 흐르고 있었다. 나의 모든 감각은 잠들어 꿈을 꾸고 있었다. 따뜻하고 황홀한 쾌감이 나를 휘감았다. 내 눈은 아무런 윤곽도 빛도 명암의 분간도 할 수 없게 되었다. 나의 시선은 완전히 의지를 상실하고 자유로이 해방된 것처럼 신비한 아름다움의 바다, 붉고 푸르고 노란빛 바다 사이를 비틀거리고 있었다. 마치 아무런 목적도 없이 빠르게 또는 늦게 팔락거리는 한 마리 나비처럼.

1900년 9월 7일 비츠나우

육지 길로는 좀처럼 갈 수 없을 듯싶은 '위에 붙은 코'라는 곶岬 맨 끝에는 아마 15년쯤은 자란 듯한 한창의 떡갈나무의 조그마한 숲이 있었다. 이 밝고 텁텁한 빛깔의 나뭇잎들은 어떤 이상한 효과를 수면에 주고 있다. 그 언저리의 수면 전체가 벌써 멀리서 보면 독특한 노란색을 띤 밝은 빛깔로 두드러져 보인다.

그리고 오전의 짙은 녹색 호수에서 그 유난히 밝은 수면으로 배를 타고 가는 것은 놀랄 만치 멋진 일이다. 유감스럽게도 해가 비치지 않았지만, 그곳에서 나는 흰 구름의 윤곽이 물에 비쳐서 떡갈나무의 녹색으로 물든 수면을 두 번이나 가로질러 가는 것을 보았다. 흰 그림자는 변함이 없었는데 호수 한가운데 쪽이 한층 더 뚜렷한 윤곽을 보여주는 것이었다.

내가 그 아름다운 선을 눈으로 좇고 있으려니까 한 척의 기선이 그 곁을 지나가면서 햇볕이 잠깐 비쳐 배 자취가 갑자기 은빛으로 반짝였다. 몇 초 동안 조용한 배 자취의 물살이 은빛을 나타낸 채로 있었는데, 가운데 쪽에서 배가 일으킨 물결은 그을린 황갈색으로 반짝이고, 이쪽 수면은 밝은 초록색인 채로 흰 빛깔이 몇 개로 부서졌다.

몇 초 동안 그 몇 초 동안에 나는 자유로운 눈으로 이 불시에 이루어진 절묘한 색의 배합을 이해하고 음미했다. 마치 여신의 미소나 어떤 시의 빛나고 아름다운 운율과 의미가 있는 훌륭한 한 구절처럼.

1900년 9월 8일 비츠나우

바람 부는 진정되지 않는 날, 때때로 해가 비친다. 보오크스 마을 앞에서 뷔르겐슈토크 산기슭을 따라 배를 달렸다. 호수는 가운데 쪽에서 기슭으로 몇 번이고 이상하게 미묘하고 싸늘한 빛깔이 분주하게 일었다가는 사라져갔다. 그것은 마치 백열白熱의 강철이 식어가는 것 같이 적록색, 적갈색, 노란색, 흰색을 나타내고 있었다.

뷔르겐슈토크 산 중턱에서 암소의 방울 소리가 들려왔다. 아름다운 파도 같은 목장이 연푸른 하늘에 연초록색으로 떠올라 저 표현할 길 없이 슬프고 싸늘한 가을 기색을 자아내고 있었다. 이 가을 기색이 언제 생기는지 아무도 모르지만, 그것은 매해 어떤 시기에 갑자기 그전처럼 나타나서 커다란 변화를, 우리가 의지하고 있는 지상의 불안을, 죽음을, 또 우리가 헛되이 더듬어 온 무수한 형극의 길을 회상하게 한다. 마치 사랑하는 고인의 이름이 그런 것들을 생각나게 하는 것처럼.

나는 배를 저어 갔다. 그것은 보오크스 호수에서 파도 빛깔의 톤을 관찰하기 위해서이고, 몇 가지 색의 배합과 갖가지 빛의 굴절과 약간의 은빛 색조로 이루어진 그림을 보면서 나의 추억을 풍부히 하기 위해서였다. 서늘하고, 즐겁고, 경쾌한 기분으로 귀로는 운율을 듣고, 입술로는 시를 읊으면서 노를 저어 갔다. 그것은 내가 아직 알지 못하는 몇 가지 아름다움의 표현 방법과 새로운 몇 가지 동태 속에 있는 아름다움을 탐지하기 위해서였다. 그러나 결국 이 가을의 목장, 올해 들어 처음 보는 이 목장, 즉 거역할 수 없는 부드럽고도 슬픈 사자使者를 발견하는 것으로 끝났다.

나는 고개를 돌려 물결치고 있는 맑은 수면에 잠시 눈길을 보냈다. 나는 부룬넨 쪽 하늘과 오버바우엔의 절벽에 한 줄기 햇빛이 비치는 것을 바라보았다. 그러나 내 생각은 여느 때처럼 끊임없이 활발한 투시력으로 그 빛을 끝까지 쫓고 있지는 않았다. 내 눈은 담황색淡黃色의 반사가 떨리면서 사라지는 것을 보고 있을 뿐 생각이 그것을 따르지 않았

다. 내 생각은 내 등 뒤에 머물러 저 험한 숲 위와 연푸른 목
장 위로 달리고 있었다. 가을이구나! 그리고 내가 바른길
을 가고 있는지, 나의 이 휴식 없는 걸음이 나를 행운의 별
에 더욱 다가가게 하고 있는지, 아니면 멀어지게 하고 있는
지, 이 길이 언젠가 나를 정신적인 성숙으로 이끌어주어 이
와 같은 가을과 우수憂愁가 더는 나의 마음을 혼란 시키지
않게 해 줄 수 있을지 곰곰이 생각해 보았다.

　내가 거기서 명상에 잠겨 있노라니까, 어떤 한순간이 나
타났다. 나에게 힘이 있다면 외면적인 허위 생활의 베일을,
즉 쾌락이니 사랑이니 비애니 향수니 추억이니 하는 모든
실을 끊어버렸을 것을, 하는 생각이었다. 나는 하나의 정
점, 높은 산마루에 서서 안도의 숨을 내쉬고 있는 느낌이었
다. 나의 배후에는 인간적인 모든 관계가 이어져 있고, 앞
쪽에는 절대자, 즉 초인간적인 존재가 만들어 놓은 경쾌하
고 시원한 들판이 펼쳐져 있지 않은가. 한순간 한 호흡 사
이의 일이었다.

　흔들리는 방울 소리가 산으로부터 울려왔다. 나는 눈을
감고 그 정상에서 차츰 가라앉아 갔다. 묵직한 육체적인 슬
픔이 나를 엄습했다. 나는 달아나고 싶었다. 나의 상념은
학대받은 말처럼 우뚝 일어섰다. 그러나 나는 거역하지 않
았다. 그러자 그 묵직하고 노곤한 슬픔이 나를 압도하고 나

를 점점 깊게 굴복시키고 모든 희망의 별을 지워버리면서 나를 괴롭히고, 잔인한 정복자처럼 모욕적인 개선가를 부르는 것이었다.

그러자 막이 갑자기 찢어진 것 같이 나의 어린 시절의 추억의 밝은 꽃밭이 눈앞에 선명하게 나타났다. 그리고 부모님, 나의 소년 시절, 나의 첫사랑 시절이, 또 나의 청춘 시절의 친구들 생각이 났다. 그러한 억눌렸던 시절이 떠오르면 그런 추억들은 아름답긴 하지만 아주 낯설고 슬픈 말을 건네어 나에게 향수를 자아내게 하면서도 엄한 질문을 던진다. 그것은 마치 우리가 그의 눈물을 닦아주지도 못했고, 또 그 호의에 보답해주지도 못했던 고인들이 자꾸 나타나서 우리를 힐난하는 것 같았다. 나는 그런 추억을 몰아냈다. 그러자 그 추억은 사라졌으나 죽은 것 같은 현재를 뒤에 남겼다.

쓸쓸하고 허전한 가을의 감상과 함께 괴로운 이별의 기분이 마음에 솟아났다. 자유롭고 고독한 며칠의 휴가가 지나면 도시와 거기서 다시 시작될 고된 생활, 즉 많은 사람과 많은 책, 거짓과 자기기만과 시간의 낭비 등이 나를 기다리고 있다는 것을 깨달았다. 그러자 갑자기 나의 청춘이 모두 괴로우리만큼 강한 생활 의욕이 되어 마음속에서 불타올랐다.

나는 힘껏 노를 저었다. 커다란 후미를 저어 나가서 뷔르 겐슈토크 곶을 돌아 마트까지 가서 다시 뷔기스 쪽을 향해 저어 갔다. 당연한 피곤 따위는 나의 마음을 만족시키지 않았다. 크게 입을 벌린 불만은 나의 마음을 자포자기적인 욕망으로써 채웠다. 그것은 나의 생의 모든 자유와 힘을 이 순간에 집중시켜 단숨에 웃으면서 소비해버리자는 욕망이었다.

　　호수는 이제 내게는 너무나 좁았고, 산은 너무나 잿빛이었고, 하늘은 너무나 낮았다. 뷔기스에서 나는 멱을 감으며 호수 한가운데로 헤엄쳐 갔다. 깊이 호흡하면서 두 팔로 물을 헤쳐 나갔다. 피로해지면 드러누워 천천히 헤엄쳤다. 무엇을 기대하는 눈으로 하늘을 바라보았으나 만족스럽지 않고 화가 치밀었다. 내가 갈망하고 있는 충실하고 기쁜 생활을 가질 수만 있다면 나는 생명을 걸 수도 있으련만.

　　이윽고 나는 헤엄쳐 돌아와서 가을과의 이별의 슬픔과 마음의 불만에서 오는 울적한 고뇌를 느끼면서 다시 보트에 올랐다.

　　그 후 나의 마음은 그전보다 많이 진정되었다. 나의 생활 원리가 승리한 것이다. 이제야 나는 궂은 날씨마저도 즐기는 습관을 갖듯이 이 애수와 절망을 즐기고 있다. 그 애수에는 그것대로의 달콤함이 있는 법이다. 나는 그 애수와 대화하며 그것을 연주한다. 마치 음악가가 단조短調에 맞춘 검은 하프를 타듯이.

결국, 나는 매일 하나의 기분, 그날의 독특한 색조色調, 다행한 경우에는 하나의 시를 얻는 것 외에 무엇을 더 바라겠는가.

1900년 9월 9일 비츠나우

오늘 내가 낚싯대를 들고 호숫가에 앉아 어제의 애수의 여운에 잠겨 있으려니까 불현듯 엘리자베트의 이름이 머리에 떠올랐다. 나는 그녀의 모습을 선명하게 마음속에 떠올릴 수 있었다. 그러자 그녀는 깊은 거울 속에서 바라보듯이 내 꿈속에서 나를 바라보는 것이었다. 그와 동시에 나는 단테의 〈신곡〉을 읽고 싶은 강렬한 동경을 느꼈고, 그 압도적인 욕망으로 하여 오늘이라도 바젤로 돌아가고 싶었다.

뵈르셰(독일의 과학 평론가)는 나를 가지고 멀리 떨어져 사랑하는 경우의 일례를 실증할 수 있을지도 모른다. 내가 나를 자세히 검토해 보면 엘리자베트가 나에게 끼친 매력은 처음 만났던 순간에 느꼈던 그 특이한 옆모습의 선에 있었던 것 같다. 즉 옆얼굴의 목과 턱의 세련되고 우아한 윤곽에. 그러나 결국 그 옆얼굴의 매력이 내 경우에는 특히 현저했었다. 왜냐하면, 그 머리 모양이라든가, 그뿐 아니라 의상이며, 허리띠며, 리본 등 모든 것이 분명히 매력을 줄 수 있었기 때문이다.

나는 그녀의 얼굴의 선을 보며 사랑하는 여자의 아름다움을 내 것처럼 즐겼다. 그것은 마치 사람들이 충분히 감상한 후에 대가의 그림을 내 것처럼 즐기는 것과도 같다. 그러므로 내가 그녀의 육체를 눈앞에 그리려 할 때면 그때마다 그것을 상상하는 힘은 전혀 필요로 하지 않는다. 그러나 나의 사랑하는 여인, 그 가련한 아가씨를 그런 외양만으로 밝힌다는 것은 잘못이다. 나는 얼마나 여러 번 그녀의 아름다운 손을 다정하게 잡고, 그녀에게 말을 하게 하고, 그녀의 눈을 가만히 바라보고 싶어 했던가! 이러한 상념과 욕망 속에는 저 피안彼岸의 아름다움의 반사가 포착할 수 없이 작용하고 있다.

잠시 나의 회의심이 잠들자마자 나의 애정 속에 있는 천사가 노래하는 소리와 천국의 추억이 나의 영혼의 문을 두드리는 소리가 들린다. 그런데 내 영혼은 저 지배하려 하는 〈사상〉의 난폭한 압제를 모두 받으면서 미소 지으며 견디고 있다. 내 영혼은 검은 베일 밑에서 잠들고 있으나 아마도 피안의 세계에 가장 깊은 신비를 꿈꾸고 있으리라. 그러나 나의 의식적인 생명은 최고의 순간에 있으면서도 주저하면서 피안의 세계의 문 앞에 서 있을 뿐이다.

그리고 이러한 나의 영혼은 새롭고 기분 좋은 목소리로 행복한 고향 이야기를 내게 들려준다. 그런데 우리 둘, 엘리자베트와 나는 그런 고향에서 떠난 아이였고, 길을 방황하는 시민이다. 그런 영혼의 이야기는 마치 이국적인 달콤한 향기 같기도 하고, 또한 한 번도 들어본 적은 없으나 꿈속에서는 자주 듣는 멜로디의 박자 같기도 하고 또 한 번도 물어보지는 않았으나 꼭 듣고 싶었던 질문에 대한 응답 같기도 했다.

아, 이 영혼, 아름다우면서도 어둡고, 고향처럼 그리우면서도 위험한 바다여! 내가 이 영혼의 바다의 천변만화千變萬化하는 수면을 지칠 줄 모르고 탐색하고, 애무하고, 질문하고, 추구하면 그 바다는 마치 조개껍데기를 해변에 밀어 올리듯이 수없이 되풀이하며 나를 조롱하듯이 끝없는 깊은 바닥으로부터 낯선 색조의 수수께끼를 밀어 올린다. 그것은 마치 고대의 장식품 하나가 이미 멸망한 태고의 모습을 단편적이고 희미하게나마 상상하게 하듯이 헤아릴 수 없는 미지의 영역을 이야기해준다.

나의 예술도 아마 이런 미지의 세계에 있으며, 나의 노래, 폭풍처럼 열광적인 박자를 가진 정열적이고 자랑스러운 노래도 그 세계에 잠자고 있으리라. 그런데도 나는 황량한 벌판에서 힘과 청춘을 헛되이 낭비하고 있다.

아, 지나간 몇 해 동안 봄날의 밤마다 풍성하게 주어졌던 그 기분을, 그 시절의 열광적이고 벅찼던 가슴의 고동을, 그 공상이며 나 자신의 피 끓는 맥박을 위한 지칠 줄 모르던 탐닉을 다시 찾을 수만 있다면!

1900년 9월 10일 비츠나우

1주일 동안 나와 함께 식탁에 둘러앉았던 몇 사람을 오늘은 거의 생각해 낼 수가 없다. 마치 어제 하루 사이에 10년이 지나간 것 같다. 내 책, 내 방, 내 낚싯대, 내 옷, 내 손 모두가 낯설고, 내 것 같지 않고, 모든 것이 보기만 해도 재미없고 답답하다.

아, 지난밤! 잠 못 이룬 10시간, 1분 1분이 잔인하고 압제적인 사상에 대한 억눌린 나의 영혼의 싸움이었고, 이를 갈고 흐느껴 우는 싸움이었고, 무기 없이 가슴과 가슴을 맞부딪치고, 절망에서 오는 모든 책략과 잔인을 수반하는 격투였다. 내가 나의 내면생활 속에 구축한 모든 둑과 경계선, 힘써 뿌린 모든 씨앗, 자리 잡은 모든 주춧돌이 이 몇 시간 동안에 짓밟히고 파괴되어 버렸다. 아직도 꿈결 같은 기분이다.

무겁고 슬픔에 지친 저녁이 지난 뒤 그것은 내가 그전에는 본 적이 없는 일몰이었다. 나는 일찍이 잠자리에 들었다. 내 창문 앞에는 호수가 희미했고, 물결이 잔잔하게 규칙적으로 내벽을 두드리고 있었다. 나는 침대에서 푸르고 희끄무레한 하늘에 하메취반트의 절벽이 우뚝 솟아 있는 것을 보았다. 그때 오랫동안 연기되어 왔던 싸움의 시간이 가차 없이 다가와서 나의 내부에서 억압되어 있던 것, 사슬에 묶여 있던 것, 반쯤 얽매여 있던 모든 것들이 격렬히 분노하고 위협하면서 멍에를 끊어버리는 것을 나는 느꼈다.

나의 생애의 모든 중대한 순간, 즉 나의 사명을 좁혀서 새로이 한정한 순간, 영원한 존재에 대한 감정이나 소박한 본능과 천성적인 무의식적 생활에서 그 영토를 빼앗긴 순간이 모두 적의에 찬 무리가 되어 나의 추억 앞에 나타났다. 그들의 위협 앞에 모든 왕좌와 궁전의 기둥이 흔들리기 시작했다. 문득 나는 이제 아무것도 구제될 수 없다는 것을 깨달았다. 나의 내부에 있는 의식하意識下의 전 세계가 해방되어 비틀거리며 나와서 백악白堊의 전당과 애완하고 있던 싸늘한 석상을 파괴하고 비웃는 것이었다. 그런데도 나는 이 자포자기적인 반역자와 우상 숭배자에게 일종의 친근감을 느끼는 것이었다. 그들은 내가 가장 그리워하는 추억과 어린 시절의 모습들을 가지고 있었다.

이런 것을 재인식함과 동시에 날카로운 고통이 쓰라리게 내 가슴속에 밀려왔다. 이 고통은 감정을 일그러뜨리고 분열시키며, 오랫동안 나를 고문하고 생명을 갈려서 닳아 없어지게 했고, 마침내는 학대당한 끝에 침착성을 잃고 겁먹은 아이처럼 되었다. 오열嗚咽이 나를 엄습했다. 그것은 눈물이 없는 오열, 말로 할 수 없는 고통과 관계와 절망의 오열이었다.

이제 그만, 이젠 그만하라! 밤은 지나갔다. 그처럼 무서운 밤은 다시는 오지 않으리라. 이제 나는 조금도 고통을 느끼지 않는다. 오직 노곤한 허탈 상태와 지쳐버린 정체를 모를 불안한 감정만을 느낄 뿐이다. 나의 내부에 무엇이 걸리는 듯한, 또 신경이 찢기고, 싹이 꺾여지는 듯한 느낌이다. 그리고 나는 믿는다…… 아니, 그런 것을 믿다니!

나는 그런 것을 믿지 않는다. 내가 느끼고 절대의 확신으로써 알고 있는 것은 이런 것이다. 그것이 나의 청춘이며 나의 희망이다. 그것이 나의 최선의, 가장 신성한 것이다. 그 최선의 넝쿨이 꺾여질 때 나는 내부에서 그 어떤 낯설고 방해가 된 것 같은 느낌이 든다. 가을이다.

더는 여기서 괴로워할 것은 없다. 내일 나는 시내로 돌아가리라. 빛바랜 가을 목장이 있는 이 감상적일 만치 조용한 호수, 이 냉랭한 산과 써늘한 하늘이 나를 불안하게 한다.

챙겨서 왔던 플라톤은 책상 위에 놓인 채이다. 불쌍한 휴지여! 플라톤이 내게 무슨 소용이랴! 나는 인간을 보아야 하고, 차 소리를 듣고, 신간 서적과 신문의 페이지를 끊고, 박진감 넘치는 생활의 신선하고 풋풋한 향기를 맡아야 한다.

또한, 나는 작은 술집에서 밤을 보내고, 평범한 아가씨와 평범한 이야기를 나누고, 당구도 치고, 수없이 많은 시시한 짓을 하고 싶어진다. 그런 시시한 짓이 이러한 괴로운 감정의 원인의 일부라는 것을 알고 있지만, 그런 괴로운 감정의 원인을 이루는 시시한 행동이나 기만欺瞞이 없이는 더는 비참한 감정을 견딜 수 없다. 내가 아직 알지 못하는 즐거움이 어딘가에 있음에 틀림이 없다. 내 신경이 격렬한 반응을 일으킬 만한 자극이 어딘가에 있음에 틀림없으리라. 나에게 기쁨을 줄 진귀한 책이 있음에 틀림없고, 어떤 참신하고 세련된 음악이 아직 있음에 틀림없다.

나는 그 고뇌를 잊지 못하리라. 평생 잊지 못하리라, 아, 어젯밤의 일을! 나는 잠 못 이루는 밤이면 어젯밤의 고뇌의 추억으로 하여 괴로워하리라. 그 고뇌는 어떠한 즐거움, 어떠한 기쁨 속에서도 마치 숨어 있던 악령처럼 불쑥 나타나리라. 그것은 또한 행복과 불행의 한계를 모두 지워버리고, 저 찌르는 듯한 독의 감미로움이 있는 괴롭고 피곤한 감정 속에 모든 감각을 녹여 버리리라. 그런 감정에 어젯밤처럼 괴로워했던 적은 이제까지 없었다.

쇼팽의 그 섬찟한 나단조 소나타의 프레스토preso가 어느 정도 그런 감정을 지니고 있다. 그 곡을 듣노라면 섬세하고 아름답고, 살아 있는 신경을 어루만지는 듯한 느낌이 든다. 바늘로 쑤시는 듯한 아픔, 희미하고 달콤한 고통. 그러나 한 박자가 더 많아지면 절망적이고 닳아진 비애의 고문을 당하고, 좀 더 심해지면 이 비애는 마침내 격심한 육체적 고통이 될 것이다.

엘리자베트……

자, 결론을 내리자! 아직 꽤 젊은 나에게는 예전의 뛰어난 공상력의 흔적이 훌륭히 보존되어 있으며, 얼마쯤 써버렸을망정 갖가지 정서를 즐기고, 그것을 조절할 만한 능력이 있다. 좀 더 조심스럽게 사용한다면 어쩌면 한두 개의 가벼운 사랑을 실연實演하고 또 지속할 만한 '영혼'의 얼마쯤의 저장도 남아 있을 것이다.

거기에다 오랜 습관으로 체득된 비극적이고 이상주의적인 것으로 된다든가, 절대로 인종적인 프우즈를 취할 수 있는 능력을 계산에 넣는다면 나는 자신의 이렇게 훌륭한 시인적詩人的 능력에 축복을 표하지 않을 수 없다. 그리고 작가로서의 나의 장래에는 아무런 걱정도 갖고 있지 않다. 나는 개인적인 특징을 보여주지도 않고, 아무 이유도 없이

〈닐스·리이네〉(덴마크의 작가 야콥센의 소설)를 모방하지는 않을 것이며, 또한 황홀 상태를 표현하는 점에서도 가장 섬세한 비인 사람 못지않을 것이다.

이렇게 말하면 지기 싫어서 "체, 제기랄!" 하고 말하는 것 같다. 그러나 그렇지 않다면 내가 무엇 때문에 근대 독일어와 비인 사투리를 배웠단 말인가.

1900년 9월 16일 바젤

이젠 지긋지긋하고 싫증이 난다! 나는 여러 가지 책들에 머리를 처박고, 단테의 〈신생〉을 읽고, 그 사이사이에 E.T.A 호프만과 하이네로서 충당했고, 점잖은 체하는 게 오르게의 것과 서정적인 호프만스탈을 읽는 사이에 피곤한 시간에는 야콥 뵈메의 일장一章을 들여다보기도 했다.

그 밖에도 단골 고서상古書商에게 경의를 표했다! 그는 극히 진귀한 뵈메의 1730년 판본을 구해 주었다. 그것은 위버펠트출판사의 것으로 동판화가 삽입된 것이었다. 이 '신심信心 지극한 독일 철학자'가 그가 계시한 전신지학全神智學과 함께 좀 더 재미가 있었다면 좋았을 것을! 특별히 흥미가 끌리는 몇몇 장章이 있었으나, 그의 언어의 귀에 익숙지 않은 가락을 그대로 음미하며 읽어가려면 천천히 조금씩 읽어야만 했다.

오늘 내가 뵈메에게서 읽은 〈담즙膽汁〉에 관한 말을 적어 두자.

"보라, 사람은 몸속에 담즙을 가지고 있다. 그것은 독이다. 그러나 담즙 없이는 살 수가 없다. 왜냐하면, 담즙은 성신星神을 활동시키고, 기쁨을 주고, 승리를 과시하게 하고, 웃음을 짓게 하기 때문이다. 즉 환희의 샘이기 때문이다. 그러나 그것이 어떤 원소(분노) 속에서 불이 붙으면 인간 전체를 멸망시킨다. 왜냐하면, 성신 속에 나타나는 분노도 담즙에서 나오기 때문이다." 그리고 이렇게도 쓰여 있다. "환희도 또한 그런 원천에서 나와서 분노와 같은 실체에서 생긴다. 즉 담즙이 호감이 가는, 또는 감미로운 품질 속에서, 다시 말해서 인간에게 바람직한 것 속에서 불붙을 때 인간의 온몸이 기쁨으로 떨 것이다. 만약 담즙이 극히 높이 흥분하여 감미로운 품질 속에서 불붙으면 육체 속에 있는 성신들도 이 환희에 감격할 때가 있다."

20년쯤 전, 내가 금발의 소년이었던 시절, 나는 처음으로 읽기 공부를 했다. 나의 아버지는 내가 책 위에 구부리고 있는 것을 보고 몇 개의 글자 읽는 법을 일러주었다. 그리고 아버지는 책을 덮고 명석하고 다정한 방법으로 글자와 서적의 위대한 세계에 관해서 이야기해주었고, 이 세계는 ABC의 초보에서부터 시작되며, 가장 근면한 독자가 아무리 오래 산다 해도 이 세계의 천분의 1도 알 수 없을 것이라고 이야기해주었다. 그 당시 아버지 자신이 벌써 수많은 서적을 섭렵하여 머리가 거의 회색이 되어 있었고, 수많은 서적의 가치 있는 내용을 그의 날카롭고 어떤 때는 너무나 고통에 찬 넓은 이마 속에 간직하고 있었다.

20년! 그 이래로 나는 이 문자의 세계의 뛰어난 것들을 밭갈이해왔으며, 거의 잊히고 있던 많은 고서를 찾아내서는 뒤적여 왔다. 그러나 현재 아직도 내게 지배력을 가지고 있는 소수의 훌륭한 말들은 다 모아도 10권도 차지 않으리라. 지금도 내가 바라고 있는 희귀본은 몇 권이 있고, 만약 그중 하나라도 내 손에 들어온다면 나에게 호기심을 일으키고 나를 흥분시키리 수 있으리라. 그러나 그것은 붙잡힌 나비와 마찬가지다. 기쁨은 충족되고 그 진귀한 원본은 일순간 기쁜 빛을 나타내지만, 그 뒤에 남는 것은 그 책의 제목과 앞으로 보충하고 싶은 목록의 공백일 뿐이다.

날짜 없음 바젤

어젯밤 나는 카지노 앞에서 콘서트홀에서 나오는 청중들을 보려고 기다리고 있었다. 춥고 비가 오고 있었다. 이윽고 많은 사람이 쏟아져 나왔다. 그때 2층 석에서 내려오는 층계 위에 낯익은 사람들에 섞여 엘리자베트의 얼굴이 문득 떠올랐다. 그녀는 천천히 층계를 내려와 그녀의 일행들과 함께 군중 속으로 사라져 갔다.

그녀의 아름다운 모습이 그 밝은 층계 위에 따뜻이 즐거운 듯이 나타난 순간, 나는 이상한 기분을 느꼈다. 흡사 아름다운 옛날 소설에 있는 것 같이 나는 비련의 사나이가 되어버렸다. 즉 그 사나이는 비 오는 밤, 휘황한 연회의 홀 앞에 서서 그의 연인이 곱게 차려입고 행복한 동반자들과 함께 농담하면서 지나가는 것을 보고 있다. 그 사나이의 모자는 고뇌에 찬 이마에 깊숙이 내리어졌고, 그의 회색 외투는 바람에 펄럭이고 있다. 그의 눈에는 경멸의 빛이 떠올라 있지만, 고통으로 일그러진 입술에는 사랑의 탄식과 몸을 에는 듯한 슬픔이 나타나 있다. 그는 고개를 돌리고 모자를 약간 추켜올리며 뜨거운 손으로 상기된 이마와 비에 젖은 머리카락을 쓰다듬고는 귀찮은 비가 내리는 밤안개 속을 사라져가는 것이다.

그러나 나는 '어부집'의 마담 부저에게로 갔다. 그 마담은 많은 술잔에 '감미로운 품질'이라는 것을 따라서 가져왔다. 그것은 '사랑스러운 품질'(엘리자베트를 만나는 것)을 만났던 담즙이 역작용을 나타냈으므로 선량한 뵈메의 거짓말을 힐난한 뒤의 일이었다. 거기서 나는 오랫동안 헤세와 대화를 했다. 그는 여전히 잔소리를 늘어놓고, 나를 괴롭혔으므로 마침내 나도 거칠어졌다. 그러나 그도 얌전해졌고 나도 그랬다. 결국, 이 선량한 사나이는 비틀거리는 집들과 왈츠를 추는 가스등 등의 모든 위험물 사이를 지나서 나를 집까지 바래다주었다.

날짜 없음 바젤

나의 청춘의 벗 엘렌데르레가 저 끔찍한 날 밤 튀빙겐의 '고래정鯨亭'에서 피스톨 자살을 하지 않았던들 나는 그를 우리들의 이름 높은 클럽에 입회하도록 추천했으련만. 우리는 셋이서 '탈선자 클럽'을 창립했다. 세 명의 회원이라면 적은 편이지만 바젤시에서는 지부支部로서 더 이상의 회원을 바랄 수는 없을 것 같다.

날짜 없음 바젤

헤세는 티이크에 관한 논문을 나에게 쓰게 하려는 모양이지만 그가 나보다 훨씬 더 잘 알고 있을 것이다. 그런데 문득 나는 이 동화작가와 나 사이에는 기이한 유사점이 있다는 것을 깨달았다. 우리 둘의 똑같이 민감한 감수성, 똑같은 조형성造形性의 결여, 순간성, 표면적인 것, 색채의 변화며, 타오르는 것과 불안정한 것에 대한 똑같은 애정, 또한 기분에 따라 흔들리는 공상력, 음악에 대한 똑같은 친근감, 원리의 해체와 예술적 아이러니에 대한 비슷한 경향 등이 바로 그것이다.

날짜 없음 바젤

아, 날마다 즐거움이란 하나도 없는 보헤미안이여!

날짜 없음 바젤

포도주 마시는 지도 오래 계속되진 않으리라. 나는 이따금 늑대의 골짜기 같은 처참한 처지에 자리해서 하라우어 술을 마시며 뵈메의 〈그리스도에의 길〉을 뒤적인다. 때때로 이 책 특유의 겉치레 없는 심정이 잠시 가벼운 자극을 주기도 한다.

'그러나 나는 그대에게 경고하고 싶었노니' 하고 이 신지학자神智學者는 말한다. '그대에게 진실성이 없을진대 신의 거룩한 이름을 부르지 말라. 그것은 신의 이름이 그대 영혼

에 노여움의 불길을 타오르지 않게 하기 위함이니라.'

그리고 이렇게 계속한다.

'새로운 갱생의 길을 가려고 진지한 뜻을 세우지 않았을 진대 위에서 한 말을 기도 속에서 뇌이지 말라. 그렇지 않으면 그 말은 그대 마음속에서 신의 심판의 근원이 될 것이니라.'

이 경건한 현자의 말은 옳다. 그의 말은 나와 같은 신앙심 없는 독자를 슬프게 하고 '절망이 생기게' 한다. 왜냐하면, 그 말 한마디 한마디가 감격과 신앙의 힘과 영원한 젊음을 지니고 있으며, 그것을 보는 나를 선망과 향수로 가득차게 하기 때문이다.

날짜 없음 바젤

여행을 떠나고 싶다. 어젯밤 나는 내 젊은 날의 꿈을 꾸었다. 그것은 나의 청춘이 악마에 씌어서 어떤 먼 나라의 푸른 산속으로 가는 듯한 꿈이었다. 또 잘 아는 아름다운 여인이 오랑캐 꽃다발로 장식된 피아노로 쇼팽의 변E장조의 〈야상곡夜想曲〉을 연주하고 있는 것 같기도 했다. 그것은 향수병 환자나 피아노병 환자만이 이해할 수 있는 노래를 은밀한 고뇌로 정화된 섬세하고 부드러운 박자로 치고 있는 것 같았다. 나는 오랫동안 잊힌 채 먼지투성이가 된 바이올린을 꺼내어 부드럽고 나지막한 멜로디를 가벼운 터치로 켜 나갔다. 그러자 낡은 갈색 악기 속에서 나의 잊어버렸던 청춘이 은은한 저음이 되어 울려 나왔다.

Hermann Hesse

Chapter 2

젊은 날을 위하여

Hermann Hesse

영혼에
대하여

　욕망의 눈초리는 불순하여 사물을 비뚤어지게 한다. 우
리가 아무것도 바라지 않을 때, 우리의 사물을 보는 눈이
순수한 관찰이 될 때 비로소 사물의 영혼과 아름다움이 열
린다. 하나의 숲만 하더라도 그것을 내가 사려고 하거나,
빌리려고 하거나, 벌목하거나, 거기서 사냥을 하거나, 저
당抵當에 넣으려고 생각하면서 바라본다면 내가 보는 것은
숲이 아니라 나의 욕망과 계획, 배려나 돈주머니에 대한 숲
과의 관계이다. 그럴 때 숲은 재목으로 이루어져 있는 것으
로서, 젊거나 노쇠했거나 건전하거나 병들어 있거나 그 어

느 쪽이다. 이에 반해서 숲에서 아무것도 바라지 않고 '아무런 생각 없이' 숲의 푸르른 심연을 바라본다면 그때 비로소 숲은 숲이 되고, 자연이 되고, 식물이 되고, 아름다운 것이 된다.

인간과 그의 얼굴도 마찬가지이다. 내가 두려움이나 희망이나 욕망이나 목적이나 어떤 요구를 지니고 인간을 보면 상대방은 인간이 아니라 다만 나의 욕망의 흐려진 반영에 불과한 것이다. 우리는 의식적이든 무의식적이든 간에 그는 접근하기 쉬울까, 아니면 거만한가, 나를 존경하고 있을까, 그에게서 돈을 빌릴 수 있을까, 그는 예술을 이해할수 있을까 하는 등등 편협하고 솔직하지 못한 의문을 가지고 상대방을 바라보게 된다.

우리는 우리가 대하고 있는 많은 사람을 그러한 수많은 의문을 가지고 바라보고 있다. 그리고 우리가 상대방의 외모나 모습이나 거동 속에서 우리의 의도에 어울리거나 아니면 반대되는 것을 잘 알아차리게 되면 우리는 인간을 잘 알고 있다느니 심리학자라느니 하고 여기게 된다. 그러나 그러한 것은 아주 비천한 태도이다. 그러한 유의 심리학에서는 농부나 행상 상인이나 엉터리 변호사 쪽이 대다수 정치가나 학자들보다도 뛰어난 것이다.

욕망이 정지하고 관찰이, 즉 순수한 관조와 몰입하는 상태가 생기면 그 순간에 모든 것이 달라진다. 인간은 이용가치가 있는가, 위험한가, 나에게 흥미를 느끼고 있는가, 지루한가, 친절한가, 난폭한가, 강한가, 약한가 하는 것이 아니라, 자연스러워지고, 순수한 관찰이 되는 모든 사물이 그렇듯이 아름답고, 주목할 만한 것이 된다. 관찰이란 탐구나 비판이 아니라 바로 사랑이기 때문이다. 관찰이란 우리의 영혼의 가장 높고 가장 바람직한 상태이며, 욕망이 없는 사랑이다.

우리가 이런 상태에 이르면 설령 그것이 몇 분 동안이나, 또는 몇 시간, 며칠 동안이라 할지라도(이러한 상태를 항상 유지한다는 것은 완전한 행복이리라), 인간은 그전과는 달라 보인다. 이미 우리의 욕망의 반영이나 풍자화가 아니라, 인간은 다시금 자연이 되는 것이다. 아름답고 추한 것, 늙고 젊은 것, 선의와 악의, 솔직과 폐쇄, 냉혹과 유화 등은 이미 대립도 아니고 표준도 아니게 된다. 모든 사람이 아름답고 진기하게 된다. 어느 한 사람도 이미 경멸당하거나 증오받거나 오해당할 수 없게 된다.

조용한 관조의 측면에서 볼 때 일체의 자연이 영원히 생성하는 불멸한 생명의 변화하는 현상인 것처럼, 인간의 특별한 역할과 과제란 영혼을 표출하는 것이다. '영혼'이란 인간적인 그 무엇인가, 아니면 동물이나 식물에도 내재해

영혼에 대하여

있는 것인가 하는 논쟁은 무의미한 것이다.

물론 영혼이란 어디에나 존재하고 어디에나 존재할 수 있다. 어디에나 준비되어 있고, 어디에서나 느낄 수 있고, 요구되고 있다. 그러나 우리가 돌이 아닌 동물을 운동의 소유자이며 표현이라고 느끼고 있듯이 (돌에도 운동, 생명, 구성과 해체, 진동이 있겠지만) 우리는 무엇보다도 인간에게서 영혼을 찾고 있다. 우리는 영혼이 가장 분명히 나타나 있고, 괴로워하고, 행동하고 있는 곳에서 영혼을 찾고 있다. 그리고 인간은 전에는 두 다리로 걷게 되는 것, 동물의 모피를 벗기는 것, 도구를 연구하고, 불을 만들어 내는 것을 과제로 하고 있었던 것처럼 현재는 영혼을 발전시키는 것을 과제로 하는 세계의 일부분, 즉 특별한 분야가 되어 있는 것이다.

즉 우리에게 있어서 인간의 세계 전체가 영혼의 현현顯現이 되는 것이다. 내가 산과 바위 속에서 중력의 근원적 힘을 보고, 이를 사랑하고, 동물에게서 운동성과 노력의 대상이 되어 있는 자유를 보고 그것을 사랑하듯이 나는 인간(그런 모든 것을 함께 나타내고 있는)에게서 무엇보다도 우리가 '영혼'이라고 부르고 있는 생명의 형식과 현현의 가능성을 보는 것이다. 이 현현 방법은 단순히 무수한 다른 현현 방법 중의 임의의 생명 발현이 아니라 특수하고, 선택된, 고도로 발달한 발현, 즉 궁극의 목표라고 생각되는 것이다. 왜냐하면, 우리가 유물론적으로 생각하거나, 또는 이상주의적으로, 또는 그 어떤 다른 방법으로 생각하거나, '영혼'을 신적인 것으로 생각하거나, 불타버리는 물질로 생각하거나 마찬가지이며, 우리는 모두 영혼을 알고 있고, 높이 평가하고 있다. 우리 모두에게 있어 영혼이 깃들어 있는 인간의 눈초리, 예술, 영혼의 구체화는 일체의 유기적인 생명의 가장 높고, 가장 신선하고, 가장 가치 높은 단계이며 물마루波頭인 것이다.

그러므로 같은 인간들이 우리에게 있어 가장 고귀하고 가장 높고, 가장 가치 있는 관찰의 대상이 된다. 모든 사람이 이렇게 자명한 평가를 자연스럽게 수월히 행하고 있는 것은 아니다. 이 점을 나는 나 자신의 경험으로 알고 있다. 나는 젊은 시절에 인간에 대해서보다도 자연 풍경과 예술품에 대해서 보다 가깝고 보다 깊은 관계를 맺었었다. 그뿐 아니라 공기와 대지와 물과 나무와 산과 동물만이 등장하고 인간이 나오지 않는 문학을 여러 해 동안 꿈꾸기도 했었다. 나는 인간이 영혼의 길에서 완전히 벗어나서 욕망에 완전히 지배당하고, 동물적이고 원숭이와도 같은 원시적인 목표를 거칠게 추구하고, 잡동사니 같은 보잘것없는 것을 열망하고 있다고 생각했었다. 그래서 아마도 인간은 영혼으로 통하는 길에서는 이미 타락해 버렸고 퇴행하고 있으므로 영혼이라는 샘물은 다른 어떤 자연 속에서 그 길을 찾아야만 할 것이라는 곤란한 오류에 지배된 적이 일시적이나마 있었다.

혼히 있는 두 현대인이 우연히 서로 알게 되고, 물질적인 것은 아무것도 요구되지 않으면 두 사람이 상호 간에 어떤 태도를 보일 것인가를 관찰한다면, 우리는 그 두 사람이 얼마나 두껍게, 거역할 수 없는 분위기에, 또 호신護身의 껍데기와 방어의 층에 둘러싸여 있는가를 거의 육감적으로 느끼게 될 것이다. 그를 둘러싸고 있는 그물은 영혼에서 거짓 없이 떨어져 나간 것으로, 다시 말해서 아무래도 좋은 목표에 향해지고 있는 의도와 불안과 소망으로 짜여 있는 것이다. 그리고 바로 이 점이 사람을 구별 짓게 한다. 그것은 마치 영혼이란 언어로 표현되어서는 안 되며, 높은 울타리로, 즉 불안과 수치의 울타리로 둘러쳐 놓아야 한다는 것과도 같다. 욕망이 없는 사랑만이 이 그물을 찢어버릴 수가 있다. 그 그물이 찢어지는 곳이면 어디에서나 영혼이 우리를 바라본다.

기차 안에 앉아서 두 사람의 젊은 신사가 우연히 마주 앉았다는 인연으로 서로 인사하는 것을 주의해 보라. 그들의 인사는 무한히 기묘하며 거의 비극과도 같다. 아무 악의도 없는 이 두 사람은 멀리 떨어진 한랭한 이국에서, 즉 고독하게 얼음으로 뒤덮인 남북 양극에서 인사하고 있는 것 같다. 물론 나는 말레이 사람이나 중국 사람을 생각하는 것이 아니라 현대 유럽 사람을 생각하고 있다. 그들은 각기 자부심, 그것도 위협받고 있는 자부심과 불신과 냉정의 성채城砦 속에 사는 것처럼 보인다.

그들이 지껄이는 것은 완전한 난센스이며, 외면적으로 관찰하면 영혼이 없는 세계의 석회질로 화한 상형문자이다. 그런 세계에서 우리는 끊임없이 벗어나고 있지만, 그 고드름은 부러져 가면서도 계속해서 우리에게 달라붙어 있는 것이다.

일상적인 대화에서 그 사람의 영혼이 표현되는 사람은 극히 드물다. 그런 사람은 이미 시인보다도 위대하며 거의 성인에 가깝다. 물론 '민족'도 영혼을 가지고 있으며 말레이 사람이나 흑인이 그러하다. 그리고 그들이 인사를 하거나 말을 할 때 우리 유럽의 보통 사람보다도 더 많은 영혼을 나타낸다. 그러나 그 영혼은 우리가 찾고 원하는 영혼은 아니다. 물론 그것은 우리에게 사랑스럽고 친근감이 느껴지긴 하지만. 아직 아무런 소외감도 모르고, 신을 상실한 기계화된 세계의 고뇌도 모르는 미개민족의 영혼은 집단적이고 소박하고 어린아이 같은 것이어서 아름답고 사랑스러운 것이긴 하지만 우리가 목표로 하는 것은 아니다.

앞에서 말한 기차 안의 두 젊은 유럽인은 이미 그보다는 전진하여 있다. 그들은 거의, 또는 전혀 영혼을 나타내지 않는다. 그들은 마치 조직화한 욕망이나 지성이나, 의도나 계획으로 구성된 것 같이 생각된다. 그들은 돈과 기계와 불신의 세계 속에서 영혼을 잃어버리고 말았다. 그들은 그 영혼을 되찾아야만 한다. 만약 그 과제를 게을리하게 되면 그들은 병들고 괴로워하게 될 것이다. 그러나 그들이 되찾게 될 영혼은 잃어버렸던 어린아이의 영혼이 아니라 훨씬 개성적이고, 더 자유롭고, 책임 능력이 있는 영혼일 것이다. 어린아이나 미개인으로 되돌아가는 것이 아니라 훨씬 더 넓게 전진하고, 인격과 책임감과 자유를 갖게 되어야 한다.

이러한 목표와 그 예감은 현재로서는 전혀 감지할 수가 없다. 그 두 젊은 신사는 미개하지도 않지만, 성자도 아니다. 그들은 일상의 언어를 이야기하고 있다. 그것은 고릴라의 피부와도 같이 영혼의 목표에는 적합하지 않다. 우리는 서서히, 무수한 모색적 시도를 하면서 그 피부를 벗길 수가 있다.

이 원시적이고 거칠고 더듬거리는 말은 대개 이런 것이다.

"안녕하십니까?" 하고 한 사람이 말한다.

"안녕하시오" 하고 상대방이 말한다.

"앉아도 좋습니까?" 한 사람이 말한다.

"좋습니다" 상대방이 말한다.

이것으로 할 말은 다 한 셈이다. 이 말들은 의미가 없다. 이는 미개인의 순수한 장식용 형식이다. 그 목적과 가치는 흑인의 코에 끼우고 있는 고리와 같다.

그런데 극도로 기묘한 것은 그 의식적인 말들이 이야기되는 말의 가락이다. 그 말들은 예의 바른 말들이지만 그 어조는 묘하게도 짧고 간결하고 인색하고 냉랭하다. 기분 나쁠 정도는 아니더라도. 여기에는 다툴 만한 원인은 하나도 없다. 그렇긴커녕 양쪽 다 악의적인 생각을 하고 있지 않다. 그런데도 표정과 어조는 차갑고, 형식적이고, 무뚝뚝하고, 거의 기분이 나쁜 것 같다.

금발의 사나이는 "좋습니다" 할 때 멸시에 가까운 표정으로 눈썹을 치켜뜬다. 그가 그렇게 느끼고 있는 것은 아니지만, 사람들 사이에서 영혼의 교류가 없는 생활을 수십 년 계속해 오는 사이에 방어의 형식으로 이루어진 방식을 행하고 있다.

그는 자신의 내면 즉 영혼을 감추어야만 한다고 생각한다. 영혼은 나타내어지고, 헌신 됨으로써 풍성해진다는 것을 그는 모르고 있다. 그는 자존심을 가지고 있다. 하나의 인격이며 이미 소박한 야만인은 아니다. 그러나 그의 자존심은 비참하게도 불안정하며, 자기의 주위에 보루를 쌓고, 방위와 냉담의 벽을 둘러쳐야만 한다. 이런 자존심은 그를 미소 짓게만 하면 사라져 버릴 것이다.

'교양인'들 사이의 교제에서 나타나는 이런 냉담과 신경질과 오만과, 불안한 어조는 병을 시사하고 있는데, 이는 폭력에 대해서 그런 형식으로밖에 자기를 방어할 줄 모르는 영혼의 필연적인, 그러므로 희망이 있는 병이다. 이러한 영혼이란 얼마나 소심하고 병약한가! 그리고 얼마나 어리고, 이 지상에서 별로 인정받고 있지 못하다고 느끼고 있는가! 얼마나 자신을 감추고 불안해하고 있는가!

이제 두 신사 중의 어느 한쪽이 진정으로 그가 바라고 느끼고 있는 대로 행동한다면 상대방에게 손을 내밀어 악수를 청하든지, 그의 어깨를 쓰다듬고는 이렇게 말할 것이다.

"정말 기분 좋은 아침이군요. 모든 것이 훌륭합니다. 나는 지금 휴가 중입니다! 어때요, 이 새로 산 넥타이는? 내 가방 속에 사과가 있는데 하나 드시겠습니까?"

그가 실제로 이렇게 말했다면 상대방은 굉장한 기쁨과 감동을 하고, 웃고 싶기도 하고, 흐느끼고 싶기도 한 심정이 될 것이다. 왜냐하면, 그는 상대방의 영혼이 말하고 있다는 것을 명확히 느끼기 때문이다. 사과나 넥타이 같은 것이 문제가 아니다. 여기에 하나의 돌파구가 열렸다는 것이 중요한 것이다. 그에 걸맞은 일로 우리 모두 일종의 협정에 따라 억제하고 있던 것이 표면에 드러났다는 것이 중요한 것이다. 아, 그 일종의 협정에 따른 강제력은 아직도 통용되고 있지만, 그것이 언젠가는 무너지리라는 것을 우리는 이미 예감하고 있다.

그는 그렇게 느끼고 있겠지만 그것을 겉으로 드러내지는 않을 것이다. 그는 기계적인 방어수단을 생각하고, 아무 의미도 없는 한마디를, 즉 우리가 사용하는 수많은 대용어代用語 중의 한마디를 내뱉을 것이다. 그는 약간 떨리는 목소리로,

"네…… 흠…… 아주 좋군요" 하거나 그와 비슷한 말을 하면서 상처받고 괴롭힘당한 인내심을 가득 담은 머리를 흔들면서 눈길을 돌릴 것이다. 시곗줄을 만지작거리거나 창밖을 가만히 내다보거나 그런 종류의 상형문자를 스무개쯤 사용해서 자기는 내심의 기쁨을 결코 표현할 생각이 없으며, 이 추군추군한 신사에게 기껏해야 약간의 동정을 표시할 뿐, 그 이상 아무것도 나타내거나 고백할 수는 없다는 표정을 지을 것이다.

그러나 그런 일은 아무것도 일어나지 않는다. 그 검은 머리의 사나이는 실제로 가방 속에 사과를 가지고 있고, 좋은 날씨와 휴가와 자기의 넥타이와 노란 구두를 실제로 아이

처럼 아주 기뻐하고 있다. 그러나 이제 금발의 사나이가,

"증권 시세가 아주 곤란하게 됐군요" 하고 말한다면 검은 머리의 사나이는 영혼이 원하는 대로 하지 못하고, 즉,

"뭐라고요? 기분 좋게 지냅시다. 지금 증권 시세가, 우리하고 무슨 상관입니까?" 하고 소리치지 못하고 몹시 근심스러운 얼굴로 한숨을 쉬면서,

"체, 거 참 곤란하게 됐어요" 할 것이다.

이 두 신사가 (우리 모두와 마찬가지로) 그렇게 행동하고 자기 자신에게 그렇게 억제를 가하는 데 아무런 힘도 들이지 않는 것 같다는 것은 정말 놀라운 일이다. 그들은 마음속으로 웃으면서 한숨을 쉬고, 말하고 싶어 하는 영혼을 지니고도, 겉으로는 냉담과 서먹함을 꾸미고 있다.

그러나 좀 더 관찰을 계속해 보자. 영혼은 말이나 표정이나 목소리의 어조에 나타나지 않는다 하더라도 어디엔가 존재하고 있을 것이다. 당신은 예컨대 다음과 같은 상태를 볼 수 있을 것이다.

금발의 사나이는 지금 자기 자신을 잊고, 아무도 보고 있지 않다고 생각한다. 그가 기차 차창 밖으로 멀리 뾰족뾰족한 숲들을 바라볼 때 그의 눈길은 자유롭고, 꾸밈이 없고, 청춘과 동경과 그리고 소박하고 열렬한 꿈에 가득 차 있다. 그의 모습은 완전히 다르게 보이며, 훨씬 젊고, 소박하고

천진스럽고, 무엇보다도 애교스럽게 보인다. 그러나 여전히 비난할 데 없고, 접근하기 어려운 또 하나의 신사는 자리에서 일어서서 자기 위의 선반 그물에 얹혀 있는 가방을 만져본다. 가방의 위치를 확인해 보고 떨어지지 않도록 하려는 것 같지만 가방은 제대로 단단히 얹혀 있어서 그런 염려는 필요치 않았다. 그 청년도 가방을 잡으려고는 하지 않았고, 만져보고 확인하고 애정 어린 마음으로 어루만지려고 했을 뿐이다. 왜냐하면, 더할 나위 없이 실용적인 그 가죽가방 속에는 사과와 내의 외에도 소중하고 신성한 것, 즉 고향의 사랑하는 아내에게 선물할 도자기로 된 엽견獵犬이나 편도扁桃가 든 케이크로 만든 쾰른 대성당이 들어 있기 때문이다. 아니 무엇이 들어 있건 마찬가지겠지만 아무튼 이 젊은 신사가 현재 마음을 쓰고 있는 그 어떤 것이, 즉 그의 꿈이 어루만지고, 소중히 하고, 신성하게 여기고 있고, 가능하다면 계속 손에 쥐고 쓰다듬고 찬미하고 싶은 어떤 것이 들어 있는 것이다.

한 시간의 기차 여행 중에 당신은 이렇게 이 두 젊은이, 그것도 오늘날의 어느 정도의 교양이 있는 보편적 인간을 관찰한 셈이다. 그들은 몇 마디 이야기했고, 인사와 의견을 교환했고, 머리를 끄떡이기도 했고, 가로젓기도 했다. 그들은 여러 가지 자질구레한 일을 하고, 행동하고, 동작했다. 그러나 그 어느 곳에도 그들의 영혼은 깃들어 있지 않았다. 말에도 없었고, 눈초리에도 없었다. 모든 것은 가면이었고, 기계장치였다. 창문 밖으로 푸르스름한 숲을 바라보던 때의 멍한 눈길과 가죽가방을 잠깐 어색하게 살짝 만지작거렸을 때의 손짓을 제외하고는 모두가 그러했다.

그래서 당신은 생각할 것이다. 오, 너희 수줍은 영혼이여! 너희는 언제쯤 모습을 나타낼 것인가? 어쩌면 아름답고 친절하게 수원의 체험 속에서, 신부新婦와의 첫날밤에서, 신앙을 위한 투쟁 속에서, 행위와 희생 속에서 어쩌면 갑자기 절망적으로 억압당하고, 차단당하고, 빛을 잃은 소망의 성급한 행위 속에서, 격렬한 탄핵 속에서, 범죄와 경악스러운 행위 속에서 나타날 것인가? 그리고 우리는 어떻게 우리들의 영혼을 이 세상에 전할 수 있을까? 우리는 영혼을 도와 우리들의 행동 속에, 우리들의 말 속에 영혼이 담기도록 하는 데 성공할 수 있을까? 체념하고 많은 사람과 오래 굳어진 버릇을 뒤쫓을 것인가? 계속해서 새를 새장에 가둬놓고, 자기의 코에 고리를 끼울 것인가?

그리고 당신은 느끼리라. 코걸이와 고릴라의 가죽을 벗어 던지면 반드시 영혼이 작용할 것이다. 영혼이 저지당하지 않는다면 우리는 서로 괴테의 작품 속의 인물들처럼 이야기를 나눌 수 있고, 숨결 하나하나를 노래처럼 느낄 것이다. 가련하고도 훌륭한 영혼이여, 네가 나타나는 곳에 혁명이 있고, 타락한 자와의 결렬이 있고, 새로운 생명과 신이 나타난다. 영혼은 사랑이며, 미래이다. 그 밖의 다른 것은 모두 그것의 형성과 파괴에 우리들의 신성한 힘을 행사하는 것을 방해하는 장애물이며, 물질이며, 소재일 따름이다.

생각을 좀 더 진행해 보자. 우리는 새로운 것이 소리 높이 예고되고, 인류의 결합이 마구 동요되고, 거대한 규모로 폭력이 행해지고, 죽음이 날뛰고, 절망이 절규하는 시대에 사는 게 아닐까? 영혼은 이러한 사건들 뒤에도 있는 게 아닐까?

당신의 영혼에 물어보라! 미래를 의미하고, 사랑이라고 불리는 영혼에 물어보라! 그러나 당신의 이성에 묻지는 말라! 세계사를 과거로 되돌아가 캐지 말라! 당신의 영혼은 당신이 정치에 너무 무관심했고, 일에 힘쓰지 않았고, 적을 증오함이 너무 적었고, 국경을 별로 견고히 하지 않았다고 당신을 탄핵하지는 않으리라. 그와는 반대로 아마 영혼은 당신이 영혼의 요구에 대해 너무나 자주 두려움을 품고 도피했다고 한탄할 것이다. 당신은 당신의 가장 어리고 예쁜 자식인 영혼을 상대하고, 함께 놀고, 그 노랫소리에 귀를 기울일 시간을 갖지 않았다. 당신은 영혼을 가끔 돈을 위해 팔고, 이익을 위해 배반했다고 한탄할 것이다.

그리고 수백만의 인간도 모두 그러했다. 어느 쪽으로 눈길을 돌리든 사람들은 신경질적이고, 괴로워하고, 성난 얼굴을 하고 있고, 증권 거래소니 요양소니 하는 가장 무가치한 것 이외에는 시간을 허비하지 않는다. 이러한 추악한 상태야말로 바로 경고의 고통이며 혈액 속의 경고자인 것이다. 당신의 영혼은 이렇게 말할 것이다. 만일 당신이 나를 소홀히 하면 신경질이 되고, 인생에 적대감을 느끼게 될 것이다. 그리고 당신이 완전히 새로운 사랑과 주의력으로써 내게 마음을 경주하지 않는다면 당신은 언제나 그런 상태를 계속하고, 그로 인해 파멸할 것이라고.

또한, 시대로 인해 병들고, 행복에 대한 능력을 상실하는 것도 결코 약한 인간이나 무가치한 인간은 아니다. 그것은 오히려 선량한 사람이며 미래의 싹이 될 사람이다. 그렇게 되는 것은 영혼이 만족하고 있지 못한 사람들, 즉 소심하므로 그릇된 세계질서에 대한 싸움을 피하고 있었지만 아마도 내일쯤이면 진지하게 행동할 사람들이다.

이러한 점에서 볼 때, 유럽은 잠을 자면서 무서운 꿈에 겁이 나서 함부로 칼을 휘둘러 자기 자신을 상처 입히는 사람과도 같다.

그렇다. 그러고 보니 어떤 교수가 전에 당신에게 그와 비슷한 말을, 즉 세계는 유물주의와 주지주의主知主義로 고민하고 있다는 말을 한 것을 기억할 것이다. 그 사람의 말은 옳다. 그러나 그는 당신의 의사가 될 수도 없고, 자기 자신의 의사도 될 수 없으리라. 그 자신의 경우, 지성이 자기 파멸에 이르기까지 말을 계속할 것이다. 그는 몰락할 것이다.

세상사가 어떻게 되어가건 당신은 의사와 구원자를, 미래와 새로운 추진력을 언제나 당신 자신의 내면에서 발견하게 될 것이다. 당신의 불쌍하고 학대받은, 그러나 유연하고 멸망되지 않는 영혼 속에서만 찾아낼 수 있으리라. 영혼 속에는 지식도 판단도 프로그램도 없다. 영혼 속에는 오직 충동과 미래와 감정이 있을 뿐이다. 위대한 성자와 설교자, 영웅과 인고자, 위대한 장군과 정복자, 위대한 마술사와 예술가는 영혼을 따랐다. 그의 길이 일상생활에서 시작되어 가장 성스럽게 드높은 곳에서 끝난 사람들은 모두 영혼을 따랐다. 부자의 길은 다른 길이며, 그 길은 요양소에서 끝난다.

전쟁은 개미도 한다. 국가는 꿀벌도 가지고 있다. 재산은 쥐도 모으고 있다. 당신의 영혼은 다른 길을 찾고 있다. 영혼이 상처 입을 때, 영혼을 희생해서 성공할 때, 당신에게 결코 행복의 꽃은 피어나지 않는다. 왜냐하면 '행복'을 느낄 수 있는 것은 오직 영혼뿐이며, 이성도, 위장도, 머리도, 더구나 돈주머니도 아니기 때문이다.

그러나 이에 대해 오래 생각하거나 이야기할 것도 없이 그런 생각을 궁극까지 생각하고 말했던 말이 떠오를 것이다. 그것은 이미 오래전에 말해진 말이지만, 시간을 초월하여 영원히 새로운 소수의 사람을 위한 말의 하나인 것이다.

"사람이 온 천하를 얻고도 영혼을 잃으면 무슨 소용이 있으리요."(마태복음 16장 26절 마가복음 8장 36절)

언어에
대하여

    시인으로서 그 어느 것보다도 부족과 속박에 시달리는 것은 언어이다. 때때로 시인은 언어를 증오하고 비난하고 저주하지 않을 수 없다. 아니 오히려 그러한 불행한 수단에 의해서 작업을 하게끔 태어난 자신을 돌아보며 자기 자신을 저주하지 않을 수 없다.

    그는 선망의 마음으로 화가를 생각한다. 화가의 언어 즉 색채는 북극으로부터 아프리카에 이르는 모든 인간에게 대화가 되고 이해되는 것이다. 또한, 그와 마찬가지로 음악가를 질투한다. 음도 색과 마찬가지로 모든 국어로 말하는 것이다. 그리고 음악가에게는 단음單音의 선율로부터 백천음의 교향곡, 호른에서 클라리넷, 바이올린으로부터 하프에 이르기까지 그처럼 다수의 새롭고 독립된 각기 미세한 구별을 지닌 언어가 따르는 것이다.

그러나 시인은 음악가를 어떤 한 가지 점에 의해서, 특별히 깊게, 그리고 나날이 되풀이해서 선망하고 있다. 즉 음악가는 자신이 사용하는 언어를 오직 자기 자신을 위해서, 또한 오직 음악을 위해서 소유하고 있다. 그에 반해서 시인은 자신의 작업을 하기 위해서 학교의 수업, 상거래, 전보, 재판 등에서 사용되는 것과 똑같은 언어를 사용해야 한다. 시인이 자신의 예술을 영위하기 위해서 아무 특수한 기관이 없고, 달을 바라보는데 자신의 집이나 뜰도 없고, 차지하고 있는 창문도 없다는 것은 얼마나 불쌍한 일인가? 시인은 모든 것을 일상생활과 공유하지 않으면 안 된다.

시인이 '심장'이라고 말하고, 그것으로써 인간이 갖는 가장 생생하고 약동하는 감정, 인간의 가장 심오한 능력과 약점을 나타내려 할 때, 그 언어는 동시에 근육도 의미하는 것이다. '힘'이라고 할 때, 그 의미를 공업가나 전기학자에게 침해당하지 않도록 싸워야 한다. '지복至福'이라는 말을 사용하면 시인이 표현하려는 것에 신학의 냄새가 따른다. 시인은 어떤 말을 쓰더라도 그 말은 으레 다른 방향으로 눈길을 보내고, 발성된 순간에 무관계하고 거치적거리고 좋지 않은 관념을 함께 불러일으킨다. 어떠한 말이라도 반드시 그 자체 속에 방해와 제한을 지니고 있다. 소리가 좁은 벽에 부딪혀 여운도 없이 튕겨 오듯이 자기 자신에게 부딪쳐 힘을 상실하는 것이다.

그러므로 허세꾼은 모든 것을 자기가 소유하고 있는 것 이상으로 보이려고 하지만, 시인은 결코 그런 허세꾼이 되지 못한다. 아니, 시인은 자기가 전달하려는 것의 10분의 1, 백 분의 1도 전달하지 못하는 것이다. 시인은 자기가 하는 말이 대충 웬만큼만 이해되기만 하면, 최소한 가장 중요한 점에 있어서 심한 오해를 받지 않으면 그것으로 만족한다. 그 이상의 결과를 얻기란 드문 일이다. 그리고 시인이 칭찬받거나, 비난받거나, 성공하거나, 실패하여 비웃음 받거나, 사랑을 받거나, 버림받거나 항상 그것은 그 시인의 사상이나 꿈 자체에서 오는 운하를 거쳐 간신히 이루어진 백 분의 1의 사상과 꿈이 기초가 되어 있는 것이다.

그러므로 세상 쪽에서도 어떤 예술가, 또는 어떤 청년 예술가들이 새로운 표현이나 언어를 시도하고, 그들을 속박하고 있는 가책의 쇠사슬을 끊어내려고 하면 극히 완강한, 생사를 건 방어를 하려고 한다. 시민들에게 있어서 언어(그들이 애써 배운 말들, 단순히 입에 올리는 말들만이 아니라)는 성스러운 것이다. 시민들에게 있어서 공통적인 것, 단체에 소속되는 것은 모두 성스러운 것이다. 그들이 다수의 사람, 가능하면 모든 사람과 공유하고, 그들이 고독이나 생사나 본연의 자기를 생각하게 하지 않는 것은 모두 신성한 것이다. 시민들도 시인과 마찬가지로 세계어世界語의 이상을 가지고 있다. 그러나 시민들의 세계어란 시인이 꿈꾸고 있는 것 같은 세계어, 원시림 같은 보고寶庫, 무한대의 오케스트라가 아니라, 그것을 사용하면 노력이나 말수나 종이가 절약되고, 돈벌이에 도움이 되는 간편한 전보 같은 기호이다. 아, 문학이나 음악 따위는 항상 돈벌이의 방해가 될 뿐이다.

그런데 시민들은 자신이 예술이라고 믿고 있는 말을 배우면 만족을 느낀다. 그들은 그것으로 예술을 이해하고 체득했다고 믿는다. 그리고 그들이 이렇게 애써 배운 그 말이 실은 예술의 극히 작은 영역에서밖에 통용되지 않는다는 사실을 알면 무섭게 격분하는 것이다.

우리의 할아버지 시대에는 음악에 있어서 모차르트나 하이든뿐만이 아니라 베토벤을 감상할 만큼 열성적인 교양을 지닌 사람들이 있었다. 그들은 거기까지 '따라갈 수' 있었다. 그러나 쇼팽이 나타나고, 리스트, 바그너가 나타나고 하여 이들 교양인이 다시 새로운 언어를 배우고, 또다시 혁명파가 되어 젊고 부드럽고 쾌활하게 새로운 것을 접하도록 요구당하자 그들은 극도의 불쾌감을 표시하고, 예술의 타락과 시대의 퇴폐를 말하면서 이런 시대에 생존해야만 하는 불행을 비난하는 것이었다.

　이 불쌍한 사람들과 마찬가지의 일들이 오늘날에도 역시 수많은 사람에게서 되풀이되고 있다. 예술은 새로운 모습, 새로운 언어, 새로운 멋대로의 음조와 몸짓을 보여주고 있다. 항상 엊그제의 언어로 이야기하는 것에 예술은 싫증을 느끼는 것이다. 예술도 춤을 추고 싶어졌고, 탈선하고 싶어졌고, 모자를 삐딱하니 쓰고 비틀걸음을 치고 싶어진 것이다. 그런데 그것을 시민들은 분격하고, 자기네가 조소당하고, 자신들의 가치의 근저를 의심받았다고 생각한다. 그리고 욕설을 사면 팔방으로 해대면서 교양의 외투를 뒤집어쓰고 귀를 틀어막아 버린다. 그리고 자기의 개인적 위엄을 손톱만큼만 상처 입거나 모욕당하면 재판소로 달려가는 그들이 이제는 타인에 대해서 무서운 모욕의 말을 있는 대로 해대는 것이다.

　그러나 이러한 분노와 무서운 흥분은 결코 시민들에게 구원을 가져다주지 않는다. 그들의 마음을 가볍게 하고, 그들의 가슴을 후련하게 해 주지는 않는다. 결코, 그들의 내심의 불안과 불쾌감을 제거해 주지는 않는다. 그에 반해서 예술가는 원래 시민들이 그에게 불만을 말하는 것 이상으로 시민들에게 불만을 말할 이유가 있는 것이지만, 노력하고 탐구하고, 자기의 노여움과 경멸과 억울하고 원통한 마음을 드러내는 대신에 새로운 언어를 발명하고 습득하는 것이다.

시인은 욕설이 아무 효과도 없다는 것을 알고 있다. 욕설은 자신의 잘못을 나타내는 행위라는 것을 알고 있다. 그런데 시인은 현대와 같은 시대에서는 단지 한 개인으로서의 이상을 가질 뿐이며, 오직 본연의 자기가 되고, 자연이 그의 내부에 끓어오르게 하고 불러일으킨 것을 행하고, 또한 말하는 소망과 원망을 가질 뿐이므로, 시인은 자신이 시민들에 대하여 느끼는 분노의 기분에서 가능한 한 개성적인 것, 가능한 한 아름다운 것, 가능한 한 표현력에 넘치는 것을 창조해내는 것이다. 시인은 흥분하여 자신의 노여움을 표출하지는 않는다. 시인은 궁리하고 고안하여 그에 대한 적절한 표현을 찾아내는 것이다. 즉 불쾌와 불미不美를 유쾌와 미美로 전화轉化하기 위하여 새로운 반어反語, 새로운 희화戱畵, 새로운 방법을 만들어 내는 것이다.

자연은 얼마나 무수히 많은 언어를 가진 것일까? 또 인간은 얼마나 무수히 많은 언어를 창조해낸 것일까? 여러 나라 국민이 산스크리트와 에스페란토를 양극으로 해서 만들어 내고 조립해낸 몇천이라는 간이한 문법은 아직도 업적으로서는 말할 수 없이 빈약한 것이다. 빈약하다는 것은 항상 그러한 문법이 가장 필요한 것만으로 만족하고 있기 때문이다. 그리고 시민사회가 가장 필요한 것으로 보고 있는 것은 언제나 돈벌이와 빵 만들기 등등이다. 그래서는 언어가 번영할 수가 없다. 실로 인간의 언어(내가 말하는 것은 문법에 대해서인데)는 고양이가 꼬리를 꿈틀거리고, 극락조가 그 은색 찬란한 혼례복을 뽐낼 때의 활력과 지혜, 광채와 활기의 반에도 미친 적이 없었다.

그러나 인간이 인간 자신이 되고, 개미가 꿀벌을 모방하려는 노력을 버리려고 애쓸 때, 인간은 즉시 극락조나 고양이나 모든 동물이나 식물을 능가할 수 있게 되었다. 인간은 독일어나 희랍어, 이탈리아어보다도 훨씬 더 전달력을 갖고 사람을 움직일 수 있는 갖가지 말을 발명했다. 즉 갖가지 종교, 건축, 회화, 철학 등을 마법처럼 현출시켰고, 음악을 창조했다. 그런 것들의 표현 교묘함, 색채의 풍부함은 도저히 어떤 극락조나 나비류도 미칠 수 없다.

내가 '이탈리아 회화'를 생각할 때 얼마나 풍부한 음향이 들려오는 것일까. 경건함과 감미로움에 충만한 합창 소리, 온갖 종류의 악기 소리가 이 세상 것 같지 않게 울려온다. 그리고 대리석으로 지어진 교회의 경건함과 청량함이 얼굴을 스치고, 신부神父들이 열렬한 기도를 올리며 꿇어앉아 있다. 그리고 따뜻한 바깥 경치 속에는 아름다운 부인들이 왕자처럼 군림하고 있다.

또 나는 '쇼팽'을 생각한다. 갖가지 음색이 부드럽고 슬프게 밤의 암흑 속에서 진주 방울처럼 떨어져 온다. 이국땅에서의 향수가 하프의 음에 따라 고독을 탄식하고 있다. 섬세를 극한 쇼팽 자신의 슬픔이 계음階音과 불협화음 속에 온갖 과학어, 계산, 곡선, 도식圖式 등에 의해 다른 어떤 사람의 슬픔보다도 비교할 수 없이 절실하게, 적절하게, 그리고 섬세하게 표현된 것이다.

저 〈젊은 베르테르의 슬픔〉과 〈빌헬름 마이스터〉가 교사들의 언어와 똑같은 언어로 쓰였으며, 장 파울이 교사들과 똑같은 말을 사용했다고 누가 진심으로 생각할까. 그러나 사실은 모든 예술가 중에서 시인만이 가난하고 딱딱한 '말'과 싸우고, 전혀 다른 용도를 위해서 만들어진 도구로서 일을 해왔다.

'이집트'라는 말을 말해 보라. 당신은 거기에서 영원을 생각하고, 무상함을 깊이 두려워하면서 힘차고 완강한 화음으로 신을 찬미하고 있는 말을 들을 것이다. 왕들은 돌로 된 눈으로 엄숙하고 가만히 수백만의 노예들 너머로 먼 하늘을 바라보고 있다. 그 시선은 모든 백성, 모든 사물을 초월해서 오직 '죽음'의 어두운 눈에 향하고 있다. 신성한 짐승들이 엄숙한 표정으로 그 흙으로 된 눈을 부릅뜨고 있다. 연꽃은 춤추는 여인들의 손안에서 부드럽게 향기를 내뿜고 있다. 하나의 세계, 또는 다시 말해서 수많은 세계에 충만된 하나의 대세계, 그것은 이 '이집트' 말고는 달리 없다. 당신은 하늘을 쳐다보고 누워서 한 달이라도 이 세계만을 공상하고 있을 수도 있다.

그러나 갑자기 당신은 다른 것을 상기한다. 당신은 '르누아르'라는 이름을 듣고 미소 짓는다. 그러면 당신은 온 세계가 둥그스름한 붓놀림으로 묘사되고, 장밋빛으로 물들고, 밝고 즐거워지는 것을 볼 것이다. 또 당신은 '쇼펜하우어'라고 부른다. 그러자 그 똑같은 세계가 고뇌하는 인간의 얼굴 속에 그려져 나오는 것을 볼 것이다. 사람은 잠 못 이루는 밤을 거듭하여 '고뇌'를 자신의 신으로 받들고, 진지한 얼굴로 오랜 고난의 길을 편력한다. 그리고 그 길의 끝닿는 데 있는 것은 무한한 고요와 무한한 겸손과 슬픔에 찬 낙원이다.

또는 장 파울의 장편 소설 〈혈기 넘칠 때〉의 주인공인 '바르트와 프르트*'라는 소리가 당신의 귀에 들려온다. 그러

---

* 바르트와 프르트는 장 파울의 장편 소설 〈혈기 넘칠 때〉의 주인공이며 쌍둥이 형제로, 바르트는 공상적인 성격, 프르트는 실제적인 성격으로서 인류 혼의 두 면을 대표하고 있다.

면 온 세계가 독일의 영양들의 보금자리를 중심으로 하여 구름처럼, 또한 장 파울적인 유연함을 가지고 출현한다. 그리고 그곳에서는 인류의 혼이 두 형제의 성격으로 나뉘어서 거리낌 없는 태도로 멋대로 쓴 유서의 암시나 미치광이처럼 웅성대며 떠들어대는 속인들의 개미 나라의 음모陰謀 속을 걸어 다니는 것이다.

시민들은 공상가를 흔히 광인과 비교하려 한다. 시민들은 만약 자신들이 예술가나 종교인이나 철학자처럼 자신의 마음의 심연을 들여다보면 즉시 자기들은 미쳐버릴 것이라는 걸 잘 알고 있다. 그 심연을 '영혼'이라 부르건 '무의식계'라고 부르건 요컨대 그곳에서 우리들의 '생'의 모든 살아 있는 움직임이 시작되는 것이다. 시민들은 자신과 자신의 영혼 사이에 파수꾼, 즉 의식·도덕 등의 보안국을 설치한 것이다. 그리고 그들은 그 관문의 개찰구를 거치지 않고 직접 영혼의 심연에서 온 것은 일절 승인하지 않는다. 더구나 시인은 그 끊임없는 불신을 저 '영혼'의 나라에는 향하지 않고, 이러한 보안의 관문 하나하나에 향하는 것이다. 그리고 은밀히 '이쪽'도 '저쪽'도, 즉 의식계에도 무의식계에도 출입한다. 마치 그 어느 쪽이나 그가 익숙한 장소인 듯이.

그가 '이쪽', 즉 시민들도 사는 주지周知의 밝은 세계에 머물러 있으면 모든 언어의 빈곤은 끝없이 그를 괴롭히고 억압한다. 그리고 시인이란 것은 고난에 가득 찬 생활을 하는 것처럼 여겨진다. 그러나 시인이 '저쪽'인 영靈의 나라로 갈 때 언어는 흐르듯이 그를 찾아온다. 바람이 언어를 실어 오고, 별들이 노래를 연주하고, 산줄기는 미소 짓는다. 그리고 세계는 완전하며, 세계는 신의 말씀이다. 그곳에서는 한 마디 한 자의 부자유도 없다. 그곳에서는 모든 것이 표현된다. 또한, 그곳에서는 모든 것이 소리를 발하고, 모든 것에 얽매이지 않는다.

시詩에
대하여

내가 열 살쯤 됐을 무렵의 일이었다. 어느 날 우리는 학교에서 어떤 시를 읽고 있었다. 그것은 아마도 〈베이콘 구이의 꼬마 아들〉이라는 제목이었을 것이다. 그것은 어떤 씩씩한 꼬마 소년이 총탄이 비 오듯 하는 전장 한가운데서 어른들을 위해 탄환을 주워 모아 오기도 하고, 어떤 영웅적인 일을 행하여 영웅이 된 아이의 이야기를 노래한 것이었다.

우리 소년들은 이 시에 열중했다. 그리고 나중에 선생이 일종의 야유가 섞인 말투로,

"그건 좋은 시였는가?"

하고 물어보았을 때, 우리는 똑같이 열렬히 "그래요" 하고 대답했다. 그러나 선생은 웃으면서 고개를 가로저으며 말했다.

"아니야, 그건 나쁜 시다"라고.

선생님이 한 말은 옳았다. 그 시는 우리 시대의 규칙이나 취향이나 예술적 관점에서도 전혀 훌륭하지도 못했고, 아름답지도 못했고, 또 진실을 담고 있지도 않았다. 그것은 꾸민 이야기였다. 그런데도 그것이 우리 어린 소년들의 마음을 굉장한 감격의 흥분으로 가득 채웠던 것도 또한 사실이었다.

10년이 지나 나는 스무 살이 되었다. 그 무렵 나는 어떤 시에 대해서도 한 번 읽은 후 그것이 좋은 시인가 나쁜 시인가 즉시 단언했다. 잠깐 눈길을 보내고, 두어 줄쯤 작은 소리로 읽어 보면 그것으로 충분했다.

그 사이에 다시 10년이 지났다. 그리고 그동안 수없이 많은 시가 내 손에 닿고 내 눈에 닿았다. 그리고 현재 나는 내 앞에 어떤 시가 제시되었을 때 그 시를 좋다고 해야 할지 나쁘다고 해야 할지 완전히 망설이게 되었다. 자주 나는 시를 보아달라는 청을 받는다. 그것은 대개 그 시에 대한 '비평'을 받아 출판자를 물색하려는 젊은이들의 시이다. 그러나 이 젊은 시인들은 언제나 깜짝 놀라고 또한 실망한다. 연장자이자 동료인 내가 경험이 많으리라고 그들은 생각하고 있는데, 전혀 경험도 갖고 있지 못하고, 다만 우유부단하게 원고를 뒤적거리기만 하면서 그 시의 가치에 대해서 아무것도 말하려 하지 않기 때문이다.

내가 스무 살 때 2분간이면 완전한 자신을 가지고 했던 그 일이 이제는 곤란하게 되어버린 것이다. 아니, 곤란해진 게 아니라 불가능해진 것이다. 그리고 '경험'은 누구나 젊었을 때는 전혀 저절로 경험을 얻을 수 있으리라고 생각하고 있으나, 그것은 저절로 얻어지는 것이 아니다. 태어나서부터 경험을 가진 재주 있는 사람이 있다. 그런 사람들은 어린 학생 때부터, 어쩌면 어머니 배 속에 있을 때부터 경험을 지니고 있다. 그리고 한편으로는, 나도 그런 한 사람인데, 이런 사람들이 있다. 그들은 마흔 살이 되어도, 환갑이나 백 살이 되어도 '경험'이 진정 어떤 것인지 배웠는지도 알지도 못하고 죽어버리는 것이다.

스무 살 때 내가 갖고 있었던 시에 대한 판단력의 자신은 다음과 같은 것에서 유래하고 있었다. 그 무렵 나는 꽤 많은 시와 시인들을 매우 강렬하게, 그리고 오직 그것들만을 사랑하고 있었다. 그리고 나는 어떤 책이건 시이건 이내 그것들과 비교했다. 내가 좋아하는 것과 비슷하면 그것은 좋은 시였다. 그렇지 않으면 그것은 아무 쓸모 없는 것이었다.

지금도 나에게는 특히 사랑하는 몇몇 시인이 있다. 그중의 어떤 사람은 스무 살 때 사랑하던 같은 사람도 있다. 그러나 지금은 나는 그 음조가 이러한 시인 중 누군가를 상기하게 하는 시에 대해서는 더욱 불신의 눈길을 보내는 것이다.

그러나 나는 지금 일반적인 시인이나 시에 대해서 말하려는 것이 아니다. 나는 '나쁜' 시, 즉 작자 자신을 제외하고는 사람 대부분이 이내 평범하고, 가치가 없고, 대수롭지 못하다고 생각할 시에 대해서 말하려는 것이다. 나는 지금까지 수많은 그런 시들을 읽었다. 그리고 젊었을 때는 그러한 시가 나쁘다, 그리고 어째서 나쁘다 하는 것을 나도 잘 알고 있었다.

그러나 요즘 와서는 이제 그런 것이 모호해졌다. 이 자신, 이 지식도 나에게 있어서는 모든 습관이나 지식이 그렇듯이 차츰 의심스러워졌다. 그런 판단이 갑자기 지루하고, 무미건조하고, 불확실한 것이 되었다. 금이 가게 되었고, 나의 마음속에서 그것에 거역했다. 그리고 차츰 일체의 지식이나 판단이 서지 않게 되었다. 있는 것은 다만 내가 일찍이 접촉하고 읽었던 것들의 잔해이다. 그것은 이미 과거의 것이며, 내가 그것에 대해서 전에 인정하고 있었던 가치가 정말로 정당한 것인지 아닌지 그것은 영원히 알 수가 없다.

나는 요즘 시를 읽으면 자주 이런 일이 있다. 가치를 알 수 없는 '나쁜' 시에 흥미를 느끼고, 그것을 시인하고, 또 칭찬하고, 또한 그와 반대로 좋은 시, 최선의 시조차도 의심스러워지는 일이. 그것은 우리가 간간이 교수들이나 관료들에 대해서, 또 한편으로는 광인에 대해서 느낄 수 있는 감정과 똑같은 것이다. 이 관료 어른들이 명백한 시민이며, 당연한 신의 아들이며, 마땅히 손꼽을 수 있는 인류의 한 사람이며, 한편 광인은 불쌍한 인간, 불행한 병자이며, 우리는 그 존재를 관용하고 불쌍하게 여기긴 하지만 가치를 인정할 수 없다는 것은 흔히 우리가 잘 알고 있고 깊이 확신하고 있는 일이다. 그러나 갑자기 그 역逆이 진짜같이 보이는 날이 있다. 또는 적어도 그런 시간이 있다. 그것은 너무 많은 교수나 광인들과 접촉하고 있을 때의 일이다. 그때 우리의 눈에 광인은 조용하고 자신 있는 행복인, 확고한 성격을 지니고, 자기 신념을 가지고 있는 현인, 신의 총아로 보이게 된다. 그런데 교수나 관리는 있건 없건 지장이 없는 인간, 인격도 개성도 없이 모두 엇비슷한 장기말 같이 느껴지는 것이다.

그와 비슷한 일이 내게는 가끔 나쁜 시에 대해서도 일어나는 것이다. 갑자기 그 시가 조금도 나쁘지 않게 보이게 된다. 갑자기 고운 향기가 풍겨오게 된다. 그 서툰 곳, 분명한 결점이 감동을 준다. 독창적이고 사랑스러운 매력을 띠게 된다. 그리고 그것과 비교하면 이제까지 사랑하고 있던 가장 아름다운 시도 얼마쯤 퇴색하고 유형적인 것으로 보이게 된다.

게다가 표현주의 시대 이후로 우리는 현재 비교적 젊은 시인들의 일부에서 이와 비슷한 일이 이루어지고 있는 것을 본다. 그들은 원칙적으로 이미 '좋은' 또는 '아름다운' 시는 짓지 않는다. 그들의 생각은,

'좋은 시는 이미 충분히 있다. 우리는 더는 매력 있는 시구를 짓는다든가, 옛날부터 행해지고 있는 그림 찾기 놀이를 계속하기 위해서 이 세상에 태어난 게 아니다'라고.

그들이 그렇게 말하는 것은 매우 지당한 일이다. 그리고 또 그들의 시에는 그전에는 오직 '나쁜' 시에서만 볼 수 있었던 깊은 감동적인 울림이 담겨 있는 것이 보통이다.

그 이유는 알기 쉽다는 점에 있다. 시의 성립은 지극히 간단명료한 것이다. 그것은 폭발이며, 외침이며, 절규이며, 한숨이며, 영혼이 겪은 어떤 격동에 항거하려는, 또는 자기 자신을 자각하려는 몸부림이다. 이 최후의 근원의, 가장 중요한 기능이라는 점에서는 어떠한 시에 대해서도 비평을 가할 여지가 없다.

그 시는 오직 시인 자신에 관해서 이야기한다. 그것은 시인의 호흡이며, 절규이며, 꿈이며, 미소이며, 격변이다. 사람이 밤에 꾸는 꿈을 그 심미적 가치를 근원으로 하여 비판하려는 사람이 어디 있을까? 또 우리의 손짓이나 머리를 흔드는 일이나 걸음걸이나 몸짓을 그 효용 면으로 논평하려는 사람이 어디 있을까? 엄지손가락이나 발가락을 빨고 있는 갓난아기는 펜대를 물고 있는 작가와 마찬가지로 정당하고 총명한 행위를 하는 것이다. 꼬리를 펼쳐 보이는 공작도 마찬가지이다. 누구의 행위도 다른 사람 이상으로 '좋다'고는 할 수 없다. 누구의 행위에도 똑같은 정당성이 있는 것이다.

그런데 때때로 운수 좋게도 어떤 시가 작자 자신에게 안온함과 해방감을 주는 것 외에 다른 사람에게도 기쁨과 감명과 감동을 주는, 즉 그 시가 아름답게 만들어질 때가 있다. 아마도 그것은 그 시가 표현하고 있는 것이 여러 사람에게 공통된 것이며, 모든 사람에게 있을 수 있는 일이기 때문일까? 그러나 아마도 그렇지는 않을 것이다.

여기에 위험한 순환논법循環論法이 시작된다. '아름다운' 시는 시인을 인기인으로 만들기 때문에 오직 아름답게 쓰려고만 하고, 시의 근원적인, 원초적인, 신성하고 무구한 작용에는 전혀 신경 쓰지 않는 시가 많이 생겨나는 것이다.

그런 시는 이미 영혼의 꿈이나 스텝이나 외침이 아니다. 체험의 반응도 아니며, 입속으로 더듬거리며 말하는 마음의 바람이나 소원의 실현을 기대하는 주문도 아니며, 현자의 성스러운 용모도, 광인의 흉한 얼굴도 아니다.

그것은 단순히 대중을 위해서 고의로 만들어진 제품이며, 직물이며, 사탕 과자이다. 그것은 시장에 내놓아 구매인의 심심풀이, 격려, 오락 등에 소용되고 완성되기 위해서 만들어진 것이다. 그리고 그런 유의 시가 갈채를 받는 것이다.

그런 시에는 독자가 억지로 진지하게 몰입할 수고가 필요치 않다. 그런 시에 의해서 고뇌나 마음의 영감을 느끼지는 않는다. 사람들은 편안히 해가 없게 그 시에 함유되고 있는 아름답고 절도 있는 감정의 진동을 함께할 수가 있다.

그러므로 그런 '아름다운' 시는 때때로 사람들에게 마치 모든 길들고 순응돼 버린 것, 교수나 관리들처럼 괴롭고 이해할 수 없는 기분을 주기도 한다. 그리고 때때로 사람들은 정상적인 세계에 혐오를 느끼게 되면 등롱燈籠을 때려 부수고 성당에 불을 지르고 싶은 기분을 느끼는 것이다. 그리고 그런 날에는 '아름다운' 시는 성스러운 고전 시인에 이르기까지 모두 얼마쯤의 검열 가위질이 되어 거세당한 것 같은 느낌이 들게 된다. 너무나 공인公認되고, 너무나 온화하고,

너무나 위태로움이 없어진 것 같이 생각된다. 그럴 때 사람들은 나쁜 시로 눈길을 돌리는 것이다. 그럴 때 아무 쓸모도 없는 시는 없어진다.

그러나 여기에도 환멸은 숨겨져 있다. 나쁜 시를 읽는 것은 극히 짧은 한순간만의 즐거움이다. 그 즐거움을 연장할 수는 없다. 그러나 타인의 시를 읽는 것만이 능사는 아니다.

누구나 자신이 나쁜 시를 지을 수는 없는 것일까? 누구나 그것을 하면 된다. 그러면 사람들은 나쁜 시를 짓는다는 것은 가장 훌륭한 시를 읽는 것보다도 훨씬 더 많은 행복을 사람들의 마음에 가져다준다는 것을 알게 될 것이다.

독서讀書에 대하여

여러 가지 유형을 세워서 그에 따라 '인간'을 분류하는 것은 우리의 정신이 태어나면서부터의 요구이다. 테오프라스트(그리스 철학자. 아리스토텔레스의 후계자)의 '사람의 성격'이라든가, 우리들의 조부 시대의 네 가지 기질관(담집질, 우울질, 점액질, 다혈질 등 네 가지)으로부터 현대의 심리학에 이르기까지 이러한 유형 수립의 요구를 나타내고 있다.

그리고 또 무의식중에 모든 사람은 그의 주위의 사람들을 자기의 소년 시절에 인연이 깊었던 사람들과 비교하여 갖가지 유형으로 분류한다.

이러한 분류는 순수하게 개인적인 경험에서 나온 것이건 또 과학적인 유형학을 목표로 하는 것이건 매우 유익한 계시에 찬 것이다. 그러나 때로는 경험 세계의 별도의 횡단면을 취해 보고, 어떤 인간도 한 사람 한 사람이 모든 유형의 특징을 지니고 있으며, 상반된 성격이나 기질이 서로 교호하는 상태로서 한 개인의 내부에서도 발견된다는 사실을 아는 것도 헛된 일이 아니며 많은 시사점을 주는 일이다.

그러므로 내가 여기에 독서의 세 가지 유형, 혹은 차라리 세 가지 단계를 세우는 것은, 그에 의해서 독서가의 세계가 이 세 가지 부류로 나누어져 있어서 한 사람은 이 부류에 속하고, 다른 사람은 저 부류에 속한다는 것을 제시할 셈은 아니다. 누구나 때에 따라서는 이쪽 친구에 속하고, 때에 따라서는 저쪽 친구에 속한다는 것을 말하고 싶은 것이다.

그 첫째 형은 소박한 독서가이다. 우리들의 누구나가 때로는 소박한 독서를 한다. 이런 독서는 사람이 음식을 먹는 것과 같다. 독서가는 오직 받아들일 뿐이다. 어린이들이 인디언의 그림책을 보는 경우이건, 하녀가 백작 부인의 소설을 읽는 경우이건, 또는 학생이 쇼펜하우어를 읽는 경우이건, 이런 독서가는 먹고, 우유를 마시고, 배를 채우는 것이다. 이런 독서가의 책에 대한 관계는 사람 대 사람의 관계가 아니라, 말과 먹이 또는 말과 마부와의 관계와 같다. 즉, 책이 고삐를 잡고 독자가 뒤따라가는 것이다. 책의 소재는 객관적으로 받아들여지고, 현실로서 승인된다. 그러나 다만 소재만이 국한되지 않는다.

세상에는 매우 교양이 있고, 아니 매우 날카로운 독자로서 이러한 소박한 독서가 층에 속하는 사람들이 있다. 특히 미문학美文學의 독자들이 그렇다. 그런 사람들은 물론 소재에는 구속받지 않는다. 예컨대 그들은 어떤 소설을 그 안에 나타나는 죽음이라든가 결혼 등에 의해서 평가하지는 않는다. 그러나 그 대신 이 사람들은 시인 자신이라든가 그 책의 아름다움에 대해서 완전히 객관적인 수용 방식을 택한다.

그들은 시인의 마음의 진폭에 공감하고, 세계에 대한 그 시인의 태도에 완전히 감정 이입하고, 시인 자신이 자기 작품에 부여한 해석을 남김없이 받아들인다. 소박한 사람들이 소설의 소재, 정황, 플롯에 대해서 취한 태도를 이들 교양 있는 독서인은 예술, 언어, 시인의 교양, 시인의 정신에 대해서 하는 것이다. 그러한 것들을 마치 칼마이(모험 소설 작가로 독일 청년들에게 인기가 높았다. 1842~1912)의 작품을 읽은 청년들이 올드 셔터핸즈의 행위를 사실적인 가치와 현실로서 받아들이듯이 객관적인 것으로서, 일종의 최종 최고의 문학 가치로서 받아들인다.

이 소박한 독자는 독서에 대한 그 관계에서는 대체 인격적 존재가 아니며, 본래의 그 자신도 아니다. 이 사람은 소설 속의 사건을 흥미와 모험, 연애 사건, 행복과 불행에 의해서 가치를 정한다. 그렇지 않으면 시인의 일을 결국 하나의 관례에 불과한 심미 기준에 맞추어 평가한다. 이런 독자는 아무 주저 없이 이렇게 생각한다. 책은 충실히 주의 깊이 읽어서 그 내용이나 형식의 가치를 음미하기 위해 존재한다. 오직 그 때문에 존재한다고. 마치 빵은 먹기 위해, 침대는 잠들기 위해 존재하는 것과 마찬가지로.

그러나 우리는 세계의 모든 사물에 대해서 전연 다른 태도를 보일 수 있다. 책에 대해서도 마찬가지이다. 만약 인간이 자기의 교양에 따르지 않고 자신의 천성에 따르게 되면 그는 어린이가 되어 사물과 노닐며 유희를 하게 된다. 방은 산이 되고, 그 안에 터널이 뚫린다. 침대는 어두운 굴이 되고, 정원이 되고, 눈 내린 초원이 된다.

이 어린이다움과 이 유희의 재주와 비슷한 것을 독서가의 제2의 형이 보여준다. 이 독서가는 책의 소재나 형식 등을 중요시하지 않는다. 중요시하는 것은 그 책의 유일하고 가장 중요한 가치뿐이다. 이 독서가는 어린이가 그것을 터득하고 있듯이 모든 책은 열 가지, 또는 백 가지 의미가 있을 수 있다는 것을 알고 있다. 예컨대 독서가는 시인이나 철학자가 사물에 대한 자기의 해석이나 평가를 자기 자신이나 독자들에게 믿게 하려고 열심히 노력하는 것을 보고 미소 지을 수 있다. 그리고 일견 시인의 임이나 자유의 발현이라고 생각되는 것 속에서 속박과 수동受動을 발견하는 것이다.

이 독서가는 이미 대개의 문학 교수나 문예 비평가들이 전혀 알지 못하는 것들을 알고 있다. 즉 소재나 형식의 자유로운 선택이란 존재하지 않는다는 것을.

"실러는 어떠어떠한 해에 이 소재를 읽고 그것을 5각의 억양격抑揚格으로 완성하려고 결심했다"라고 문학사가 말할 때, 이 독서가는 소재도 억양격도 시인의 자유로운 선택의 결과가 아니었다는 것을 알고 있다. 이 독서가의 만족은 소재가 시인의 손안에서 어떻게 다루어지고 있는가를 보는 것이 아니라, 시인이 어떻게 소재의 제약을 받고 있는가를 보는 것이다.

이러한 상황에 있어서 이른바 미적 가치라는 것은 거의 퇴색한 것이 되어버린다. 그리고 궤도로부터의 일탈과 불확실성만이 최대의 매력과 가치를 가질 수 있다. 왜냐하면, 이러한 독자가 시인의 뒤를 따라가는 것은 말이 마부를 따르는 식이 아니라, 사냥꾼이 짐승 발자국을 더듬는 것과 같다. 그리고 그가 일견 시인의 자유 세계로 보이는 것의 피안彼岸, 즉 시인의 수동과 속박의 세계를 문득 엿볼 수 있다면 그것은 교묘한 기교, 세련된 언어의 구사 등의 온갖 매력 이상으로 그를 기쁘게 하는 것이다.

이 길을 더욱 밀고 나가서 마지막 단계에 이르면 우리는 독서가의 제3의, 그리고 마지막 형을 볼 수 있다. 다시 한번 밝혀두고 싶은 것은 우리 중의 누구도 이들 형의 어느 하나에 영속적으로 속하고 있는 것은 아니라는 점이다. 누구나 오늘은 둘째 형에, 내일은 셋째 형에, 모레는 다시 첫째 형에 속하게 될 수 있다.

그런데 제3의, 마지막 단계란? 그것은 외견상 흔히 좋은 독서라고 일컬어지고 있는 것과는 정반대의 것이다. 이 제3의 독서가는 완전히 자기 자신으로서의 인격이다. 그러므로 그는 완전히 자유로운 태도로 자기의 독서를 대할 수 있다. 그는 독서로 자신의 교양을 얻으려고 하는 것이 아니다. 또한, 즐거움을 구하려 하는 것도 아니다. 그는 책을 세상의 모든 일을 다루는 것과 똑같은 태도로 다룬다. 책은 그에게는 오로지 출발점이며 자극이다. 그가 무엇을 읽고 있는가는 본시 그에게는 아무래도 무방한 일이다.

그가 어떤 철학책을 읽는 것은 그를 믿기 위해서도, 그의 학설에 따르기 위해서도, 또한 그 학설을 반박하거나 비평하기 위해서도 아니다. 그가 어떤 시인을 읽는 것은 그 시인에게 세계를 해명 받기 위해서도 아니다. 그는 자신의 힘으로 해명을 하는 것이다. 그는 말하자면 완전히 어린이이다. 그는 모든 것과 함께 논다. 그리고 어떤 점에서 말하면 모든 것과 '함께 노는 것'만큼 생산적이고 결실 많은 행위도 없다.

이 독서가가 어떤 책 속에서 어떤 아름다운 구절, 어떤 지혜, 어떤 진리가 기록되어 있는 것을 발견하면 그는 그것을 시험 삼아 조금 만지작거려 본다. 그는 훨씬 이전부터 어떠한 진리이건 그 역逆도 또한 진리란 것을 알고 있다. 어떠한 정신적 입장이라도 그것은 하나의 극이며, 그와 마찬가지로 훌륭한 그 대극對極이 존재한다는 사실을 알고 있다. 그는 연상적인 사고방식을 높이 평가하고 있다는 점에서는 어린이이다. 다만 그는 어린이와는 달리 그 이외의 것도 알고 있다.

이런 까닭에 이런 독서가는, 아니 오히려 우리가 모두 이런 단계에 있을 때는 어떠한 것이라도 독서의 대상으로 할 수 있다. 소설이건, 문법책이건, 시간표건, 인쇄소의 활자 서체 견본이건 간에.

우리의 공상과 연상 능력이 충분히 고양되어 있을 때는 우리는 눈앞의 종이에 쓰여 있는 것을 읽고 있는 것이 아니라 거기서 오는 자극과 착상의 흐름에 헤엄치고 있다. 그 자극과 착상은 그 책의 본문에서 나오는 일도 있을 것이고, 단순히 활자 면에서 생기는 일도 있을 것이다. 신문 광고도 계시가 되는 일도 있다. 전혀 시시한 문구에서도 더없이 마음에 기쁨을 주는 긍정적인 사상이 생겨날 경우도 있는 것이다. 즉 그 문구를 만지작거려 보고, 모자이크처럼 그 문구의 한 자 한 자를 움직여 보는 것이다.

이 상태에 있으면 '빨간 모자를 쓴 어린이'(〈그림 동화〉 속의 소녀)의 동화를 우주개벽론이나 철학서로서 읽을 수도 있다. 또는 향기로운 꽃처럼 에로틱한 문학으로서 읽을 수도 있다. 또 시가 상자에 인쇄된 Coloradomaduro라는 글자를 읽고 그 말, 철자법, 음향 등과 놀이하면서 머릿속에서 지식과 추억과 사색 등의 몇백이라는 세계를 편력해 다닐 수도 있을 것이다.

그러나 나에 대해서 항의가 나올 것이다. 그런 것도 독서냐고. 괴테의 한 페이지를 괴테의 의도나 의견에 상관없이 광고나 우연한 활자와 똑같이 읽는 사람이 그래도 대체 독서가인가. 네가 제3의, 최고의 것이라는 독서의 단계란 가장 낮고 가장 어리석고 가장 엉터리 같은 것이 아닌가. 그런 독서가에게 있어서는 헬다린의 음악도, 레나우의 정열도, 스탕달의 의지도, 셰익스피어의 위대함도 무無와 같은 것이라고!

그런 이론은 당연하다. 제3의 단계의 독서가는 이미 독서가가 아니다. 영속적으로 이 단계에 속해 있는 사람이 있다면 그는 마침내 한 권의 책도 읽지 않게 될 것이다. 왜냐하면, 융단의 무늬나 축대의 돌 쌓는 방법도 그에게는 가장 깊은 의미를 갖추고, 문자가 배열된 최선 최량의 책 페이지와 똑같이 귀중한 것일 터이니까. 그가 손에 쥐는 유일한 책은 알파벳 글자를 나열한 한 장의 종이가 되어버릴 것이다.

이처럼 마지막 단계의 독서가는 이미 독서가가 아니다. 그는 괴테에 대해서 휘파람을 분다. 그는 셰익스피어를 필요로 하지 않는다. 마지막 단계의 독서가는 이미 독서를 하지 않는다. 책이 다 무엇인가? 그는 세계 전체를 자기 속에 지니고 있지 않은가.

오래도록 이 단계에 머물러 있는 사람이 있다면 그는 아무것도 읽지 않게 될 것이다. 그러나 아무도 지속해서 이 단계에 머물러 있을 수는 없다. 그러나 이 단계를 전혀 모르는 사람은 낮은 단계의 미숙한 독서가이다. 그는 세계의 모든 시詩 작품, 모든 철학은 그 자신의 내부에도 존재한다는 것, 그리고 최대의 시인일지라도 우리가 모두 가슴에 지닌 그것과 똑같은 샘물에서 영감을 길어 올렸다는 것을 모르는 것이다.

일생에 단 한 번, 한 시간 만이라도, 또는 하루만이라도 제3의 단계, 책을 읽지 않는 독서의 단계에 서 보라. 그러면 당신은 그 후(여기서 복귀하는 일은 극히 쉽다) 한층 더 좋은 독서가, 모든 서적의 가장 좋은 청취자, 가장 좋은 해득자가 될 것이다.

길바닥의 돌멩이가 당신에 대해서 괴테나 톨스토이와 똑같은 의미를 지닌 단계에 단 한 번이라도 설 수 있다면 당신은 그 후 괴테나 톨스토이나 그 밖의 모든 시인으로부터 이제까지의 어떤 순간보다도 무한히 많은 가치와, 수액樹液과 꿀, 생명과 당신 자신의 긍정을 끌어낼 수 있을 것이다. 왜냐하면, 괴테의 작품이 괴테 자신은 아니며, 도스토옙스키의 여러 저작이 도스토옙스키 자신은 아니다. 그것은 단순히 그들의 시도이기 때문이다. 갖가지 목소리, 갖가지 해석이 가득 찬 세계(그 중심은 괴테이며 도스토옙스키인데)를 책 속에 얽매어 놓으려는 그들의 엉성한, 그리고 마침내 목적에 도달할 수 없었던 시도에 불과한 것이다.

단 한 번만이라도 산책 중에 당신의 마음속에 생겨났던 사상의 과정, 또는 이쪽이 좀 더 손쉽게 생각되겠지만, 한밤에 꾼 어떤 단순한 꿈을 명확히 파악해 보려고 시도해 보라. 당신이 이런 꿈을 꾸었다 치자. 어떤 사람이 먼저 단장으로 당신을 위협하고, 바로 태도를 바꾸어 당신에게 훈장을 주었다고 말이다. 그런데 그 사람은 누구였더라? 당신은 여러모로 생각해 본다. 당신은 그 인물에게서 당신 친구나 당신 부친의 모습을 떠올린다. 그러나 어딘가 좀 다른 점이 있다. 여성적인 점도 있다. 어쩐지 그 사람에게는 누이동생이나 애인을 생각하게 하는 점도 있다.

그리고 그 인물이 치켜든 단장의 손잡이는 당신에게 당신이 학생 시절에 처음 도보여행을 하던 때의 바로 그 단장을 생각나게 한다. 그리고 만약 당신이 그 단순한 꿈의 내용을 명확히 하고, 그것을 적어두려고 한다면, 설령 그것을 빠르게 쓰거나 메모의 표제어를 적어놓는 것만으로도 훈장 이야기에 접어들기 전에 당신은 한 권의 책을 쓸 수 있을지도 모른다. 아니, 때에 따라서는 두 권이나 열 권이라도.

왜냐하면, 그 꿈은 당신이 당신의 영혼을 들여다보는 구멍이며, 그리고 당신의 영혼의 내용이란 다시 말해서 세계이기 때문이다. 실은 그것은 당신의 탄생 때부터 오늘까지, 호머로부터 하인리히 만까지, 일본으로부터 지브롤터까지, 천랑성天狼星으로부터 지구에 이르기까지, 빨간 모자를 쓴 어린이로부터 벨그손에 이르기까지의 전 세계인 것이다. 그리고 꿈을 적어두려는 당신의 시도가 그 꿈속에 포함된 전 세계의 극히 일부분밖에 표현할 수 없듯이 작가의 작품도 그 작가가 말하려는 바를 다 하고 있지는 못한 것이다.

괴테의 〈파우스트〉의 제2부를 둘러싸고 많은 학자나 문예 애호가들이 이미 거의 백 년 동안 여러 가지 해석을 해왔다. 그 이상 없이 훌륭한 것, 어리석고 변변치 못한 것, 헤아리기 어려울 만큼 깊은 것, 천박한 것 등등 갖가지 해석이 나타났다. 그러나 〈파우스트〉뿐만 아니라 모든 문학 작품에는 표면에는 그다지 나타나 있지 않지만, 내부에는 은밀히 이 이름 붙일 수 없는 다의성多義性, 새로운 심리학에서 말하는 '상징의 초규정성'이 존재하는 것이다.

그 무한한 풍요성, 말로는 설명할 수 없는 그 무엇을 단한 번이라도 인식한 적이 없다면 당신은 모든 시인이나 사상가를 바늘구멍으로 들여다보게 되며, 극히 작은 부분을 전체라고 착각하며, 표면조차도 제대로 보지 못한 해석을 믿게 될 것이다.

말할 것도 없이, 독서가가 이 세 가지 단계를 여기저기 거니는 태도는 모든 사람에게 있어 모든 영역에서 가능하다. 이 세 가지 입장, 그리고 천 가지도 넘을 그 중간 입장들을 당신은 건축이나 회화繪畵나 동물학이나 역사 등에 대해서도 취할 수 있다. 당신이 가장 당신 자신에게로 돌아가는 제3의 단계는 언제나 독서가라는 당신의 이름을 말살하게 될 것이며, 문학·예술·세계 역사 등을 해체할 것이다.

그러나 이 단계를 어렴풋이나마 모른다면 당신은 모든 서적, 학문, 예술 등을 항상 학생이 문법책을 읽듯이 읽는 데 그칠 것이다.

인간에게
전쟁이란

전쟁은 원시 상태이며 자연스러운 상태라고 사람들이
하는 말은 확실히 옳다. 인간은 동물로서 사는 한 투쟁으로
써 살아가고, 다른 것을 희생시키면서 살아가고, 다른 것들
을 두려워하고 증오한다. 산다는 것은 즉 전쟁이다.

'평화'가 무엇인가 하는 것은 더욱 규정하기 어렵다. 평화
는 낙원적인 원시 상태도 아니며, 협정으로 규정된 공동생
활의 형식도 아니다. 평화는 우리가 모르는 그 어떤 것, 우
리가 오직 추구하고 어슴푸레 예감하고 있는 그 어떤 것이
다. 평화는 하나의 이상이다. 평화는 말로 표현할 수 없이

복잡한 것, 불안정한 것, 위협받고 있다. 평화를 파괴하려면 살짝 입김을 불어대는 것으로도 충분하다. 서로 믿고 있는 두 사람 간에도 진정한 평화 속에서 생활을 함께 하는 것이 다른 어떠한 윤리적인, 또는 지적인 작업을 하기보다도 어렵고, 극히 드물게 이루어질 뿐이다.

그런데도 평화는 사상으로서, 또 희망으로서, 목표로서, 이상으로서 오랜 옛날부터 존재해 왔다. 수십 세기에 걸쳐 그 기초가 되는 "너, 살인하지 말라"라는 강력한 말이 이미 수천 년 동안 이어져 왔다. 인간이 그런 말을 할 수 있다는 것, 그런 무시무시한 요구를 할 수 있다는 것은 다른 어떤 특징 이상으로 인간을 특징짓고, 인간을 동물과 구별하고, 인간을 '자연'과 다르게 보이게 하는 것이다.

그런 강력한 말을 들을 때마다 느끼는 것인데, 인간은 결코 동물은 아니라는 것이다. 고정된 것, 생성해버린 것, 완성된 것, 일회적인 것, 명백한 것이 아니라 생성하며 있는 것, 하나의 시도, 하나의 예감이며, 미래이며, 새로운 형상과 가능성을 추구하는 자연의 투영이며 동경이다.

"너, 살인하지 말라!"라는 것은 그 말이 처음 제시되었을 때에는 터무니없이 커다란 요구였다. 그것은 "너, 숨 쉬지 말라!" 하는 것과 거의 같은 말이었다. 그것은 얼핏 보기에 불가능한 것이었다. 얼핏 보면 미치광이 짓이었고, 파괴적인 것이었다. 그런데도 이 말은 수 세기에 걸쳐 유지됐고, 오늘날에도 변함없이 통용되고 있다. 그것은 법률과 인생관과 윤리관을 형성해 냈고, 열매를 맺고, 인간의 생활을 뒤흔들고 밭갈이해왔다. 이러한 말은 그리 흔하지 않다.

"너, 살인하지 말라!"라는 말은 교훈적이고 '이타주의利他主義'의 완고한 규율이 아니다. 이타주의는 자연계에는 나타나지 않는 것이다. "너, 살인하지 말라!"란, 남에게 고통을 주지 말라는 뜻이 아니다. 그것은 너 자신에게서 다른 사람을 빼앗지 말라, 너 자신을 해치지 말라는 뜻이다. 다른 사람은 실지로 타인이 아니다. 먼 것, 관계없는 것, 혼자 사는 것이 아니다. 세상에 있는 모든 것, 무수한 '다른 사람들'은 내가 그것을 보고, 느끼고, 관계를 맺어가야만 나에게 있어 존재한다. 나의 생활은 나와 세계, 즉 '다른 사람들'과의 관계에서만 성립된다.

이것을 인식하고, 예감하고, 이 복잡한 진리를 탐구하는 것이 인류의 지금까지의 여정이었다. 그동안 진보와 퇴보가 있었다. 광명의 사상이 있었으나 또한 암흑의 법률과 불순한 양심의 은신처가 만들어지기도 했다. 영적 인식이니 연금술이니 하는 괴상한 것도 있었다. 그런 것들에 대해서 오늘날의 사람들은 그것이 얼마나 어리석은 것이었던가를 정확히 알고 있는 것으로 여기고 있다. 그러나 그런 것은 인류가 더듬어온 인식의 도정에 있어서 한때는 최고의 정점이었는지 모른다. 연금술은 가장 순수한 신비주의와 "살인하지 말라"라는 최후의 실현에의 길이었는데 우리는 그것으로 회심의 웃음을 머금고 으쓱대며 폭약이며 독약을 만들어 내는 기술적 과학을 이룩해냈다. 그래서 무슨 진보가 있었고, 무슨 퇴보가 있었는가? 양쪽 모두 존재하지 않는다.

이 수년간의 대전쟁도 두 가지 얼굴을 보여주고 있다. 어떤 때는 진보처럼 보이고, 어떤 때는 퇴보처럼 보인다. 살인의 무서운 대량성과 잔학한 기술은 굉장한 퇴보처럼, 아니 진보와 정신의 모든 시도에 대한 조소같이 보인다. 그러나 전쟁으로 촉진된 새로운 요구라든가 인식, 또 노력 대부분을 우리는 마치 진보인 것처럼 느끼고 있다. 어떤 저널리스트는 그러한 정신적인 것을 모두 '내면화의 유희'로서 처리해도 좋다고 믿고 있다. 그러나 그는 심한 착각을 하는 것이 아닐까. 결국, 그는 현대의 가장 활기 있는 것, 세련된 것, 본질적인 것, 내면적인 것을 그의 조잡한 말로써 배척하고 있는 게 아닐까?

어쨌거나 전쟁 중에 흔히 말하는 것을 들었던 의견, 다시 말해서 이 전쟁은 그 규모 자체, 그 가공할 만치 거대한 기계만으로도 이미 금후의 세대를 위협함으로써 전쟁을 중

지시킬 수 있으리란 의견은 완전한 오류였다. 위협하여 중단시키는 것은 결코 교육의 수단이 아니다. 살인을 재미있어하는 사람은 전쟁으로 살인이 싫어지지는 않을 것이다. 전쟁이 가져오는 물질적 손실을 깨달았다 해서 전쟁을 그만두게 하는 데에는 아무런 도움도 주지 못할 것이다.

인간의 행위는 그 백 분의 일도 이성적 사고에서 생기지 않는다. 어떤 행위의 무의미성을 완전히 확신하면서도 그것을 열렬히 실행하는 경우가 흔히 있다. 정열적인 사람은 모두 그런 행동을 한다.

바로 이런 점에서 나도 나의 적이나 편들어 주는 많은 사람이 생각하고 있는 식의 평화주의자는 아니다. 나는 이성적인 방법, 즉 설교나 조직이나 선전으로 세계 평화가 이루어지리라고는 믿고 있지 않다. 화학자 회의에서 현인의 돌이 발견되리라고 믿고 있지 않은 것과 마찬가지로.

그렇다면 장차 어디에서 언제쯤 참된 평화가 이 지상에 찾아올 것인가? 그것은 규율에서도 아니고, 물질적인 경험에서도 아니다. 그것은 모든 인간의 진보와 마찬가지로 인식에서 온다. 그러나 인식은 모두 그 어떤 살아 있는 것으로서, 학구적인 것이 아니라고 해석한다면 하나의 대상밖에 갖고 있지 않다. 수많은 사람에 의해서 수많은 형태로 인식 되고, 수많은 다른 방법으로 표현되고 있지만, 항상 단

하나의 진리가 있을 뿐이다. 그것은 우리 내부에 있는 생명, 나와 너와 우리 각 개인 내부에 있는 생명의 인식, 우리 각자가 마음속에 지닌 비밀의 마법, 비밀의 신적인 인식이다. 그것은 이 가장 심오한 한 점에서 모든 대립의 조성을 시시각각으로 지양하여 모든 검은 것을 희게, 모든 악을 선으로, 밤을 낮으로 바꾸는 가능성의 인식이다. 인도 사람은 그것을 '참나(아트만)'라 하고, 중국 사람은 그것을 '도道'라 하고, 기독교도는 그것을 '은총'이라고 말한다.

그 최고의 인식이 획득될 때 (예수나 불타나 플라톤이나 노자에 있어서와 같이) 기적이 시작되는 문지방을 넘어설 수가 있다. 그곳에서 전쟁과 적대 행위가 종식된다. 그것을 우리는 신약성서나 불타의 설법 속에서 읽을 수 있다. 그것을 웃고 싶은 사람은 비웃고, '내면화의 유희'라고 불러도 좋다. 그것을 체험하는 사람에게 있어서는 적이 형제가 되고, 죽음이 탄생이 되고, 치욕이 명예가 되며, 불행이 길흉화복이 된다.

무릇 지상의 모든 것은 이중의 모습을 지니고 있다. '이 세상의 것'인 동시에 '이 세상의 것이 아닌' 것이다. '이 세상'은 그러나 '우리의 외부에 있는' 것을 의미한다. 우리의 외부에 있는 것은 모두 적이 되고, 위험이 되고, 불안이 되고, 죽음이 될 수 있다. 이 '외적인 것'은 모두 우리의 지각의 대상일 뿐만 아니라 동시에 우리 영혼의 창조물이라는 경험으로 외적인 것을 내적인 것으로 변화시킴으로써, 세계를 자아로 변화시킴으로써 새벽이 동트게 된다.

나는 명백한 사실을 말하고 있다. 그러나 총탄에 맞아 목숨을 잃는 병사 한 사람 한 사람이 오류의 영원한 반복이듯이, 진리도 또한 무수한 형태로 영원히 되풀이되어야 할 것이다.

아집과
순종

내가 크게 사랑하는 하나의 덕, 유일한 덕이 있다. 그것은 아집 Eigensinn이다. 책에서 읽거나 선생에게서 듣기도 한 많은 덕이 있지만, 그 어느 것이나 나는 그다지 존중할 수가 없다. 그러나 인간이 어떤 장식상의 필요에서 생각해 낸 많은 덕을 단 하나의 이름으로 총괄할 수가 있을 것이다.

덕이란 순종이다. 문제는 누구에게 복종하느냐 하는 점이다. 즉 아집도 순종이라 할 수 있다. 그러나 모든 다른 덕, 사람들에게 사랑받고, 칭찬받는 덕은 인간에 의해서 정해진 법칙에 대한 순종이다. 그러나 오직 아집만은 그런 법칙을 문제로 하지 않는다. 아집이 있는 사람은 다른 법칙, 유일하고 절대로 신성한 자신 속의 법칙, '자신'의 '마음'에 복종한다.

아집이 그다지 호감 받지 못한다는 것은 매우 유감스럽다! 아집은 그 어떤 존경을 받고 있을까? 아니다. 그와 반대로 아집은 악덕, 또는 슬퍼해야 할 나쁜 버릇으로 간주하고 있다. 그것이 방해하고, 증오감을 불러일으킬 때만 완전히 아집이라는 아름다운 이름으로 부르는 것이다. (어쨌거나 진정한 덕은 언제나 방해를 하고 증오를 불러일으킨다. 소크라테스나 예수나 조르다노·부르너, 그 밖의 모든 아집 있는 사람들을 보라)

아집을 진정으로 미덕으로서, 또는 아름다운 장식으로서 인정하려는 의사가 조금이라도 있는 경우, 사람들을 이 덕의 거친 이름을 될 수 있는 한 부드럽게 하려 한다. '성격' 또는 '개성'이라고. 그러고 보니 아집만치 거칠 거나 악덕 같이 들리지는 않는다. 그렇게 말하는 편이 예의 바른 것처럼 들린다. '독창성'이라고 말해도 그럭저럭 통한다. 이것은 물론 너그럽게 보아서 괴팍한 사람이라든가, 예술가라든가 하는 편협한 사람인 경우에만 해당한다. 예술에서는 아집이 자본이나 사회에 대해서 그다지 손해를 끼치지 않기 때문에 독창성이라 하여 크게 존중받기도 하며, 예술가에게 있어서는 어떤 유의 아집은 실제로 바람직한 것으로 간주하여 좋은 대가를 받는다.

그 밖의 경우 오늘날의 일상적인 말로는 '성격'이니 '개성'이라고 말하면 어쩐지 극히 거추장스럽게 생각된다. 즉 그런 것은 물론 존재하고, 나타나고, 장식될 수는 있지만, 어떤 중요한 기회에는 반드시 신중하게 다른 법칙에 굴복하는 그런 성격을 생각하게 된다. 얼마쯤 독자적인 관념이나 견해를 가지고 있지만, 그것에 따라서 생활하고 있지 않은 사람을 흔히 '성격'이라고 부른다. 그런 사람은 다른 생각과 의견을 가지고 있다는 것을 극히 교묘하게 이따금 엿보이게 할 뿐이다. 이런 온건하고 공허한 형태로서라면 성격은 현대인 사이에서도 미덕으로서 통용된다. 그러나 만일에 누군가가 독자적인 관념을 가지고 실제로 그것에 따라서 살아가려고 하면 '성격'이라는 칭찬의 증언을 상실하고 '아집'이라는 판정이 내려진다. 그러나 우리는 그 말을 글자대로 해석해 보기로 하자. 도대체 '아집'이란 무엇을 뜻하는가? 자기의 독자적인 뜻이 있다는 말이다. 아니면 다른 뜻일까?

이 지상의 모든 것은 '자기의 마음'을 가지고 있다. 더 말할 여지 없이 모든 것들이 지니고 있다. 온갖 돌, 온갖 풀, 꽃, 수풀, 온갖 동물들이 제각기 '자기의 마음'에 따라 성장하고 살아가고 행동하고 느끼고 있다. 그러므로 이 세계는 훌륭하고, 풍요롭고, 아름다운 것이다. 꽃과 열매가 존재한다는 것, 떡갈나무며 자작나무며 존재한다는 것, 말이며 닭이며 존재한다는 것, 주석과 철, 금과 석탄이 존재한다는 것, 이 모든 것은 오직 우주에서는 아무리 미소한 것이라도 자기의 '마음'을 가지고, 자기의 법칙을 지키고, 완전히, 확실하게 미혹迷惑 없이 자기의 법칙에 순종하고 있는 데서 나오는 것이다.

이 영원한 부름 소리에 따라 깊이 타고난 자기의 마음이 명령하는 대로 존재하고 성장하고 살고 죽는 것이 허락되지 않는 불쌍하고 저주받은 생물은 이 지상에 오직 두 가지밖에 존재하지 않는다. 그것은 인간과 인간에 의해서 길든 가축이다. 이것들은 생명과 성장의 소리에 따르지 않고 인간에 의해서 정해졌고, 제멋대로 이따금 인간에 의해서 파괴되고 변경되는 어떤 법칙에 따르도록 처단되고 있다. 이것이야말로 참으로 기묘한 일이다. 즉 자신의 자연스러운 법칙에 따르기 위해서 인간의 변덕스러운 법칙을 경멸하려 했던 소수의 사람 그들은 대개 처단당하고, 돌로 얻어맞았지만, 나중에는 그들이야말로 영원히 영웅으로서, 또 해방자로서 숭배받게 되었다. 변덕스러운 법칙에 순종하는 것을 살아 있는 인간 사이의 최고의 덕으로서 칭송하고 요구하는 바로 그 인류가, 그 요구에 반항하고 '자기의 마음'

에 배반하기보다는 차라리 생명을 버렸던 인물을 골라서 그들의 영원한 신전神殿에 받들고 있다.

'비극적'이라는 더없이 숭고하고 신비적이며 신성한 말, 이것은 신화적인 인류의 초창기부터 전율에 차 있는데, 모든 보도 기자들이 매일같이 함부로 남용하고 있으나, 이 '비극적'이라는 말은 영웅이 관습적인 법칙에 반해서 자기 자신의 별에 따라감으로써 파멸하는 운명을 의미하는 것뿐이다. 몰락의 운명에 의해서, 오직 그것에 의해서 '자기의 마음'의 인식이 되풀이하여 인류에게 전개된다. 왜냐하면, 비극적인 영웅, 아집 있는 사람은 몇백만의 평범한 사람이나 비겁자에게 인간의 규정에 따르지 않는 것은 난폭한 변덕 때문이 아니라, 더 고귀하고 신성한 법칙에 충실하기 위해서라는 것을 되풀이하여 보여주기 때문이다.

바꾸어 표현하자면 인간의 가축적 근성은 모든 사람에게 무엇보다도 순종과 종속을 요구한다. 그러나 최고의 명예는 결코 인종적인 사람이나 비겁자나 순종자를 위해서가 아니라 다름 아닌 아집이 있는 사람, 영웅을 위해서 보류된 것이다.

신문기자가 공장에서의 작업 중의 사고를 모두다 '비극적'(어릿광대인 그들에게 있어 그것은 '불쌍한'이라는 것과 같은 뜻이다)이라고 표현하는 것은 말의 남용이며, 학살당한 가엾은 병사에 대해서 '영웅의 최후'라고 하는 것은 그에 못지않게 부당한 유행이다. 그것은 감상적인 사람들, 그중에서도 후방에 남아 있는 사람들이 즐겨 사용하는 말이다. 전쟁에서 쓰러지는 병사는 확실히 우리들의 최고의 동정을 받을 만하다. 그들은 흔히 말로는 표현할 수 없는 일을 수행했고, 고통을 겪었다. 그리고 마침내 목숨을 바쳤다. 그러나 그렇다고 해서 그들이 반드시 영웅은 아니다. 죽음 직전까지 단순한 일개 병사였고, 개처럼 장교에게 호통 당하던 사람이 치명적인 탄환을 맞았다고 해서 갑자기 영웅이 될 수 없는 것과 마찬가지이다. 대량의 영웅, 수백만 명의 영웅이라는 관념은 그 자체가 모순이다.

'영웅'은 순종적이고 고지식한 시민이나 의무의 수행자는 아니다. 영웅적일 수 있는 것은 '자기의 마음', 즉 고귀한 천성인 아집을 자기의 운명으로 여긴 개개의 인간들뿐이다.

"운명과 마음은 동일 개념의 명칭이다"라고 독일정신 가운데서도 가장 깊고, 그러면서도 잘 알려지지 않은 정신적 인물 중의 하나인 노발리스는 말했다. 자기 운명에 대한 용기를 발견한 사람만이 영웅이다.

인간의 대다수가 이런 용기와 아집을 갖게 된다면 이 세계는 좀 더 다른 모습을 갖게 될 것이다. 하기는 월급을 받

는 선생들은 (입으로는 영웅이나 아집이 있는 사람들을 크게 칭찬하면
서도) 그렇게 된다면 큰 소란이 생길 것이라고 말한다. 그 증
명을 그들은 갖고 있지 못하며 또한 제시하지도 못한다.

실제로 자기의 내면적인 법칙이나 마음에 자주적으로
복종하는 사람들 사이에서는 생활은 더욱 풍요하고 높이
번영할 것이다. 그런 인간의 세계가 되면 오늘날에는 위엄
있는 국가의 재판관을 괴롭히는 모욕적인 말이나 성질 급
한 손찌검 따위가 얼마쯤 벌을 받지 않게 될지도 모른다.
때로는 살해도 일어날 것이다. 법률이나 처벌이 허다한 지
금도 살해사건은 일어나고 있지 않은가? 이와 반대로 우리
들의 질서정연한 세계의 한가운데에서 무서우리만치 성행
되고 있는 갖가지 두렵고, 생각하기에도 슬픈 끔찍한 일들
이 그런 세계에서는 소용없게 되고 불가능해질 것이다. 가
령 국민 간의 전쟁 따위가 그것이다.

이렇게 말하면 권위자는 '당신은 혁명을 주장하고 있군'
하고 말하리라.

그것은 또한 축군畜群적 인간 사이에서만 가능한 잘못이
다. 나는 아집을 말하고 있는 것이지 혁명을 역설하고 있
는 게 아니다. 어찌 내가 혁명을 원할 까닭이 있겠는가? 혁
명은 전쟁과 다름없다. 혁명은 전쟁과 똑같이 '수단을 바꾼
정치의 계속이다.' 그러나 일단 자기 자신에 대한 용기를

느끼고, 자기 운명의 소리를 들은 인간에게 있어서는 정치 따위는 이미 문제가 되지 않는다. 군주 정체이건, 민주주의이건, 혁명적이건, 보수적이건 문제가 아니다! 그가 마음을 쓰는 것은 다른 것이다. 그의 '아집'은 모든 풀줄기의 깊고 절묘한, 신의 뜻에 따른 아집처럼 오직 자기 자신의 성장에 향해져 있다. '이기주의'라고 말하고 싶으면 하라. 그러나 이 이기주의는 돈을 긁어모으는 사람이나 권력을 탐내는 사람의 천박한 이기주의와는 전연 별개의 것이다!

내가 말하는 바의 '아집'을 지닌 인간은 돈이나 권력을 추구하지는 않는다. 그것도 이른바 도덕가라든가, 체념적인 이타주의라든가 해서 돈이나 권력을 경멸하는 것이 아니다. 오히려 정반대이다.

돈이나 권력이라든가 그 밖의 무릇 인간이 그런 것으로 하여 서로 괴롭히고, 마침내는 서로 쏴 죽이는 일체의 것은 자기 자신에 도달한 인간, 아집 있는 인간에게 있어서는 거의 가치가 없다. 그는 오직 한 가지만을 존중한다. 즉 그에게 살라고 명하고, 그의 성장을 돕는 자기 자신 속의 신비한 힘을 존중한다. 이 힘은 금전 따위로는 획득되지도 않고, 높여지지도 않고, 깊어지지도 않는다. 왜냐하면, 돈과 권력이란 불신이 찾아낸 것이기 때문이다.

자기 자신의 내부의 생명력을 믿지 않는 사람이나, 그런 생명력이 빠져있는 사람은 돈과 같은 대용물로써 그것을 보충해야만 한다. 자기 자신에 대한 신뢰가 있는 사람, 오직 자기 운명을 순수하게 자유로이 자기 안에서 체험하고 약동시키는 것만을 바라는 사람에게 있어서는 그렇게 과대평가된, 천 배나 과장된 수단은 하위의 도구로 떨어져 버린다. 그런 것을 소유하고 사용한다는 것은 기분 좋을지는 모르지만, 결코 결정적일 수는 없다.

오오, 나는 이 덕을, 이 아집을 얼마나 사랑하는가! 그것을 일단 인식하고, 그것이 무엇인가를 자기 안에서 발견하게 되면 흔히 최상의 것이라고 칭찬받는 많은 덕이 모두 기이하고 의심스러워진다.

애국주의도 그런 것 중의 하나이다. 나는 추호도 애국주의를 반대하지 않는다. 애국주의는 개인 대신에 더 커다란 집단으로써 대상으로 삼는다. 그러나 그것이 미덕으로서 진정으로 귀하게 여겨지는 것은 사격이 즉 '정치를 계속하기' 위한, 이 소박하고 실로 우스꽝스럽고 불충분한 수단이 행해지기 시작하고부터이다. 적을 사살하는 병사는 실제로 언제나 땅을 더 잘 경작하는 농부보다도 뛰어난 애국자로 생각한다. 왜냐하면, 농부는 경작으로 자기의 이익을 얻기 때문이다. 우스꽝스럽게도 우리의 뒤엉켜 있는 도덕에서는 언제나 그 덕을 갖추고 있는 사람 자신을 기쁘게 하고 그에게 도움이 되는 덕은 의심스러운 것으로 간주한다.

도대체 어째서일까? 우리는 항상 타인을 희생해서 이익을 획득하는 데 익숙해져 있기 때문이다. 타인이 가지고 있는 것을 항상 욕구해야 한다고 생각할 만큼 우리는 불신에 차 있기 때문이다.

야만인의 추장은 그가 죽인 적의 생명력이 자기에게로 옮겨온다는 신앙을 지니고 있다. 이와 똑같은 흑인의 신앙이 모든 전쟁의 바탕에, 인간들 사이의 모든 경쟁, 불신의 근저에 뿌리박고 있는 게 아닐까?

아니, 부지런한 농부를 최소한 병사와 같은 레벨에 놓게 된다면 우리는 좀 더 행복해지리라! 인간이나 국민이 획득하는 생명이나 생명의 기쁨은 절대로 다른 것들로부터 탈취해야 한다는 미신을 포기할 수 있게 되었으면 좋으련만!

그런데 이번에는 선생님들은 이렇게 말한다. "그건 과연 그럴듯하게 들린다. 그러나 한번 그야말로 실질적으로 국민 경제의 관점에서 관찰해 보시오! 세계의 생산은……"

그에 대해 나는 대답한다. "정말 좋은 말이오. 국민경제적 입장은 결코 실질적은 아니오. 그것은 무척이나 여러 가지 결과로써 보는 안경이오. 가령 전쟁 전에는 세계전쟁은 불가능하다, 불가능하다고까지는 할 수 없더라도 오래 계속될 수 없다는 것을 국민경제적으로 증명할 수 있었소. 오늘날에는 그와 마찬가지로 국민경제적으로 그 반대를 증명할 수가 있소. 아니, 그런 공상 대신에 현실을 생각하도록 합시다!"라고.

이런 '입장' 따위는 아무 소용도 없는 것이다. 아무렇게나 하고 싶은 대로 이름 붙여도 되고, 기름기 넘치는 살찐 교수들에게 주장하도록 하라. 그런 것은 모두 표면의 살얼음에 불과하다. 우리는 계산기도 그 밖의 꼭두각시도 아니다. 우리는 인간이다. 인간에게는 오직 하나 타고난 표준이 있을 뿐이다. 그것은 아집이 있는 사람에게 있어서는 자본주의의 운명도, 사회주의의 운명도 존재하지 않는다. 그에게는 영국도 미국도 존재하지 않는다.

그에게는 자기 가슴속의 조용한, 필연적인 법칙이 살아 있을 뿐이다. 그 법칙에 따르는 것은 안이한 관습의 인간에게는 더없이 곤란한 일이지만, 아집이 있는 사람에게는 운명과 신을 뜻하는 것이다.

　　　　　　　　　　　　　　　　　　　아집과 순종

오오, 벗이여,
그런 어조로 말하지 말라*

여러 국민이 서로 격렬한 싸움을 벌이고 있다. 매일 수많은 사람이 무서운 전쟁으로 고통을 겪고 죽어가고 있다. 전장으로부터의 가슴 떨리는 보도 중에 문득 나는 흔히 있는 일이지만, 옛날에 잊고 있었던 소년 시절의 일을 생각해냈다.

열네 살 때 나는 어느 무더운 여름날, 슈투트가르트에서

---

*   「오오, 벗이여, 그런 어조로 말하지 말라」라는 이 제목은 베토벤이 제9심포니의 합창 〈환희의 찬가〉 도입부에 삽입한 구절을 헤세가 인용한 것이다.

쉬바벤주의 한 유명한 입학 예비고사를 치르고 있었다. 우리에게 주어진 작문 제목은 '인간의 성질의 어떠한 좋은 면과 나쁜 면이 전쟁 때문에 일깨워지고 신장하는가?'라는 것이었다.

이 제목에 대한 나의 작문은 경험에 바탕을 두고 있지 않았기 때문에 당연한 일이지만 슬픈 결과가 되었다. 당시 내가 소년으로서 전쟁 및 전쟁의 미덕과 전쟁의 악덕에 대해서 이해했던 것은 오늘날 내가 열거하려는 것과는 일치하지 않는다. 그러나 매일같이 일어나는 사건과 그 조그마한 추억과 관련해서 요즈음 전쟁에 대해서 자주 생각해 보았다. 요즈음은 서재나 아틀리에에 있는 사람들도 이 점에 관한 의견을 자주 발표하고 있으므로 나도 주저함이 없이 나의 의견을 말하기로 하겠다.

나는 독일 사람이다. 나의 동정과 소망은 독일과 연결되어 있다. 그러나 내가 말하려는 것은 전쟁과 정치에 대해서가 아니다. 중립자의 입장과 임무에 관한 것이면서도 정치적으로 중립적인 국민을 가리키고 있는 것은 아니다. 연구자로서, 교사로서, 예술가로서, 문학자로서, 평화와 인류의 작업에 종사하고 있는 모든 사람을 가리키고 있다.

이 면에서는 최근 사고思考에 해로운 혼란의 슬픈 징후가 두드러지게 나타나고 있다. 러시아에서는 독일인의 특허

권이 폐기될 것이라느니, 프랑스에서는 독일 음악이 보이콧 당할 것이라느니, 또한 그와 마찬가지로 독일에서는 적국민의 정신적인 작품들이 보이콧될 것이라는 말을 듣는다. 대다수 신문에서는 앞으로 영국, 프랑스, 러시아, 일본 등의 작품은 번역되어서는 안 된다. 이제는 인정해서도 안 되며, 비평해서도 안 된다는 것이다. 그것은 뜬소문이 아니라 사실이며, 이미 실행되고 있다.

즉, 아름다운 일본의 동화나 훌륭한 프랑스 소설이 전쟁이 일어나기 전에는 독일 사람들에 의해서 충실히 애정을 담고 번역되었었는데 이제는 묵살되야 한다. 몇 척의 일본 군함이 칭다오青島를 공격했다는 것 때문에 애정으로써 우리 국민에게 바쳐졌던 아름답고 훌륭한 선물이 거부되고 있다. 내가 오늘날 이탈리아나, 터키나, 루마니아 사람의 작품을 칭찬하려 하면 그것은 그 인쇄가 끝날 때까지는 그들 여러 국민 중에서 외교관 또는 저널리스트들이 정치적 상황을 변경하지 않아야 한다는 단서가 붙어서 허가되는 것이다.

한편 우리는 예술가나 학자들이 교전국에 대한 항의를 들고 등장하는 것을 본다. 온 세계가 불타고 있는 지금, 책상 위에서의 그런 말이 어떤 가치라도 있는 것처럼, 예술가나 문학자가 설사 가장 훌륭한 유명인사라 할지라도 전쟁에 관해 무슨 할 말이 있기라도 한 것처럼 말이다.

또 다른 사람들은 전쟁을 서재로 끌어들여 책상 앞에서 피비린내 나는 전투의 시 또는 여러 국민 간의 증오를 불붙게 하고 격하게 부채질하는 논문을 씀으로써 대전쟁에 참여하고 있다. 아마 이 이상 더 큰 죄악은 없을 것이다. 싸움터에 서서 매일 생명을 걸고 싸우고 있는 군인이라면 모두 격분하고 그때그때 분노하고 증오할 충분한 권리를 가질 만하다. 현역 정치가들도 마찬가지이다. 그러나 그들과는 다른 사람들, 우리 시인, 예술가, 저널리스트의 경우는 나쁜 것을 한층 더 나쁘게 하고, 추한 것과 슬픈 것들을 더욱 증대시키는 것이 우리들의 임무라 할 수 있을까?

세계의 전 예술가들이 아름다운 건축물을 위험에 내맡기는 것에 항의해 보았자 프랑스는 무슨 소득이 있겠는가? 독일이 영국이나 프랑스의 서적을 읽지 않는다 해서 독일에 무슨 소득이 있겠는가? 프랑스 작가가 적에게 천박한 욕설을 퍼붓고, 군대를 야수적인 광폭성으로 선동해 보았자 세계의 무엇이 더 좋아지고, 더 건강해지고, 더 바르게 된단 말인가?

제멋대로 생각해 낸 '뜬소문'에서부터 선동적인 논설에 이르기까지, '적'의 예술의 보이콧에서부터 모든 국민에 대한 모욕적인 말에 이르기까지 그러한 모든 발언은 사고의 빈곤과 정신적인 안일에 기초하고 있다. 그런 것은 싸우고 있는 병사에게는 대수롭잖게, 너그럽게 보아주어도 되지만, 분별이 있는 지식인이나 예술가에게는 걸맞지 않은 일이다. 전부터 세계를 국경의 표지의 내부에 국한된 것으로 보고 있는 사람들에게는 나는 아예 비난을 가하려 하지 않는다. 프랑스의 회화繪畵에 주어지는 칭찬을 모두 기분 나쁘게 느끼고, 외래어를 들을 때마다 화를 벌컥 내는 사람들은 여기서 문제가 되지 않는다. 그들은 이제까지 해온 그대로 계속하면 된다.

그러나 평소에는 크건 작건 자각적으로, 인류문화의 초국가적인 건설을 위해 활동해 왔는데, 이제 갑자기 전쟁을 정신의 영역으로 끌어들이려는 사람들은 모두 부정과 조악粗惡한 사고의 잘못을 저지르고 있다. 그들은 인류에 봉사하고, 초국가적인 인류의 이념 존재를 믿어왔지만, 그것은 난폭한 사건이 그 이념과 배반하지 않을 때만의 일이며, 또한 그처럼 생각하고 행위를 하는 것이 안이하고 자명했던 동안만의 일이었다. 이제 모든 이념 중에서 가장 큰 그 이념을 고수하기가 힘들고, 위험해지고, 존폐의 갈림길에 서게 되자 그들은 슬그머니 도망을 쳐서 이웃 사람들의 귀에 듣기 좋은 노래를 부르고 있다.

딴은 그것은 애국심이라든가 자기 국민에 대한 사랑에

거스르지 않는다. 나 역시 이런 시기에 조국을 부정하려고는 조금도 생각하지 않는다. 병사들에게 의무의 수행을 그만두게 하려고는 생각하지 않는다. 이제는 사격할 단계에 와 있으므로 사격하도록 하라. 그러나 그것은 사격하기 위해서, 또 혐오해야 할 적을 위해서가 아니라, 가능한 한 조속히 보다 높고 보다 좋은 일들에 다시 착수하기 위해서이다!

지금은 매일, 모든 나라의 예술가와 학자와 여행가와 번역가와 저널리스트 중 선의 있는 사람들이 그 일생을 걸고 노력해왔던 것들이 숱하게 파괴되고 있다. 그것은 어쩔 수가 없다. 그러나 제정신의 단 한 시간 만이라도 인류의 이념, 국제적인 과학, 국민적으로 국한되지 않는 예술의 아름다움을 믿고 있던 사람들이 이제 비상사태에 두려워하고 변절하여 자기의 모든 능력을 전체의 파괴 행위에 투입한다면 그것은 어리석고 잘못된 일이다. 그런 것은 극소수일 것으로 생각한다.

우리 시인이나 문학자 중에서 오늘날 시국의 분노 속에서 말하거나 쓰거나 한 것이 훗날 그의 전 작품 중의 최상의 건이 되리라고 믿는 사람은 아마 한 사람도 없을 것이다. 또한, 진지하게 보는 한, 독일 국민의 대해방전쟁에서 그처럼 주목할 만한 태도로 멀리 떨어져 있었던 괴테의 시

보다, 쾨르너의 애국시를 진심으로 좋게 보는 사람은 하나
도 없으리라.

아니, 실제로 괴테는 항상 의심스러웠었다. 괴테는 결코
애국자는 아니었다. 그는 독일정신을 그 뜨뜻미지근하고
냉담한 국제성으로서 해롭게 했다. 그 때문에 우리는 오랫
동안 괴로워했고, 독일적 자각을 현저하게 약화 당했다. 이
렇게 편협한 애국자는 지금 외치고 있다.

여기에 의문의 핵심이 있다. 괴테는 1813년에 애국가를
짓지는 않았지만 열등한 애국자는 아니었다. 그는 누구보
다도 독일을 알고 사랑하고 있었지만, 그에게 있어서는 독
일에 대한 기쁨보다도 인류에 대한 기쁨이 더 컸다. 그는
사상이나 내적 자유나 지적 양심이라는 국제세계의 시민
이며 애국자였다. 가장 깊이 사색할 때 그는 극히 높은 경
지에 있었으므로 여러 국민의 운명이 그에게는 이미 개개
의 중요성에서가 아니라 전체에 종속된 움직임으로서 나
타나는 것이었다.

그런 것은 차디찬 이지주의理知主義라고 비난하고, 중대
한 위험에 직면했을 때 그런 것은 침묵해야 한다고 말하고
싶으면 하라. 하지만 독일 사상가나 시인의 가장 뛰어난 사
람들이 살아온 정신은 바로 그런 것이었다. 그 정신을 생각
하게 하는 것, 정의와 억제와 예절과 인간애 등 그 정신이

함유한 바를 상기하게 하는 것, 그것을 그전보다도 지금이 야말로 해야 할 때이다. 좋지 않은 독일 책보다 좋은 영국 책을 좋다고 하는 데에도 독일 사람은 용기가 있어야 한단 말인가? 독일의 전투원들이 적의 포로를 위로하고 보살펴 주는 정신에 의해서 적이 평화로운 상태에서 좋은 것을 가 지고 올 때도 그것을 인정치 않고 존중하지 않는다는 우리 사상가들의 정신을 낯붉히게 해야만 할까?

전쟁이 끝난 후, 우리는 그때를 벌써 얼마쯤 두려워하고 있거니와, 여러 국민 사이의 여행이나 정신적 교류가 침체 해질 때 어떻게 할 것인가? 그런 상태가 다시 변해서 사람 들이 또다시 서로 이해하고, 또 인정하고, 서로 배우게 하 려고 누가 힘쓰고 노력할 것인가? 우리 형제들이 싸움터에 서 있는 것을 알고, 자기 자신은 책상 앞에 앉아 있는 우리 가 그것을 하지 않고 누가 할 것인가? 피와 목숨을 걸고 전 쟁터에서 총탄 아래서 싸우고 있는 사람들에게 명예 있으 라! 그렇지 않고 고국을 사랑하고 미래의 절망을 바라지 않는 우리에게는 얼마간이라도 평화를 유지하고, 다리를 놓고, 길을 찾아야 할 임무가 주어져 있다. (펜을 가지고) 덤벼 드는 것이 아니고, 유럽의 미래를 위한 기초를 더한층 뒤흔 드는 것이 아니라.

또 이런 전시하에서 절망적으로 괴로워하고 있는 많은

사람에게, 또한 전쟁 중이라는 이유로 하여 온갖 문화와 인간성이 파괴되고 있다고 생각하는 많은 사람에게 한 마디만 더 호소하고 싶다. 인간의 운명을 알게 되면서부터 전쟁은 항상 있었다. 이제는 전쟁이 없어질 것이라고 믿을 만한 아무런 근거도 없었다. 오랜 평화의 습관이 그렇게 생각하게 한 것에 불과했다. 인간의 대다수가 괴테와 같은 정신세계에서 함께 살 수 있지 못하는 한 전쟁은 없어지지 않으리라. 그렇게 되지 못하는 한 전쟁은 있을 것이다. 아마 항상 있을 것이다. 그러나 전쟁의 극복은 옛날이나 지금이나 우리의 가장 고귀한 목표이며, 서구적 그리스도교 문명의 최후 귀결이다.

전염병에 대한 약을 찾고 있는 과학자는 자기가 새로운 전염병에 습격당하더라도 결코 연구를 포기하지 않을 것이다. 하물며 '지상의 평화'와 선의를 지닌 사람들 상호의 우정은 우리들의 최고의 이상이라는 것을 언제까지나 잊지 않을 것이다.

인류의 문화는 동물적인 충동을 정신적 충동으로 승화시킴으로써, 또 수치를 앎으로써, 공상으로, 인식으로 성립된다. 인생이 살아나갈 가치가 있다는 것이 모든 예술의 궁극의 내용이며 위안이다. 인생을 찬미하는 사람들이 모두 죽는다 하더라도 말이다. 사랑은 미움보다 더 높고, 이해는 분노보다 더 높고, 평화는 전쟁보다 더 고귀하다는 것, 그것을 이번의 불행한 세계전쟁이 우리가 전에 느꼈던 것보다도 더욱 깊이 우리 마음에 새겨지게끔 해야 한다. 그 밖에 전쟁이 무슨 소용이 있겠는가?

Hermann **Hesse**

Chapter 3

~ 자라투스트라의 부활

Hermann Hesse

독일 청년에게
주는 말

수도首都의 젊은이들 사이에 자라투스트라가 다시 나타나 여기저기 골목이나 광장에서 그 모습을 볼 수 있다는 소문이 전해지자 몇몇 청년들이 그를 찾으러 나섰다. 그것은 전쟁에서 돌아와 붕괴하고 변해버린 고향에서 숙식도 여의치 않아 항상 걱정에 잠겨 있던 청년들이었다.

그들은 큰 사건이 일어났다는 것은 알고 있었으나 그 의미가 분명치 않았고, 많은 사람에게는 그것이 무의미한 것 같이 여겨졌다. 이들 젊은이는 모두가 그 청년 시절의 초기에 자라투스트라를 예언자로 생각하고, 그들의 지도자라고 여기고 있었다. 그리고 그에 관해서 쓰인 것을 청년다운 열성으로 탐독했고, 황야나 산을 돌아다닐 때, 또는 밤에 방 안에서 램프 불 곁에 있을 때 그에 관해서 이야기했고, 생각했었다. 이리하여 자라투스트라는 그들에게 신성한 존재로 되어 있었다. 마치 모든 사람에게 있어 자아와 자기의 운명을 최초로 가장 강하게 일깨워준 목소리가 가장 신성한 것이 되듯이.

이 청년들이 자라투스트라를 발견했을 때 그는 넓은 거리의 사람들이 붐비는 어떤 벽에 기대서서 한 사람의 민중운동의 지도자가 마차 위에 서서 몰려든 군중들에게 연설하고 있는 것을 듣고 있었다. 그는 귀를 기울이고 미소를 띠며 많은 사람의 얼굴을 바라보고 있었다. 그는 나이 든 은둔자가 바다의 파도나 아침 구름을 바라보듯이 사람들의 얼굴을 바라보고 있었다. 그는 그들의 불안과 초조와 어찌할 바를 몰라 울음을 터뜨릴 것 같은 겁먹은 아이들 같은 태도들을 보았다. 또 결의를 굳힌 자와 절망한 자의 눈 속에서 용기와 증오를 보았다. 그는 싫증 나지도 않은 듯 바라보면서 연설자의 이야기에 귀를 기울였다. 청년들의 눈대중은 그의 미소였다. 그는 늙지도 않았고 젊지도 않았다. 그는 교사같이 보이지도 않았고, 병사같이 보이지도 않았다. 그는 한 인간 생성의 암흑에서 갓 나온 인간, 같은 종족의 최초의 인간인 것처럼 보였다.

그들은 잠시 그가 정말 자라투스트라인가 하고 미심쩍게 여겼으나 그의 미소를 보고 틀림없다고 느꼈다. 그 미소는 맑았지만 친절한 편은 아니었다. 또한, 악의는 없었지만, 호의를 갖고 있지도 않았다. 그것은 전사의 미소이며, 그 이상으로 견문이 넓고, 또한 울음도 이미 존중하지 않는 노인의 미소였다. 그것을 보고 그들은 그가 자라투스트라임을 알았다.

연설이 끝나고 군중들이 떠들어대면서 흩어져버리자 청년들은 자라투스트라에게 다가가서 신중한 경의를 담고 인사를 했다.

"오셨군요, 선생님." 그들은 머뭇거리며 말했다. "마침내 다시 돌아오셨군요. 고난이 절정에 달했을 때 잘 오셨습니다. 자라투스트라 선생님! 당신은 우리가 무엇을 해야 할 것인가를 일러 주시고, 우리들의 앞장을 서 주시겠지요? 온갖 위험 중의 최대의 위험에서 우리를 구해 주시겠죠?"

그는 미소 지으며 그들을 따라오도록 이르고는 걸어가면서 귀를 기울이고 있는 청년들에게 말했다.

"나의 벗들이여, 나는 매우 기분이 좋네. 그래, 나는 돌아왔네. 아마 하루만, 아니면 한 시간 동안만 나는 자네들이 어떤 연극을 하는지 구경하겠네. 연극이 상연될 때 옆에서 구경하는 것은 언제나 나의 즐거움이다. 연극을 할 때만치 인간이 정직해질 때는 없다네."

청년들은 그 말을 듣고 서로 얼굴을 마주 보았다. 그들의 생각에 의하면 자라투스트라의 말에는 너무나 많은 비웃음과 명랑함과 무관심이 있었다. 민중들이 비참 속에 있는데 어찌 연극 따위를 말할 수 있을까. 조국이 패퇴하고 붕괴하려는 때에 어찌 미소 지으며 즐거워할 수 있을까? 민중이니 민중 연설가니, 이 절박한 때, 그 청년들 자신의 엄숙함과 경외 등 이런 모든 것들이 그에게 있어 어찌 단순한 눈이나 귀의 즐거움, 단순한 관찰과 미소의 대상이 될 수 있단 말인가? 지금은 피눈물을 흘리며 비명을 지르고, 입은 옷을 갈가리 찢어야 할 때가 아닌가. 무엇보다도 지금은 행동할 때, 행위를 하고, 모범을 보이고, 확실한 파멸로부터 국가와 민중을 구해야 할 가장 시급한 때가 아닌가?

청년들이 그들의 생각을 입 밖에 내기도 전에 그것을 짐작한 자라투스트라는 말했다.

"자네들은 나에게 불안을 느끼고 있는 모양이군. 젊은 벗들이여, 나는 그것을 짐작하고는 있었지만 역시 놀랐네. 이런 것들을 예상하는 경우 그와 함께 그 반대의 것도 존재하는 법이다. 우리 중 어떤 사람은 예기하고, 다른 사람은 그 반대의 것을 희망한다. 자네들에 대한 내 심정도 그렇다네,

벗들이여 하지만, 자네들은 자라투스트라와 대화하기를
바라지 않는가?"

"네, 우리는 그것을 바라고 있습니다."

라고 그들은 열렬하게 대답했다.

그러자 자라투스트라는 미소를 지으며 말을 계속했다.

"그렇다면 사랑하는 여러분, 자라투스트라와 대화하라.
그의 말을 들으라! 자네들 앞에 서 있는 사람은 민중 연설
가도 아니며, 군인도, 국왕도, 장군도 아니다. 늙은 은둔자,
어릿광대, 최후의 웃음의 발명자, 수많은 절박한 슬픔의 발
명자인 자라투스트라다. 자네들은 민중을 통치하고, 패배
를 회복하는 방법을 내게서 배울 수는 없다. 나는 자네들에
게 대중을 지휘한다든가 굶주린 자를 진정시키는 방법을
가르쳐 줄 수는 없다. 그것은 자라투스트라의 장기도 아니
고, 걱정할 바도 아니다."

청년들은 입을 다물고 실망으로 하여 낙담한 표정을 지
었다. 그들은 당황하고 못마땅한 듯이 예언자와 나란히 걸
어가면서 오랫동안 대답할 말을 찾아내지 못했다. 마침내
그들 중의 가장 나이 어린 청년이 입을 열었다. 말하고 있
는 동안에 그의 눈은 타오르기 시작했다. 자라투스트라의
눈은 흐뭇하게 그에게 쏠렸다.

"그렇다면" 하고 가장 나이 어린 청년은 말을 시작했다.

"당신이 말하고자 하는 것을 우리에게 말씀해 주십시오. 만약 당신이 다만 우리나 이 국민의 고난을 조롱하기 위해서 오신 것이라면 우리는 당신과 산책을 하며 당신의 재치 있는 위트에 귀를 기울이는 것보다 더 중요한 일을 하겠습니다. 우리를 똑바로 보십시오. 자라투스트라여, 우리는 모두 젊기는 하지만 군 복무도 했고, 죽음에 직면하기도 했습니다. 우리는 이제 단순한 유희나 재미있는 오락에 빠져 있을 생각은 없습니다. 우리는 이때까지 당신을 존경해 왔습니다. 오, 스승이여, 우리는 당신을 사랑해 왔습니다. 그러나 우리 자신과 우리 국민에 대한 사랑은 당신에 대한 사랑보다도 더 큰 것입니다. 그것을 알아주셔야 합니다."

청년이 이렇게 말하는 것을 듣자 자라투스트라의 얼굴은 밝아졌다. 그는 호의로서, 아니 애정을 담고 그 청년의 노한 눈을 바라보았다.

"나의 벗이여" 하고 그는 너무나도 호의에 찬 미소를 띠며 말했다. "자네가 늙은 자라투스트라를 그대로 받아들이지 않고 먼저 타진해 보고, 그의 약점이라고 생각하는 급소를 간질여 보는 것은 과연 옳은 일이다. 자네가 의심하는 것은 당연하다. 그리고 또 자네는 지금 대단히 좋은 말을, 자라투스트라가 듣기 좋아하는 말을 한 것을 알고 있는가? '우리는 자라투스트라를 사랑하는 이상으로 우리 자신을 사랑합니다'라고 자네는 말하지 않았는가? 나는 그런 정직한 태도를 무엇보다도 좋아하네! 자네는 그것으로 나를, 나이가 들어 잡기 힘든 물고기를 끌어들였다. 나는 얼마 안가서 자네 낚시에 걸릴 걸세."

이 순간 좀 떨어진 거리에서 총소리와 고함지르는 소리, 시끄럽게 싸우는 소리가 들려왔다. 그것은 고요한 저녁에 이상스럽게 어색하게 들렸다. 젊은 동반자들의 눈과 생각이 어린 토끼처럼 그쪽으로 쏠리는 것을 보자 자라투스트라는 갑자기 목소리를 바꾸었다. 그 소리는 마치 낯선 곳에서 들려오는 것처럼 들렸다. 그전에 처음 알게 되었을 때와 똑같이 청년들의 귀에는 들렸다. 그것은 사람의 목소리가 아니라 별이나 신에게서 나오는 목소리, 또는 모든 사람이 자기 마음속에 신이 깃들어 있을 때 남몰래 자기 가슴속에서 듣는 그런 목소리였다.

젊은 벗들은 귀를 기울였다. 모든 생각과 감정을 가지고 자라투스트라에게로 돌아왔다. 왜냐하면, 그들은 마치 신성한 산에서 울려 나오는 것처럼 최초의 청춘 시절에 들었던 신비스러운 신의 목소리와도 비슷한 목소리를 다시금 알아차렸기 때문이다.

"젊은이들이여, 내 말을 들으라" 그는 엄숙하게 말하면서 특히 가장 나이 어린 청년 쪽을 돌아보았다. "자네들은 종소리를 들으려면 양철을 두드려서는 안 되네. 피리를 불려면 술 부대에 입을 대서는 안 되네. 내 말을 알아듣겠나. 친구들이여, 생각해 보라. 선량한 친구들이여, 잘 생각해 보라. 자네들이 옛날에 술에 취했을 때 자라투스트라에게서 배운 것이 무엇이었던가를. 과연 그것은 무엇이었던가? 그것은 상점이나 거리를 위해, 또는 전장을 위해 소용되는 지혜였던가? 내가 자네들에게 국왕들을 위한 조언을 해주었던가? 내가 한 번이라도 국왕처럼, 또는 시인처럼, 아니면 정치가처럼, 또는 상인처럼 자네들에게 말했던가? 아니, 기억하겠지만, 나는 자라투스트라답게 말했다. 그리고 나의 언어를 말했다. 자네들이 자라투스트라 속에서 자네들 자신을 볼 수 있게 하려고 나를 자네들 앞에 거울처럼 열어 보였다. 자네들은 한 번이라도 나에게서 '무엇을 배웠는가?' 내가 한 번이라도 말의 교사, 또는 사물의 교사였던 일이 있었던가? 보라, 자라투스트라는 교사는 아니다. 그에게 묻거나, 배우거나, 필요한 경우에 소용될 만한 크고 작은 처방을 그에게서 배울 수는 없다. 자라투스트라는 인간이다. 그는 나이면서 동시에 너이다. 자라투스트라는 자네들이 자신들 속에서 찾고 있던 인간, 정직한 인간, 유혹당하지 않는 인간이다. 그런 그가 어찌 자네들의 유혹자가 될 수 있겠는가? 자라투스트라는 많은 것을 보았고, 많은 것을 고민했고, 많은 호두를 깼고, 또 많은 뱀에게 물리기도 했다. 그러나 그는 오직 한 가지만이 그의 지혜이며 그의 자랑이다. 그는 자라투스트라임을 배웠다. 그것이야말로 자네들이 그에게서 배우려는 점이요, 그것이야말로 자네들이 항상 그렇게 되려고 원하면서도 용기가 없는 점이다. 자네들은 내가 자라투스트라임을 배웠듯이 자네들 자신임을 배워야 한다. 자네들은 타인이라는 것, 전혀 무無라는 것, 타인의 목소리를 흉내 내는 것, 타인의 얼굴을 자기 얼굴이라고 생각하는 태도를 잊어야 한다. 그런즉 벗들이여, 자라투스트라가 자네들에게 말할 때 그의 말 속에서 어떤 지혜나 기교나 처방이나 쥐잡이꾼의 술책을 찾지 말고 그 자신을 찾도록 하라. 자네들은 돌에게서 딱딱함이 무엇인지를 배우고, 새에게서 노래가 무엇인지를 배울 수 있다. 그러나 나에게서는 인간의 운명이 무엇인가를 배울 수 있다.”

그들은 이야기하는 사이에 교외에까지 왔다. 그리고 저녁 바람에 살랑거리고 있는 나무 밑을 오랫동안 함께 거닐었다. 그들은 그에게 많은 것들을 물었고, 종종 그와 함께 웃었고, 이따금 그에게 실망도 했다. 그러나 그들 중의 한 사람은 자라투스트라가 그날 저녁에 그들에게 말한 것, 또는 그중의 몇 가지를 그의 친구들을 위해서 기록하여 보존

했다.

그가 자라투스트라와 그의 말을 회상하면서 기록해 둔
내용은 다음과 같다.

운명에
대하여

자라투스트라는 우리에게 이렇게 말했다.

인간에게는 인간을 신으로 만들고 인간이 신이란 것을 상기시키는 한 가지가 부여되어 있다. 그것은 운명을 인식하는 일이다.

내가 자라투스트라의 운명을 인식했다는 점에서, 또 내가 자라투스트라의 생을 살아왔다는 점에서 나는 자라투스트라다. 자기 자신의 운명을 인식하는 자는 극소수이다. 자기 자신의 생을 사는 자도 극소수이다. 자기 자신의 생을 사는 것을 배우라! 자기 자신의 운명을 인식하는 것을 배우라!

그대들은 그대들 국민의 운명에 대해 자주 개탄한다. 그러나 개탄하는 운명은 아직 우리들의 운명이 아니다. 그것은 우리와는 인연이 먼 것, 적대하는 운명이다. 그것은 낯선 신이며, 짓궂은 우상이며, 어둠 속에서 독화살을 던지듯이 운명을 던지는 자이다.

운명은 우상에서 오지 않는다는 것을 알라. 그러면 그대들은 마침내 어떤 우상이나 신들도 존재하지 않는다는 것을 알게 될 것이다. 여자의 태내에서 태아가 성장하듯이 운명은 각자의 태내에서 성장한다. 또는 그대들이 원한다면 각자의 정신 속에서, 또는 영혼 속에서 자란다고 할 수도 있다. 그것은 마찬가지이다.

여자가 태아와 한 몸이며, 그 아이를 사랑하고, 이 세상에서 그 아이 이상 가는 것을 모르듯이 그대들도 그대들의 운명을 사랑할 줄 알아야 하며, 이 세상에 운명 이상 가는 것이 없다는 것을 깨달아야 한다. 운명은 그대들의 신이어야 한다. 왜냐하면, 그대들 자신이 그대들의 신이어야 하기 때문이다.

운명을 외부로부터 받아들이는 사람은 운명에 쓰러진다. 마치 들짐승이 화살에 쓰러지듯이. 운명이 내부로부터, 자기의 본질로부터 우러나오는 사람은 운명에 의해서 강해지고 신이 된다. 운명이 자라투스트라를 자라투스트라로 만들었다. 그대도 운명에 의해서 그대를 만들어야 한다.

운명을 인식한 자는 결코 운명을 바꾸려 하지 않는다. 운명을 바꾸려는 것은 어린이 장난처럼 어리석은 짓이다. 그러다가는 서로 멱살을 잡고 패 죽이게 된다. 운명을 바꾸려는 것은 그대들의 황제나 장군들의 행위이며 노력이었다. 그것은 그대들 자신의 노력이었다. 그대들은 운명을 바꿀 수 없었으므로 운명을 쓰디쓰게 느꼈고, 그것이 독인 것처럼 생각했다. 그대들이 운명을 바꾸려고 하지 말고, 그것을 그대들의 자식으로, 그대들의 마음으로, 완전히 그대들 자신으로 삼는다면 운명은 얼마나 감미로운 것이 됐을 것인가! 모든 고통, 모든 독, 모든 죽음이란 자기 자신의 것이 되지 않은 받아들여진 운명이다. 그러나 지상의 모든 행위, 모든 선한 것, 기쁜 것, 생산적인 것은 체험된 운명이며, 내가 된 운명이다.

그대들은 오랜 전쟁 전에는 너무나 부유했었다. 오, 벗들이여, 그대들은 그대들과 그대들의 아버지들은 너무 부유했고, 너무 비대했고 너무 배불러 있었다. 그대들이 배 속에 아픔을 느꼈을 때 그것은 그대들이 그 아픔 속에서 운명을 인식하고 운명의 선한 소리를 들어야 할 때였었다. 그러나 그대들, 어린이들은 배 속의 아픔에 성을 내고 뱃속에 이런 고통을 일으키는 것은 굶주림과 결핍 때문이라고 궤변을 만들어 냈다. 그리고 그대들은 정복하기 위해서, 이 지상에서 더 많은 땅을 갖고, 뱃속에 더 많은 음식을 채우기 위해서 전쟁을 시작했다. 그대들이 바라던 바를 획득하지 못하고 귀향한 이제, 그대들은 다시 비탄하고, 갖가지 비애와 고통을 느끼고, 고통을 가져다준 증오할 적을 찾아 헤매고, 그것이 그대들의 형제라 할지라도 쏘아댈 각오로 있다.

사랑하는 벗들이여, 곰곰이 생각해 봐야 하지 않겠는가. 적어도 이번만은 그대들의 고통을 더 많은 경외敬畏의 마음으로써, 더 많은 지식욕으로써, 더 많은 남자다움으로써, 그렇듯 소심하지 말고, 어린애 같은 비명을 지르지 말고 자신들의 고통을 가라앉혀야 하지 않겠는가? 쓰디쓴 고통이야말로 운명의 목소리가 아닐까. 그대들이 그 목소리를 이해할 때 고통이 달게 될 수는 없는 것일까. 그렇게 될 수는 없는 것일까?

그리고 또 나는 그대들의 민족과 국가를 엄습한 쓰라린 고통과 운명에 대해서 그대들이 언제나 소리 높여 한탄하고 있는 것을 듣고 있다. 젊은 벗들이여, 내가 그 고통에 대해서 약간의 의심을 품고, 그것을 믿는다 하더라도 시간이 걸리고, 별로 마음에 내켜 하지 않는다 하더라도 용서

해 주기 바란다. 자네와 자네, 그리고 저기에 있는 자네, 이 렇게 그대들 모두는 과연 그대들의 민족을 위해 괴로워하고 있는가? 오로지 그대들이 조국을 위해서 고민하고 있는가? 그 조국은 도대체 어디에 있는가? 조국의 머리는 어디에 있으며, 심장은 어디에 있는가? 그대들은 조국에 대한 치료와 간호를 어디서부터 시작하려 하는가? 무어라고? 어제까지는 그대들이 걱정하고, 자랑하고, 신성시했던 것은 황제였고, 세계 제국이었다. 그런데 그 모든 것이 오늘은 어디로 가 버렸는가? 고통의 근원은 황제가 아니었다. 그렇지 않을진대 이미 황제는 존재치 않으므로 아직도 고통이 존재하고 그처럼 심하게 아플 수 있겠는가? 육군이나 함대가 고통의 근원도 아니었다. 이러이러한 주洲와 노획품이 그렇지도 않았다. 그것은 지금 그대들도 알고 있다. 그런데 그대들은 고통을 느낄 때 지금도 여전히 왜 조국이니 민족이니 또는 그와 유사한 위대하고 경이로운 것에 대해 논하는가? 그런 것에 대해서 말하기는 쉽다. 그런 것은 흔히 뜻하지 않게 해소되어 존재치 않게 된다. 민족이란 대체 누구인가? 연설가인가, 아니면 그에게 귀를 기울이는 사람인가? 그에게 찬성하는 사람들인가? 아니면 그를 향해 침을 뱉고 지팡이를 휘두르는 자들인가? 그대들은 저 총성이 들리는가? 국민, 그대들의 국민은 어디에 있는가?

어느 쪽에 있는가? 국민들은 발포하는 쪽인가? 아니면 발포 당하는 쪽인가? 공격하는 쪽인가? 아니면 공격당하는 쪽인가?

보라, 항상 큰소리를 치고 있어도 서로 이해하기란, 그뿐 아니라 자기 자신을 완전히 이해하기란 어려운 일이다. 그대들, 자네와 저기에 있는 자네와는 고통을 느낄 때, 심신에 불쾌감을 느낄 때, 또 불안을 느끼고 위험을 예감할 때, 그것이 설사 단순한 농담이건, 호기심이건, 선의의 건전한 호기심에서건 간에 어째서 다른 관점에서 질문을 시도해 보려고 하지 않는가? 왜 그대들은 고통이 그대들 자신 속에 깃들어 있는지 아닌지를 탐지하려 하지 않는가? 그대들은 모두 얼마 동안은 러시아가 그대들이 적이며 모든 악의 근원이라고 확신하고 있었다. 그러나 얼마 후에는 프랑스 사람이 적이 되고, 그다음에는 영국 사람이, 그리고 또 다른 국민이 적이 되었다. 그대들은 항상 확신했고 믿고 있었다. 그리고 그것은 언제나 슬픈 희극이었고 불행으로 끝났다. 이제야 그대들은 우리 내부의 고통이 적의 탓이라고 전가함으로써 고쳐지지는 않는다는 것을 알게 됐건만 어째서 그대들은 지금도 그대들의 고통을 그것이 실제로 존재하는 곳, 즉 그대들의 내부에서 찾으려 하지 않는가? 그대들에게 고통을 주는 것은 아마도 민족도 아니며, 조국도 아니며, 세계 지배권도 아니며, 민주주의도 아닐 것이다. 아마도 그것은 단순히 너 자신이며, 너의 위장이나 간장이며, 너의 체내의 종기나 암일 것이다. 너 자신은 완전히 건강하건만 유감스럽게도 민족의 고뇌가 너를 그다지도 괴롭히고 있는 것이라고 위장하고 있다면 그것은 진상에 대한, 의사에 대한 어린이의 공포와 다른 바 없는 것이다. 그것은 불가능한 일일까? 그대들은 이 방면에 전혀 호기심이 없는 것일까? 자신의 고뇌를 추구하고, 그것이 어디에 있으며, 또 누구와 관계가 있는가를 탐구하는 것은 그대들 각자에게 있어 유익하고 재미있는 수업이 아닐까?

그렇게 하면 그대의 고통의 3분의 1, 또는 절반, 아니 절반보다 훨씬 많은 부분이 실제로 자네 자신의, 자네 고유의 고통이라는 것이 밝혀질는지도 모른다. 그리고 조국에 이것저것 불평을 하고, 치료하려고 하기보다는 냉수욕을 한다든지 술을 마시지 않는다든지, 그 밖의 치료법을 행하는 편이 더 유익하다는 것이 판명될지도 모른다. 그러리라고 나는 생각한다. 그렇게 된다면 매우 다행한 일이 아닐까? 그곳에 구원의 길이 있지 않을까? 그곳에 미래가 있지 않을까? 그곳에 고통을 은총으로 바꾸고, 독약을 운명으로 바꾸는 가능성이 있지 않을까?

그러나 그대들은 조국을 그대로 두고 자기 자신을 고치

는 것은 이기적이고, 비열한 짓이라고 생각한다. 그 점에서도 외견상 그렇게 보이는 만큼 그대들의 생각이 완전히 올바르다고 할 수는 없을 것이다. 벗들이여, 모든 병사가 자신의 육체상의 결함을 조국에 의지하지 않고 모든 고뇌자가 조국에 이것저것 치료를 하려 하지 않는 편이 조국이 결국 보다 더 건전해지고 더욱더 번영하리라고 그대들은 생각하지 않는가?

아아, 젊은 벗들이여, 그대들은 젊은 생 속에서 많은 것을 배웠다! 그대들은 전사였고 백번이나 죽음에 직면했었다. 그대들은 영웅이며 조국의 기둥이다. 나는 다만 그것으로 만족하지는 말라고 부탁할 뿐이다. 더욱 많은 것을 배우라! 한층 더 노력하라! 그리고 인간의 성실성이라는 것이 얼마나 아름다운 것인가를 때때로 생각하라.

고뇌와 행위에
대하여

　'우리는 무엇을 할 것인가?'라고 그대들은 나에게 묻고, 자기 자신에게도 거듭 묻는다. '행하는 것'에는 많은, 아니 일체의 가치가 있다. 그것은 좋다. 나의 벗이여. 또는 그대들이 행하는 것을 근본부터 이해한다면 좋다고 말할 수 있다.

　그러나 '우리는 무엇을 할 것인가'라는 질문 자체가, 이 침착성 없는 어린이 같은 질문 자체가 이미 그대들이 '하는 것'에 대해 이해하고 있지 못하다는 것을 내게 보여주고 있다!

　그대들이 '행위'라고 부르는 것을 심산의 은인인 나는 전혀 다른 이름으로 부른다. 그대들의 '행위'를 아름답고 재미있게 그 반대물로 바꾸기 위하여 나는 그다지 오랫동안 손가락 사이에서 주물러댈 필요는 없을 것이다. 왜냐하면, 그것은 이미 정반대이기 때문이다. 그대들의 '행위'는 내가 행위라고 부르는 것과는 반대의 것이다.

행위라는 것은, 오오, 벗들이여. 이 꾸밈없는 말을 들으라. 주의해서 들으라. 그대들의 귀를 그것으로 씻어내라! 행위. 그것은 행하기 전에 '무엇을 할 것인가'를 묻는 인간에게는 일찍이 이루어진 적이 없다. 행위는 선한 태양에서 솟아 나오는 광명이다. 만약 이 태양이 선한 태양, 올바른 태양, 열 번이나 시련을 겪은 태양이 아니라면, 또한 무엇을 할 것인가를 불안에 싸여 묻는 그런 태양이라면 그것은 결코 스스로 빛을 발하지 못할 것이다! 행위는 단순한 행동이 아니다. 행위는 꾸며내거나 머리를 짜서 생각해 낼 수 있는 게 아니다. 좋다. 나는 그대들에게 행위가 무엇인가 말하겠다. 그러나 그에 앞서 나의 벗이여, 그대들의 '행위'가 나의 눈에 어떻게 비치는가를 말하겠다. 그러면 우리는 더욱 더 이해하게 될 것이다.

그대들이 하려고 하는 '행동', 탐구와 의혹과 지그재그로 된 길에서 밝은 곳으로 나타나게 될 행위. 이런 행위는 사랑하는 벗이여, 행위의 반대이며 원수이다. 즉 그대들의 행위는 그대들이 짓궂은 말을 허락한다면, 비겁이다! 그대들은 화를 내는 모양이군. 그대들의 눈가에 내가 좋아하는 표정이 이미 나타나 있다. 그러나 잠깐 기다리라. 우선 내 말을 끝까지 들어보라!

그대들 청년들은 군인이었다. 그리고 군인이 되기 전에는 상인 또는 공장주 등이었다. 또는 그대들의 부친들이 그랬었다. 그들과 그대들은 어떤 조악한 교실에서 배웠던, 태곳적부터 시작되고, 신들에 의해 만들어졌다고 전해지는 어떤 대립을 믿어왔다. 그대들이 사람과 신과의 대립을 인정하고, 인간이란 존재는 신이 될 수 없으며, 신도 인간이 될 수 없다고 결론했듯이 그런 대립 자체가 그대들의 신들이었다. 이제 자라투스트라가 그대들이 믿고 있는 대립, 즉 행위와 고뇌라는 대립 앞에 그대들의 눈을 뜨게 하고 서게 할 때 그는 가장 솔직 간명하게 신성한 대립에 대한 해묵은 신앙의 깊은 의문과 성질 나쁜 불결함을 폭로할 수가 있다.

그러니까 벗들이여, 눈을 크게 뜨라. 그리고 늙은 은자가 그대들에게 보이려는 모습대로 행위와 고뇌를 주시하라!

서로 합쳐서 우리들의 생활을 이루고 있는 행위와 고뇌는 하나의 전체이며 동시에 하나이다. 어린아이는 태어나기 위해서 고뇌하고, 탄생을 고뇌하고, 이유를 고뇌하고, 마지막으로 죽을 때까지 여기저기서 고뇌한다. 그러나 어린아이에게 갖추어져 있는 일체의 좋은 점, 칭찬받고 사랑받는 일체의 좋은 점은 좋은 고뇌, 올바르고 완전하고 살아 있는 고뇌이다. 잘 고뇌할 줄 안다는 것은 반 이상 살았다는 것, 아니 완전히 살았다는 것이다. 태어난다는 것은 괴로움이다. 성장은 괴로움이다. 씨앗은 흙을 괴로워하게 하고, 뿌리는 비를 괴로워하게 하고, 싹은 씨앗에 싹이 트는 것을 괴로워하게 한다.

이처럼 벗들이여, 인간은 운명을 괴로워한다. 운명은 흙이며 비이며 성장이다. 운명은 고뇌를 준다.

그런데 그대들은 고통으로부터 도피하는 것, 태어나고 싶어 하지 않는 것, 고뇌로부터의 도피를 '행위'라고 부른다. 그대들은 낮이나 밤이나 가게나 공장에서 떠들고, 많은 해머 소리를 듣고, 많은 매연을 공중으로 날리면 그것을 그대들 또는 그대들의 부친들은 '행위'라고 부른다. 오해하지는 말라. 나는 그대들의, 또는 그대들 부친들의 해머나 매연에 대해서 조금도 적의를 갖고 있지는 않다. 그러나 그대들이 그 근면함을 '행위'라고 부른 것은 나를 미소 짓게 한다. 그것은 행위가 아니라 고뇌에서 도피하는 것이기 때문이다.

혼자 있는 것은 고통이다. 그래서 사람들은 사회를 이룩한 것이다. 자기 자신의 생을 살라, 자기 자신의 운명을 찾으라, 자기 자신의 죽음을 죽으라, 하고 그대에게 요구하는 내부의 여러 가지 소리를 듣는다는 것은 괴로운 일이었다. 그래서 그대들은 도피하여 내심의 소리가 멀어지고 조용해질 때까지 기계나 해머로 소란스러운 소리를 냈다. 그대들의 부친들, 그대들의 선생들, 그리고 그대들 자신은 그렇게 해왔다. 그대들에게 고뇌가 요구되었다. 그러자 그대들은 화를 내고 고뇌하려고 하지 않고 오로지 행동하기만을 원했다. 그대들은 대체 무엇을 했는가? 우선 그대들은 그대들의 기묘한 일에서 소음과 마비의 신에게 희생물을 바치고, 양손에 일거리를 잔뜩 가지고 있었으나, 괴로워하거나, 듣고 호흡하고, 생명의 젖을 빨고, 하늘의 빛을 마시고 할 시간은 전혀 갖고 있지 않았다.

아니, 그대들은 항상 행동하고 있지 않으면 안 되었다. 행동이 소용없어졌을 때, 운명이 마음속에서 달콤하게 익어가는 대신 차츰 썩어서 독이 퍼졌을 때, 그대들은 행동을 확대하고, 처음에는 공상 속에서, 다음에는 현실에서 적을 만들어 전쟁하러 갔고, 전사가 됐고, 영웅이 됐다. 그대들은 정복했고, 가장 불합리한 것에 견디고, 거대한 일을 감행했다.

그리고 지금은 어떤가? 지금은 좋아졌는가? 마음속이 조용하고 즐거움에 차 있는가? 지금은 운명이 달콤하게 느껴지는가? 아니다. 그것은 그전보다도 쓰디쓴 맛이 난다. 그리하여 그대들은 새로운 행동을 서두르고, 거리로 달려 나가고, 날뛰고 소리치며 의원議員을 선출하고, 다시 총포에 탄약을 장전한다. 이런 모든 것은 그대들이 영원히 고뇌에서 도피하려고 했기 때문이다! 그것은 그대들 자신으로부터의 도피이며, 그대들의 영혼으로부터의 도피이다.

나는 그대들의 대답하는 소리를 듣는다. 그대들은 자기들이 견디어온 것이 고뇌가 아니었느냐고 나에게 묻는다. 그대들의 형제들이 그대들의 품 안에서 죽었고, 그대들의 팔다리가 흙 속에서 얼었고, 의사의 메스 밑에서 경련을 일으켰던 것은 고뇌가 아니었더냐고 묻는다. 그렇다. 그 모든 것은 고뇌였다. 스스로 원하고 굳이 추구한 조급한 고뇌였다. 운명을 바꾸려고 한 의지였다. 그것은 영웅적이었다. 운명에서 도피하고 운명을 바꾸려고 한 자가 영웅이 될 수 있는 한에 있어서.

고뇌를 안다는 것은 어려운 일이다. 그것은 남성의 경우보다는 여성의 경우보다 더 빈번히 더 아름답게 발견된다. 여성에게서 배우라! 생의 소리가 들릴 때 귀를 기울이는 것을 배우라. 운명의 태양이 그대들의 그림자를 조롱할 때 주시注視하는 것을 배우라! 생에 대한 경외敬畏를 배우라! 그대들 자신에 대한 경외를 배우라!

고뇌에서 힘이 솟아 나오고 건강이 태어난다. 갑자기 졸도하여 하찮은 감기에 죽는 것은 언제나 '건강한' 사람이며, 고뇌를 배우지 못한 사람이다. 고뇌는 강인하게 하고 단단하게 한다. 모든 고뇌에서 도망치는 것은 어린아이다! 진실로 나는 어린이를 사랑한다. 그러나 일생 어린이로 머물러 있으려는 자를 어찌 사랑할 수 있으랴! 그러나 고통과 암흑에 대한 흔해 빠진 슬픈 어린애 같은 불안감에서 고뇌를 피하여 행동으로 도피하는 그대들은 모두 그런 어린이들이다.

그리고 그대들은 많은 행동과 근면과 매연으로 그을린 영업으로 무엇을 이룩했는가? 생각해 보라! 도대체 그것에 의해서 무엇이 아직 남아 있는가. 돈은 없어지고, 그것과 함께 그대들의 비겁한 근면의 영광도 사라져 버렸다. 그대들의 모든 행동으로 생겨났던 업적은 어디로 갔는가? 위대한 인간, 빛나는 인간, 행위자, 영웅은 어디로 갔는가? 그대들의 황제는 어디로 갔는가? 그 후계자는 누구인가? 누가 후계자가 될 것인가? 그리고 그대들의 예술은 어디로 갔는가? 그대들이 정당한 시간을 들여 만들었다는 작품은 어디로 갔는가? 위대하고도 기쁜 사상은 어디로 갔는가? 아아, 그대들은 좋은 것, 빛나는 것을 만들어 내기에는 너무나 적게, 너무나 서투르게 고뇌했다.

왜냐하면, 친구들이여, 좋고 빛나는 업적은 행동이나 열성이나 근면이나 해머를 휘두르는 것에서 생겨나는 것은 아니다. 그것은 산 위에서 고독하게 성장한다. 정적과 위험이 존재하는 정상頂上에서 성장한다. 그대들이 인내하는 것을 배워야 하는 고뇌 속에서 성장한다.

고독에
대하여

청년들이여, 그대들은 나에게 고뇌의 학교, 운명의 대장간에 관해서 묻는다. 그대들은 그것을 모르는가? 그렇다. 항상 민족에 관해서 이야기하고, 대중과 관계를 맺고, 오로지 그들과 함께 그들을 위해 고뇌하려는 그대들은 그것을 모른다. 나는 그대들에게 고독에 대해서 말하려 한다.

고독이란, 운명이 인간을 자기 자신으로 이끌어가려는 길이다. 고독은 인간이 가장 두려워하는 길이다. 그곳에는 온갖 무서운 것들이 있다. 그곳에는 온갖 뱀과 두꺼비가 숨어 있다. 그곳에는 무서운 괴물이 엿보고 있다. 모든 고독한 자, 고독한 황야의 개척자에 대해서 그들은 나쁜 길에 빠졌다느니, 사악하다느니, 병들었다느니 하는 풍문이 떠돌지 않았던가? 모든 위대한 영웅적 행위는 마치 범죄인에 의해서 이루어지기라도 한 것처럼 사람들이 말하지 않던가. 왜냐하면, 그런 행위에 빠지지 않도록 자기를 지키는 것이 상책이기 때문이다.

자라투스트라에 대해서도 그는 미쳐서 파멸했다. 그리고 결국 그가 행하거나 말하거나 한 모든 것은 이미 광기였던 것이라고 사람들은 말하고 있지 않은가? 그대들은 그런 말을 들으면 광인의 한패가 되는 것이 더 고귀하고 그대들에게 알맞은 것처럼, 또한 그대들이 용기를 갖지 못했던 것을 부끄러워하는 것처럼 얼굴이 달아오르는 것을 마음속에 느끼지 않았는가?

사랑하는 제군, 나는 고독에 대해서 그대들에게 노래를 불러 주련다. 고독이 없이는 고뇌가 없고, 고독이 없이는 영웅 정신도 없다. 그러나 나는 은자의 동굴 가에서 샘물이 졸졸 흘러나오는 것 같은 깨끗한 시인이나 연극의 고독을 가리키는 것은 아니다.

어린이에서 어른이 되는 것은 단 한 걸음, 한 과정에 지나지 않는다. 고독해지는 것, 그대 자신이 되는 것, 부모에게서 떨어지는 것, 그것이 어린이로부터 어른이 되는 한 걸음이다. 아무도 그것을 완전하게 행하지 못한다. 누구나 황량한 산속의 가장 신성한 은자나 곰도 부모나 그 밖의 모든 그립고 따뜻한 친척과 연결된 한 가닥의 실을 뒤에 끌고 다닌다. 오오, 벗들이여, 그대들이 민족과 조국에 대해서 열심히 말하고 있을 때 나는 그대들의 몸에 매달려 있는 실을 보고 미소 짓는다. 그대들의 위대한 사람들이 그 '사명'과 책임에 관해서 말할 때 그 실이 그들의 입에 기다랗게 매달려 있다. 그대들의 위대한 사람들, 그대들의 지도자와 대변자들은 결코 그들 자신에 대한 사명과 그들의 운명에 대한 책임에 관해서는 말하지 않는다! 그들은 어머니의 품으로 되돌아가는 실에 매달려 있다. 시인이 정서도 풍부하게 어린 시절과 그 순수한 기쁨을 노래할 때, 회상하게 하는 따뜻하고 쾌적한 것으로 되돌아가는 실에 그들은 매달려 있다. 그 실은 자기의 죽음에 성공할 경우가 아니고는 완전히 끊어버릴 수 없다.

　대다수 사람, 군중을 이루고 있는 그 사람들은 결코 고독을 맛본 일이 없다. 그들은 언젠가는 부모와 헤어진다. 그러나 그것은 여자에게로 기어가서 급히 새로운 따뜻함과 결합 속에 가라앉기 위한 것일 뿐이다. 그들은 결코 혼자 있지 못하고, 결코 자기 자신과 말하지 않는다. 고독한 사람이 그들의 길을 가로지르면 그들은 그를 페스트처럼 두려워하고, 미워하고, 돌을 던지고, 멀리 떨어지기까지는 안심하지 않는다. 고독한 사람은 별과 하늘의 냉랭한 내음이 풍기는 공기에 둘러싸여 있다. 그에게는 고향과 보금자리의 다정하고 따뜻한 향기가 없다.

자라투스트라는 이별의 내음과 짓궂은 냉랭함을 얼마쯤 지니고 있다. 자라투스트라는 그 고독의 길을 상당히 멀리 걸어왔다. 그는 고뇌의 학교에서 수업했다. 그는 운명의 대장간을 보았고, 거기서 단련 받았다.

아아, 벗들이여, 나는 그대들에게 고독에 대해서 더 이야기해야 할지 알지 못한다. 가능하다면 나는 그대들이 그 길을 걷도록 유혹하고 싶다. 나는 그대들에게 우주의 얼음처럼 차가운 환희에 대해서 노래해주고 싶다. 그러나 나는 상처 입지 않고 그 길을 갈 수 있는 사람은 극히 적다는 것을 알고 있다. 사랑하는 그대들이여, 어머니 없이 살아가기는 힘들다. 고향이 없이, 조국이 없이, 민족이 없이, 명예가 없이, 사회생활에 따르는 여러 가지 달콤한 것이 없이 살아가기는 힘들다. 추위 속에서는 편히 살기 힘들다. 그 길을 걷기 시작한 사람은 대개 파멸했다. 고독을 맛보고 자신의 운명에 대해서 스스로 올바르다는 것을 보이려는 사람들은 파멸에 대해서 냉담하지 않으면 안 된다. 설령 비참함 속을 간다 하더라도 민족과 함께 많은 사람과 행동을 같이한다는 것은 더 쉽고 달콤한 일이다. 나날의 생활과 민족이 부여하는 '임무'에 헌신한다는 것은 더 쉽고 위안이 되기도 한다. 사람들이 가득 찬 거리에 있는 사람들이 얼마나 행복해 보이는가를 보라! 총탄을 쏘고, 목숨은 도박에 건 거나 마찬가지다. 그러나 누구나 홀로 밖에 나가서 어두운 밤에 추위 속에서 헤매기보다는 대중과 함께 있으면서 그 가운데에서 멸망하기를 훨씬 좋아한다.

그러나 나는 그대들을 어떻게 유혹할 수 있을까? 청년들이여! 마치 운명이 선택될 수 없듯이 고독도 선택될 수 없다. 운명을 끌어당기는 마법의 돌을 마음속에 지니고 있다면 고독은 우리에게 엄습해온다. 많은 사람이, 너무나 많은 사람이 황야로 가면서 아름다운 샘가에서, 아름다운 은신처에서 어리석은 사람의 생활을 영위했다. 그러나 한편으로는 수많은 사람의 혼잡 속에 파묻혀 있으면서도 그 이마에 별의 향기를 지닌 사람도 있다.

그러나 자기 자신의 고독을 발견한 사람, 묘사되고 창작된 고독이 아니라 자기 자신의, 단 한 번만의, 자기에게 결정지어진 고독을 발견한 사람은 행복하다. 고뇌를 아는 사람에게 행복 있으라! 마음속에 마법의 돌을 간직한 사람에게 행복 있으라! 그에게는 운명이 찾아오고, 그에게서 행위가 생겨난다.

과격 사회주의당
(스파르타쿠스)

  그대들은 스파르타쿠스(로마의 노예 폭동의 지도자)라고 부르는 사람들에 관한 나의 의견을 알고자 한다.

  그대들의 조국에서 지금 그렇게 열렬히 좋은 일을 하려하고, 미래를 다가오게 하려고 힘쓰고 있는 모든 사람 중에서 이 폭도와 같은 노예들이 여전히 나를 가장 즐겁게 해 준다. 이 사람들은 얼마나 용감한가. 얼마나 선뜻 그리고 똑바로 길을 선택했던가. 얼마나 한결같이 갈 줄 알았던가! 참으로 그대들의 시민들이 다른 재능을 위하여 이런 힘의 적은 부분, 아주 작은 부분만이라도 가졌던들 그대의 조국은 구제받았으리라.

그러나 그대들의 조국은 이 과격 사회주의자들에 의해서 멸망하지는 않을 것이다. 그들이 이름을 내걸고 있는 것은 진기하지 않은가. 또 운명이 아닐까? 그들 무식하고 거친 노동자의 주먹을 가진 사람들, 라틴어를 아는 사람이나 교양이 있는 사람을 경멸하는 그들은 그들의 지도자 한 사람에게, 역사와 학문에 따르면 그야말로 악취가 하늘을 찌를 듯한 이름을 자기 이름으로 내세우게 했다. 그들이 그렇게 먼 시대에서 뒤져내온 이름이 운명을 뜻하지 않을 수 있겠는가?

학문이 있는 자에게 하나의 전환기를, 몰락의 기운이 성숙했음을 상기시킨다는 그 점은 이 새로운 이름, 이 매우 낡은 이름의 뛰어난 점이다. 그 옛 세계가 멸망한 것과 같이 우리의 이 낡은 세계도 멸망하지 않으면 안 된다. 이런 것을 그 이름은 말해주고 있으며 그것은 올바르다. 우리들의 이 낡은 세계는 우리를 그것에 연결한 일체의 아름다운 것, 사랑스러운 것과 함께 몰락하지 않으면 안 된다. 그러나 일찍이 그 당시의 낡은 세계를 멸망시켰던 것은 스파르타쿠스였던가? 그것은 저 나사렛 예수가 아니었던가? 그것은 야만인이 아니었던가? 그것은 금발의 용병들이 아니었던가? 아니, 스파르타쿠스는 훌륭한 역사적 영웅이었다. 그는 용감히 쇠사슬을 뒤흔들었고, 씩씩하게 칼을 휘둘렀다. 그러나 노예를 인간으로 만들지는 못했다. 그는 그 당시의 귀족 계급 몰락에 다만 조력자로서 관여했음에 불과했다.

그러나 거친 주먹과 교사 풍의 이름을 가진 이 패들을 경멸하지는 말라. 그들은 각오하고 있다. 그들은 운명을 예감하고 몰락에 거역하지 않는다. 이들 과단성 있는 사람들 속에 살아 있는 정신을 존중하라! 절망은 영웅 정신이 아니다. 그대들은 그것을 전쟁에서 직접 경험하지 않았던가? 그러나 자기의 돈지갑을 위협당할 때 비로소 영웅 정신을 발휘하는 시민의 막연한 불안감보다 절망은 훨씬 낫다!

그들이 '공산주의'라고 부르는 것을 우리는 잘 알고 있다. 그것은 낡은, 너무나 낡은, 먼지투성이인 연금술사의 작업장에서 끄집어낸 약간 우스꽝스러운 처방이다. 그들이 말하는 것에 주의하지 말라! 그들이 하는 행동에 주의하라! 그들은 평판 나쁜 옆길을 가고 있긴 하지만 성숙한 운명에 접근하고 있어서 실행력을 가지고 있다. 그대들은 그들보다 더 많은 가능성을, 더욱 높은 가능성을 가지고 있다. 그러나 그대들은 아직 길의 시발점에 서 있다. 그들은 길의 종점에 있으며, 웅변에 있어서 뛰어나다. 무릇 몰락의 각오가 돼 있는 자가 주저하거나 뒤떨어진 자보다 훨씬 능가하고 있듯이.

조국과
적

　벗들이여, 그대들은 조국의 몰락에 대해 지나치게 비탄하고 있다. 결국, 몰락하는 것이라면 묵묵히, 우는 소리 않고 몰락하는 것이 더 훌륭하고 남자답지 않겠는가! 그러나 몰락이란 도대체 무엇을 말하는가! 아니면 그대들은 여전히 그대들의 돈지갑이나 배船를 '조국'이라고 부르고 있는가? 그대들의 카이젤을, 엊그저께의 오페라의 화려함을 '조국'이라고 부르고 있는가?

　그대들의 가장 뛰어난 사람들이 그대들 민족의 가장 뛰어난 것으로서 사랑하고 있던 것이나, 그대들의 국민이 세계를 풍요롭게 하고 행복하게 한 것을 그대들이 조국이라고 부른다면 어째서 그대들이 몰락이니 파멸이니 하고 떠들어대는지 나는 알 수가 없다. 그대들은 돈이며, 영토며, 선박이며, 세계 지배권 등의 많은 것을 잃었다. 그대들이 그것을 참을 수 없는 것이라면 카이젤 기념비 밑에 가서 자살하라. 나는 그대들을 위해 장송곡을 불러 주리라. 그러나 세계를 고치려는 독일정신의 노래를 조금 전까지 노래하고 있었던 그대들은 멍청히 서서 세계역사의 동정을 애원하지 말라! 벌을 받는 아이처럼 길가에 서서 행인들의 동정을 호소하지 말라! 빈곤을 견딜 수 없다면 죽는 것이 낫다! 카이젤이나 전승 장군이 없이는 통치해나갈 수 없다면 외국 사람의 통치를 받으라. 그러나 부디 치욕을 완전히 잊지는 말라!

그러나 우리의 적은 너무나 잔혹하다고 그대들은 외치는가? 그들은 몇 배의 우세로 획득한 승리를 기화奇貨로 너무나 난폭하고 야비하지 않은가? 도의를 주장하면서 폭력을 일삼고 있지 않은가? 정의를 글로 쓰면서 노획과 약탈을 생각하고 있지 않은가? 라고.

그대들의 말대로이다. 나는 그대들의 적을 변호하려 하지 않는다. 나는 그들을 사랑하고 있지 않다. 그들은 그대들과 마찬가지로 성공에 교만해져서 술책과 핑계에 가득 차 있다. 그러나 벗들이여, 일찍이 그렇지 않았던 적이 있었는가? 어찌할 수 없는 것을 확인하고 언제까지나 새삼스럽게 큰소리로 우는소리를 하는 것이 우리의 할 일이었던가?

우리의 할 바는 대장부답게 몰락하거나 아니면 씩씩하게 살아나가든가 하는 어느 쪽이라고 생각한다. 아이들처럼 울부짖는 것이 아니다. 운명을 인식하고, 고뇌를 우리들의 것으로 만들고, 그 쓴 것을 단것으로 바꾸고, 고뇌로 성숙해지는 일이다. 우리들의 목적은 가능한 한 속히 다시금 크고 부강해져서 함선과 군대를 갖는 것이 아니다. 우리들의 목적은 어린아이의 환상이 아니다. 함선과 군대, 권력과 돈에 어떤 의미가 있었던가를 우리는 똑똑히 보지 않았는가? 그것을 벌써 잊어버렸는가?

우리의 목적은, 독일 청년들이여, 이름이나 숫자를 열거하는 것이 아니다. 우리들의 목적은 모든 사물의 그것과 같이 운명과 함께 하나가 되는 일이다. 그렇게 되면 우리는 크건 작건, 부유하건 가난하건, 두려움을 받건 냉소당하건 그런 것이 문제가 아니다. 그런 점에 대해서는 군사위원회나 정신노동자에게 연설하도록 하라. 그대들은 전쟁과 고뇌 속에서 자기 자신으로 돌아오고, 본성을 찾지 못했다면, 그리고 여전히 운명을 변경하고, 고뇌를 회피하고, 성숙을 멸시하려고 한다면 몰락하고 말라!

그러나 그대들은 내 말을 이해하고 있다. 그것을 그대들의 눈빛으로 알 수 있다. 그대들은 산속의 노인, 심술궂은 노인의 쓴소리 속에서 위안을 예감하고 있다. 그가 그대들에게 고뇌에 대해서, 고독에 대해서 한 말을 그대들은 기억하고 있다. 그대들을 엄습한 고뇌 속에서 그대들은 고독의 입김을 느끼지 않았던가? 그대들의 귀는 운명의 나지막한 목소리에 대해 한층 더 민감해지지 않았던가? 그대들의 고통이 얼마나 풍성한 열매를 맺게 되리라고 느끼지 않는가? 그대들의 고뇌가 최고자에 대한 표창과 경고를 뜻할 수 있다는 것을 느끼지 않았는가?

다만 그대들 앞에 무한성이 가로놓여 있을 때 목적을 정하지 말라! 운명이 일체의 아름다운 엊그제의 목적을 파괴해버린 지금, 목적에 몸을 내맡기지 말라. 그러나 간곡히 원하건대, 신이 그대들에게 말을 걸었다는 것을 부끄러워하지 말라! 그대들은 우대받고, 초청받고, 선발되었음을 알라! 그러나 이것이나 저것, 즉 세계 지배권이나 교역이나, 민주주의 또는 사회주의를 위해서 선발된 것은 아니다. 그대들은 고뇌 속에서 그대들 자신이 되도록, 그대들의 상실했던 자신의 호흡과 심장의 고동을 고통 속에서 되찾기 위해 선발된 것이다. 별나라의 공기를 호흡하고, 어린아이에서 어른이 되기 위해 그대들은 선발된 것이다.

청년들이여, 한탄을 그치라! 어머니와, 달콤한 빵과의 작별의 괴로움으로 하여 어린아이의 눈물을 흘리지 말라! 쓰디쓴 빵을, 남자의 빵을, 운명의 빵을 먹는 법을 배우라!

그러면, 보라! 그대들의 가장 뛰어난 조상들이 예감했고 사랑했던 '조국'이 다시 그대들 앞에 나타날 것이다. 그러면 그대들은 고독으로부터 이제는 외양간도 온상도 아닌 공동체 속으로, 남자들의 공동체, 국경이 없는 나라로, 그대들의 조상이 신의 나라라고 호칭했던 나라 속으로, 되돌아올 수 있으리라. 설령 그대들 나라의 경계가 좁을지라도 그곳에 모든 덕이 이루어지는 장소가 있다. 설령 그대들은 이제는 단 한 사람의 장군이 없을지라도 그곳에 모든 용감성을 발휘할 장소가 있다.

진실로 자라투스트라는 이렇게 하여 그대들 어린이들을 달래지 않을 수 없다고 하면 다시 웃기 시작하는 것이다.

개혁에
대하여

그대들이 입에 올리는 말 중에서 나를 쉽사리 화나게 하는 것이 하나 있다. 나를 그보다 먼저 웃게 하면 별문제이거니와. 그것은 세계 개혁이라는 말이다. 그대들은 이 노래를 그대들의 협회나 군중 사이에서 즐겨 불렀다. 그대들의 황제나 예언자는 모두 이 노래를 특별히 애호하여 불렀다. 이 노래의 되풀이되는 후렴은 독일 사람의 기질과 회복이라는 시구詩句였다.

벗들이여, 우리는 세계가 좋은가 나쁜가에 관한 판단은 삼가기로 하자. 세계를 개혁하자고 하는 기묘한 요구는 단

념하기로 하자.

흔히 이 세계는 나쁘다고 비난받았다. 그것은 세계를 비난하는 자가 잠을 제대로 자지 못했다거나 너무 과식했다거나 한 때문이었다. 이따금 세계는 행복하다고 찬양받았다. 그것은 세계를 찬양하는 자가 어쩌다가 한 처녀와 키스를 했기 때문이었다.

세계는 개혁되기 위해서 존재하는 것이 아니다. 그대들도 또한 개혁되기 위해서 존재하고 있는 것이 아니다. 그대들은 그대들 자신이 되기 위해서 존재하는 것이다. 세계가 그대들 존재의 울림과 소리와 그림자만큼 풍부해지기 위해서 그대들은 존재하는 것이다. 너 자신이 돼라! 그러면 세계는 풍부해지고 아름다워진다! 너 스스로가 아니고 거짓말쟁이나 비겁자가 된다면 세계는 가난하고 개혁이 필요한 것처럼 보인다.

바로 지금, 이 엄청난 시대에 세계 개혁의 노래가 다시 격하게 불리고, 부르짖어지고 있다. 그것이 얼마나 불쾌하게 술 취한 것처럼 들리는지 그대들은 들어보았는가? 그것은 얼마나 거칠고 불행하고 어리석고 분별없게 들리는 것일까! 그리고 그 노래는 어떤 그림에도 끼울 수 있는 사진틀 같은 것이다. 그것은 황제에게도, 경관에게도, 자라투스트라의 옛 친구였던 유명한 독일 교수들에게도 딱 들어

맞았다. 그 무미한 노래는 민주주의나 사회주의에도, 국제 연맹이나 세계 평화에도, 국가주의의 폐기나 새로운 국가주의에도 잘 어울린다. 그것은 그대들의 적에 의해서 서로 대항하며 노래하고, 서로 노래하며 죽이려는 합창으로 불렸다. 그대들은 깨닫지 못하는가, 이 노래가 불리기 시작할 때는 언제나 호주머니 속에서 주먹이 굳게 쥐어지고, 사리사욕과 이기利己가 문제가 되어 있다는 것을. 그것도 자기 자신을 높이고 단련하려는 고상한 사람의 이기심이 아니라, 돈과 지갑과 허영과 자만이 중심이 되어 있는 것이다. 인간은 자기 자신의 이기심을 부끄러워하기 시작할 때 세계 개혁에 대해서 말하고 그 말 뒤에 숨기 시작한다.

벗들이여, 세계가 이미 개혁되었는지, 또는 세계가 항상 그리고 영원히 그대로 좋거나 나쁘거나 한지 나는 알지 못한다. 나는 철학자가 아니다. 나는 이 방면에 대해서는 별로 호기심이 없다. 그러나 이런 것은 알고 있다. 즉 언제든 과거에 세계가 인간에 의해서 개혁됐고, 인간에 의해서 풍요해지고, 발랄해지고, 즐거워지고, 위험해졌다면 그것은 개혁자에 의해서 이루어진 것이 아니라 참된 이기적인 인간들에 의해서 이루어진 것이다. 나는 그대들도 그런 이기적인 인간으로 손꼽고 싶다. 목표를 모르고, 목적을 갖지 않은 진실로 성실하고 이기적인 사람들, 살아가는 것과 자기 자신임에 만족하는 사람들, 그들은 많은 고뇌를 하지만 즐겨 고뇌한다. 그들의 병이, 그들이 겪어야 할 병이며, 또한 훌륭히 얻어진 그들 자신의 독자적인 병이라면 그들은 기꺼이 병을 앓는다. 그들의 죽음이 그들이 죽어야 할 죽음이며, 훌륭히 얻어진 자기 죽음이라면 그들은 기꺼이 죽는다!

이러한 사람들에 의해서 아마도 세계는 가끔 개혁되었을 것이다. 마치 가을날의 하나의 작은 구름, 하나의 작은 갈색의 그림자, 날아가는 한 마리 작은 새에 의해서 가을날이 바뀌는 것처럼. 세계는 언제나 몇몇 사람이 이 세계를 걸어가고 있다는 것. 가축이나 그 무리가 아니고, 날아가는 새나 바닷가의 나무들이 우리를 행복하게 하듯이 몇몇 사람들이 거기에 있다는 것, 그런 것이 존재한다는 사실만으로 우리를 행복하게 한다. 그 희귀한 몇몇 사람이 세계를 걷고 있다는 것, 그 이상으로 세계가 개혁되기를 원한다고 믿지 말라. 그대들이 야심가라면, 청년들이여, 이런 명예를 욕심내라! 그러나 이런 명예는 위험하다. 그것은 고독 속을 지나가야 하며, 자칫하면 생명이 위험하기 때문이다.

독일 사람에
대하여

  그대들은 독일 사람이 그다지 사랑받지 못하고, 몹시 미움을 받고, 그처럼 매우 두려움 받고, 몹시 감정적으로 기피당하고 있었던 것은 무슨 이유 때문인지 깊이 생각해 본 적이 있는가? 그대들이 그처럼 많은 군대로써, 그처럼 확실한 승산을 가지고 시작한 전쟁 중에 서서히 그리고 끊임없이 온 세계의 국민이 차례차례로 그대들의 적으로 돌아서고, 그대들을 버리고, 그대들이 잘못했다고 비난하는 것을 보고 그대들은 이상하다고 생각하지 않았는가?

  그렇다. 그대들은 깊은 불만으로써 그것을 인정하고, 그처럼 버림받고, 고립하고, 오해받고 있음을 자랑으로 여겼다. 그러나 잘 들으라. 그대들은 오해받고 있었던 것이 아니다. 올바르게 이해하지 못하고 잘못돼 있었던 쪽은 다름 아닌 그대들 자신이었다.

그대들 독일 청년들은 항상 그대들이 갖고 있지도 않은 미덕을 자랑으로 여기고, 적이 그대들로부터 배운 악덕을 부릴 때, 적에 대해서 가장 강렬하게 비난했다. 그대들은 항상 '독일적인' 미덕에 관해서 이야기하고, 성실성과 그밖의 덕을 그대들은 그대들의 황제나 국민이 발명한 것처럼 생각하고 있었다. 그러나 그대들은 성실하지 못했다. 그대들은 불성실했다. 그대들 자신에 대해서 불성실했다. 그리고 온 세계의 증오를 초래한 것은 바로 그 점이었다. 그대들은 말하리라, "아니오, 그것은 우리들의 돈과 성공 때문이었다!"라고. 아마도 그대들이 그대들 나름의 장사꾼적 논법으로 계산하듯이 적도 똑같이 생각했을 것이다. 그러나 이유는 항상 우리의 생각이나, 얄팍하고 성급한 제조업자의 생각보다도 깊은 곳에 있었다. 적은 그대들이 돈을 얻는 것을 시샘했는지도 모른다. 그러나 시기심을 일으키지 않게 하는 성공, 온 세계가 환호하는 성공도 있는 것이다. 왜 그대들은 그런 성공을 한 번도 거두지 못하고 언제나 다른 성공만을 거두었는가?

그것은 그대들이 그대들 자신에 대해 불성실했기 때문이다. 그대들은 그대들의 역할에 맞지 않는 역할을 맡아 했다. 그대들은 '독일적인 미덕' 가운데서 황제와 리하르트·바그너의 도움을 빌려 그대들 자신 말고는 온 세계의 아무도 진지하게 봐 주지 않는 오페라를 만들었다. 그리고 이 화려한 오페라의 아름답고 번쩍이는 무대 뒤에서 그대들은 모든 어둡고 노예적이며 과대망상적인 본능을 만연하게 하고 조장시켰다. 그대들은 항상 입으로는 신을 들먹이면서 손은 돈지갑에 얹어 놓고 있었다. 그대들은 항상 질서와 도덕, 조직에 대해서 말했지만 실은 돈벌이만을 생각하고 있었다. 적도 항상 똑같은 속임수를 쓰고 있다고 생각함으로써 그대들은 자신의 본성을 드러냈다. 그대들은 항상 적이 미덕과 정의에 대해서 어떻게 말하고 있는가를 들어보라, 그리고 실제는 그들이 어떻게 생각하고 있는가를 보라고 말했다! 영국 사람이나 미국 사람이 아름다운 연설을 할 때 그대들은 눈을 깜박이면서 서로 마주 쳐다보았다. 그리고 그대들의 눈 깜박임은 그런 연설 속에 항상 무엇이 숨겨져 있는가를 알고 있었다는 것이다. 도대체 그대들 자신의 마음에 의해서 그것을 안 것이 아니라면 어떻게 그리 정확하게 그것을 알았다는 말인가?

내가 그대들에게 고통을 주고 있다고 비난하려면 하라!

그대들은 고통을 받는 것에 전혀 익숙하지 못하다. 그러나 그대들은 서로 옳다고 시인하는 일에는 익숙해져 있다. 잘못이나, 짓궂은 연설이나, 잔인한 본능의 발휘 등을 받아주기 위해서 적은 존재하고 있었다. 그러나 나는 그대들에게 말하겠다. 사람이 생명의 편에 서서 이 세상에서 굽힘 없이 살아나가려면 고통을 주기도 하고 고통을 받을 수 있어야 한다고. 이 세상은 냉엄하다. 영원히 어린 시절을 유지하고, 안온하고 따스함 속에만 있을 수 있는 아늑한 보금자리는 아니다. 이 세상은 잔혹하고 예측할 수 없으며, 강자나 약삭빠른 자만을 사랑하고, 자신에게 충실한 자를 사랑한다. 그 밖의 모든 것은 이 세상에서 짤막한 성공을 거둘 수 있을 뿐이다. 독일의 정신적인 몰락 이래로 그대들이 그대들의 상품과 조직에 의해서 거두었던 그런 성공뿐이다. 그런 성공은 지금 어디로 가 버렸는가? 그러나 지금이야말로 그대들의 본질을 발휘할 때이다. 아마도 고난은 그대들의 의지를 긴장시키기에 충분할 만큼 클 것이다. 새로운 속임수와 생의 감추어진 의의에 대한 새로운 도피를 위해서가 아니라 남자답기 위해서, 그대들 자신에 대한 신뢰와 진실과 충실을 얻기 위해서.

왜냐하면, 벗들이여, 그대들은 나의 모든 비난과 독설을 통해서 내가 그대들을 사랑하고 있다는 것, 그대들에 대해서 확실한 신뢰를 하고 있다는 것, 그대들의 미래를 예감하고 있다는 것이 그대들의 마음에 울려 퍼지고 밝혀졌으리라 생각했기 때문이다. 나를 믿으라. 늙은 자이며 폭풍을 일으키는 힘을 지닌 나는 예민하고, 수많은 시련을 겪어 온 날카로운 코를 가지고 있다. 그렇다. 나는 그대들을 믿고 있다. 나는 그대들 속에 있는 그 무엇, 독일 사람 속에 있는 그 무엇을 믿고 있고, 그것에 대해 옛날부터 변함없는 사랑을 내 가슴속에 지니고 있다. 나는 그대들 속에서 눈에 보이지 않는 그 무엇을, 미래를, 가능성을, 수많은 구름 뒤에서 번쩍이고 있는 유혹적인 개연성을 믿는다. 나는 그대들이 아직 어린아이이며, 많은 어린이다운 짓을 하므로, 이긴, 진실로 긴 어린 시절을 마음속에 지니고 있으므로, 바로 그 때문에 그것을 믿는다. 아아, 이 어린 시절이 언젠가는 어른이 되기를! 경솔함이 언젠가는 신뢰가 되고, 이 애정이 선의가 되고, 이 특이성과 민감성이 성격이 되고 남자다운 아집으로 바뀌기를!

그대들은 이 세상에서 가장 신앙심이 두터운 민족이다. 그러나 그대들의 신앙심이 어떤 신들을 만들어 냈던가! 카이젤과 하사관이다! 그리고 지금은 그에 대신해서 새로운 세계를 행복하게 해 주는 사람들을 만들어냈다.

그대들은 그대들 자신 속에서 신을 찾는 것을 배우기 바란다! 숨겨진 어떤 것, 그대들 속에 있는 이 미래에 대하여 그대들이 일찍이 왕후와 군기에 대해서 느꼈던 것과 같은 경외를 언젠가 느껴주기 바란다! 그대들의 경건함이 다시는 무릎을 꿇지 말고, 굳세고 남자다운 단련된 두 다리로 똑바로 서주기를 바란다!

그대들과
그대들의 국민

벗들이여, 그대들은 아직도 의심한 채 나를 곁눈질해 보고 있다. 그리고 나는 무엇이 그대들의 마음에 들지 않는지, 무엇이 그대들을 두려워하게 하는지 알고 있다. 그대들은 유혹자 자라투스트라가 그대들을 그대들이 사랑하고 신성시하는 민족으로부터 떼어놓지나 않을까 하고 두려워하고 있다. 안 그런가? 내가 그대들의 마음을 똑바로 알아 맞혔잖은가?

그대들의 교사와 책 속에는 두 가지의 가르침이 있다. 하나는 국민이 전부이고, 개인은 없다고 가르친다. 다른 하나는 이 명제를 정반대로 뒤집어 놓고 있다.

자라투스트라는 그러나 결코 교사는 아니었다. 그대들의 가르침은 그에게는 한낱 웃음거리일 뿐이다. 사랑하는 벗들이여, 그대들은 국민이 될 것인가, 아니면 개인이 될 것인가 하고 선택할 수 있는 게 아니다! 나무들은 하늘 끝까지 자라지 못하도록 배려가 되어 있다. 충분히 배려가 되어 있다! 고독의 하늘, 남자다운 하늘까지, 책에서 그런 것을 읽었고, 그런 결심을 했다 해서 거기까지 뻗어 올라간 것은 아직 없다!

그대들 청년들이여, 그대들의 국민이 그처럼 갈망하고 있는 것은 도대체 무엇인가, 국민의 곤궁이란 무엇인가, 하고 내가 묻는다면 그대들은 말할 것이다. 우리 국민은 실천이 필요하다, 말로 떠들 뿐만이 아닌 실천할 줄 아는 사람들이 필요하다고!

그렇다면 벗들이여, 그대들이 이제 그것을 그대들 자신을 위해서 하건, 아니면 그대들의 국민을 위해서 하든 간에 이것만은 잊지 말라. 도대체 어디서 그 실천이 나오는가를, 또 마치 번갯불이 구름 속에서 번쩍 비쳐 나오듯이 실천이 튀어나오는 그 모체가 되는, 상쾌하고 즐겁고 씩씩한 아침 같은 정신은 어디서 나오는가를. 그대들은 벌써 그것을 잊었는가, 또다시 상기할 수 있는가!

벗들이여, 그대들의 국민과 모든 국민에게 필요한 사람은 자기 자신의 존재를 아는 사람, 자신의 운명을 인식한 사람들이다. 그들만이 국민의 운명이 된다. 그들만이 연설이나, 명령이나, 소심하면서도 책임감이 없는 관료주의에 만족하지 않는다. 그들만이 용기와 자부심을 느낀다. 실천의 원천이 된다. 선하고, 잘 이루어진 건전하고 즐거운 기분을 갖고 있다.

그대들 독일 사람은 다른 어떤 국민보다도 복종에 익숙해져 있다. 그대들의 국민은 매우 쉽사리, 지나치게 기꺼이 복종한다. 명령을 이행하고, 규정을 준수한다는 만족을 느끼지 않고서는 독일 국민은 한 발자국도 내디디려고 하지 않는다. 그대들의 국토는 마치 숲으로 뒤덮여 있듯이 게시판, 특히 금지판으로 뒤덮여 있다.

이 국민이 길고 긴 휴식과 지루한 기다림의 시간 뒤에 다시금 남자다운 명쾌한 소리를 듣는다면, 훈령이나 규정 대신에 힘과 확신의 음성을 듣는다면, 황송하게 명령받고, 공손히 수행되는 것이 아니라, 그리스 여신처럼 명랑하고 용감하게 무장하고, 실행의 아버지 머리에서 명랑하고 건강하게 튀어나오는 실행을 언제든 다시 보게 된다면 이 국민은 어떤 복종 방식을 취하게 될까?

항상 그것을 생각하라, 벗들이여. 그리고 그대들의 국민이 갈망하는 것이 무엇인가를 잊지 말라! 행동과 남자다움은 책이나 대중 연설에서는 생겨나지 않는다는 것을 잊지 말라. 그것은 산 위에서 생겨난다. 그곳으로 통하는 길은 고뇌와 고독을 지나간다. 기꺼이 인내된 고뇌와 스스로 구한 고독을 거쳐서 간다.

그리하여 나는 그대들의 모든 대중 연설가에게 반대하며 외친다. "너무 서두르지 말라!"고. 그들은 모두 여기저기서 그대들에게 외친다. "서두르라! 달려라! 즉각 결심하라. 세계는 불타고 있다. 조국은 위험에 처해 있다!"라고. 그러나 내 말을 믿으라. 만일 그대들이 스스로 시간의 여유를 갖고 그대들의 의지와 운명과 행위를 잉태하고 성숙시켜간다면 조국은 곤궁을 겪지 않을 것이다! 서두른다는 것은 복종의 기쁨과 마찬가지로 독일적인 미덕으로 간주했지만 아무런 미덕도 아니다.

그대들, 그렇게 고개를 숙이지 말라! 늙은 자라투스트라를 웃기게 하지 말라!

그대들이 참신하고 폭풍을 머금은 노도의 시대에 태어났다는 것은 도대체 불행일까? 오히려 그것은 그대들의 행복이 아닐까?

작별

벗들이여, 나는 이제 그대들에게 작별을 고한다. 그리고 그대들도 이미 알다시피 자라투스트라는 그의 청중들에게 작별을 고할 때 청중들에게 언제까지나 자기에게 충실하고, 언제나 변함없이 예의 바른 제자이기를 당부하지는 않는다.

그대들은 자라투스트라를 숭배하지 말라. 자라투스트라를 모방하지도 말라. 자라투스트라와 같이 되려고 하지도 말라. 그대들 한 사람 한 사람 속에는 아직 어린애의 깊은 잠 속에 잠겨 있는 숨은 그림자가 있다. 그것에 생명을 불어넣어 주라! 그대들 각자 속에는 자연의 부름 소리와 의지와 구상이 있다. 미래에 대한, 새롭고 더 높은 것에 대한 구상이 있다. 그대들은 그것을 성숙하게 하라. 그것을 남김없이 울려 퍼지게 하라. 그에 대해서 마음을 쓰라! 그대들의 미래는 이것도 저것도 아니며, 금전이나 권력도 아니며, 또 지혜나 생업 상의 행복도 아니다. 그대들의 미래와 그대들의 곤란하고 위험한 길은 다음과 같다. 즉 성숙하고 그대들 자신 속에 있는 신을 발견하는 일이다. 독일 청년들이여, 그대들에게 있어 그 이상 곤란한 일은 없었다. 그대들은 항상 신을 찾았지만, 그것을 아직 한 번도 그대들 자신 속에서 찾지는 않았다. 신은 그 밖의 어느 곳에도 있지 않다. 그대들 마음속에 깃들어 있는 신 이외에 다른 신은 없다.

내가 언제든 다시 돌아오게 된다면, 나의 벗들이여, 우리는 다른 것에 대해서, 더 아름답고 더 즐거운 것에 관해서 이야기하자. 그때 우리는 함께 앉고 함께 거닐자. 각기 자기 자신 이외의 아무것도 신뢰하지 말고, 강한 자와 대담한 자에게 호의를 갖는 행복 이외에 아무것도 신뢰하지 말고, 혼자 있어도 강하고, 다른 사람과 함께 있어도 자기 자신을 신뢰하기를 나는 기대한다.

이제는 가라. 그리고 많은 연설가가 있는 거리를 다시 찾아가라. 산에서 왔던 늙은 이방인이 그대들에게 한 말을 잊어버리라. 자라투스트라는 결코 현인이 아니었다. 그는 항상 익살을 떠는 자였고, 떠돌이 방랑자였다.

그대들은 그 이름이 무엇이었건 연설가나 교사의 말에 귀를 기울이지 말라. 그대들 각자가 귀를 기울일 필요가 있는 것은 오직 하나, 자기 자신의 유일한 독자적인 새뿐이다.

나는 작별에 임해서 이 말을 해 두고자 한다. 그 새가 하는 말에 귀를 기울이라! 그대들 자신 속에서 나오는 목소리에 귀를 기울이라. 그 소리가 침묵하고 있으면 무엇인가 비뚤어져 있다. 무엇인가 잘못되어 있으며, 그대들이 그릇된 길에 서 있다는 것을 알라.

그러나 그대들의 새가 노래하고 이야기한다면 오오, 그때는 그를 따라가라. 그 소리의 어떤 유혹이라도 따라가라. 어떤 멀고 차가운 고독 속으로라도, 어떤 어두운 운명 속으로라도.

Hermann
Hesse

Chapter 4

도스토옙스키에 대하여

카라마조프의 형제들
―유럽의 몰락*

　　여기서 기술되고 있는 사상에 일관되고 유쾌히 받아들여지는 형식을 부여한다는 것은 나로서는 불가능했다. 그런 재능은 나에게 없다. 게다가 많은 작가가 하는 일이긴 하지만, 일개의 작가가 두세 가지 착상에서 완전하고 시종일관한 듯한 인상을 주는 에세이를 작성한다는 것은 나로서는 일종의 분수 넘치는 짓이라고 느끼는 것이다.

---

*　　도스토옙스키 독후감 제목 [아무것도 외적인 것도, 내적인 것도 없다. 외부에 있는 것은 안에도 있기 때문이다.]

그런 에세이는 하나의 작은 부분만이 사상일 뿐 그 밖의 대부분은 칸 메우기에 불과하기 때문이다. 아니 실은 '유럽의 몰락'을, 더구나 진정으로 정신적인 유럽의 몰락을 믿고 있는 나로서는 나 자신이 가장이나 허언이라고 느끼지 않을 수 없는 형식 때문에 고생할 아무런 이유도 없기 때문이다. 나는 도스토옙스키 자신이 〈카라마조프의 형제들〉의 마지막 권에서 말하고 있는 대로 이렇게 말하고 싶다.

"나는 나 자신을 변명하지 않는 게 가장 좋으리라 생각한다. 나는 내가 이해하고 있는 대로 할 것이다. 독자들 자신도 내가 오직 나 자신이 이해한 대로 했다는 것을 이해해 줄 것이다."

도스토옙스키의 여러 작품에서는, 특히 〈카라마조프의 형제들〉에서는 가장 강렬하게 용솟음치듯이 내가 남몰래 '유럽의 몰락'이라고 부르고 있는 것이 놀랄 만치 명료하게 표현되고 예언된 것 같다. 유럽의 청년, 특히 독일 청년이 괴테가 아닌, 또한 니체도 아닌 도스토옙스키를 그들의 위대한 작가라고 느끼고 있는 것은 우리들의 운명에 있어서 결정적인 의미가 있다고 나는 생각한다.

그런 관점에서 최근의 문학을 바라보면 곳곳에서 도스토옙스키에의 유사성이 발견된다. 하긴 그것이 단순한 모방이며 어린아이 같은 인상을 줄 뿐일 때도 많긴 하지만.

카라마조프의 이상이, 매우 오래된 아시아적·신비적 이상이 유럽의 사조가 되기 시작하고 있고, 유럽의 정신을 잠식하기 시작하고 있다. 그것이 바로 내가 유럽의 몰락이라고 부르는 바의 것이다. 이 몰락은 어머니에의 복귀를 의미한다. 그것은 아시아로, 원천源泉으로, 파우스트에게서의 어머니들에게로 복귀하는 것이며, 물론 이 지상의 모든 죽음이 그렇듯이 그것은 새로운 탄생으로 통하게 될 것이다.

이 과정을 '몰락'이라고 느끼는 것은 오직 우리뿐이다. 우리와 동년배의 사람들뿐이다. 오래된, 그리운 고향을 떠날 때 슬픔과 돌이킬 수 없는 상실감을 느끼는 것은 노인들뿐이며, 그에 반해서 젊은이들은 새로운 것, 미래를 바라볼 뿐이다. 마치 이것과 같은 것이다.

그러나 내가 도스토옙스키에게서 발견하는 '아시아적' 이상이란, 유럽을 정복하려 하고 있다고 내가 생각하는 '아시아적' 이상이란 어떤 것인가?

그것은 간단히 말하자면 일체를 이해하고, 일체를 긍정하기 위해서, 또한 장로 조시마가 예고했고, 알료샤가 실천했고, 드미트리가, 그리고 그보다 훨씬 이전에 이반 카라마조프가 가장 명확하게 자각하게 되기까지 표현하고 있는 하나의 새로운 위험하고 두려운 신성함 때문에 모든 기존의 고정된 윤리와 도덕에서 떠나는 것이다.

　장로 조시마의 경우는 그래도 정의의 이상이 지배력을 갖고 있다. 그에게 있어서는 아직도 선과 악이 존재하고 있었다. 다만 그는 그의 사랑을 유독 악인에게 즐겨 쏟았다. 알료샤의 경우는 이미 새로운 신성성의 방식이 훨씬 생생하게 다가오고 있으며, 그는 이미 일종의 무도덕한 개방성으로서 그의 주변의 더러움과 진흙탕 속을 걸어나가고 있다. 흔히 그는 나에게 "온갖 불쾌감에서 벗어나기를 나는 이미 맹세했노라"라는 자라투스트라의 저 가장 고귀한 서약을 상기케 한다.

　그러나 보라. 알료샤의 형들은 이 사상을 더욱더 밀고 나가서 더욱 거침없이 이 길을 걸어간다. 그리고 모든 외관外觀에도 불구하고 카라마조프 형제들의 관계는 두툼한 세 권의 책의 진행에 따라 서서히 방향이 바뀌어 확고히 존재하고 있던 모든 것이 차츰 또다시 의심스러워지고, 성스러운 알료샤가 차츰 세속적으로 되고, 또 세속적이었던 형들이 차츰 신성해지고, 가장 범죄인적이었고 무뢰한이었던 드미트리가 새로운 신성함, 새로운 도덕, 새로운 인도人道의 가장 신성하고 민감하고 성실한 예언자가 되는 것 같이 느껴진다. 그것은 정말로 기묘한 일이다.

　그들이 더욱더 카라마조프적으로, 즉 다시 말해서 배덕

적이고, 술주정뱅이고, 무례하고, 난폭해지면 질수록 그러한 난폭한 현상이나 인간이나 행위의 육체를 통해서 새로운 이상이 더욱 가까이 빛을 발하게 되고, 그것은 내면적으로 더욱더 정신화되고 신성해진다. 술주정뱅이의 살인자이며 폭행자인 드미트리와 견유학자적犬儒學者的인 지식인인 이반을 나란히 세워 놓으면 검사나 그 밖의 시민계급의 다른 대표자들의 고지식하고 극히 예의 바른 타입은 그들이 외면적으로 승리하면 할수록 더욱더 초라하고 공허하고 가치 없는 것이 되어버린다.

이처럼 유럽적인 정신의 뿌리를 위협하는 '새로운 이상'은 전혀 무도덕한 사고방식이며 감지방식인 것처럼 보인다. 그것은 신적인 것, 필연적인 것, 운명적인 것을 극악적인 것 속이나 극도로 추한 것 속에서도 감지하고, 그런 것에 대해서도, 아니 그런 것에 대해서 더욱더 존경과 예배를 바치는 능력인 것처럼 생각된다.

검사는 열변을 토하며 이 카라마조프적인 악덕을 비꼬고 과장해서 표현하며, 시민들의 조소를 사게 하려 하지만 그 시도는 사실 과장이긴커녕 도리어 극히 온화한 것이다.

이 연설 가운데 보수적·시민적 입장에서 그 이후로 하나의 유행어가 되기도 한 '러시아적 인간'이 묘사되어 있다.

위험하고, 가련하고, 무책임하고, 그러면서도 상냥하고, 유순하고, 몽상적이고, 잔인하고, 지극히 어린이 같은 '러시아적 인간'이다. 그런 인간은 오늘날에도 흔히 그렇게 부르고 있지만, 내가 보기에는 그런 러시아적 인간은 벌써 오래전부터 유럽적인 인간이 되어가고 있다. 바로 이것이 '유럽의 몰락'을 뜻한다.

이 '러시아적 인간'을 좀 더 관찰하자. 그런 인간은 도스토옙스키보다 훨씬 오랜 시대부터 존재해 있었지만, 도스토옙스키가 그것을 결정적인 모습으로, 그 무서운 의미를 남김없이 파악하여 세계에 드러내 놓은 것이다. 러시아적 인간이란 즉 카라마조프다. 표도르 파블로비치이며, 드미트리이며, 이반이며, 알료샤이다. 이 네 사람은 외관이 아무리 달라 보일지라도 필연적으로 연결 지워져 있으며 모두 함께 카라마조프이다. 그들이 함께 어울려서 '러시아적 인간'이며, 유럽의 위기에 즈음하여 와야 할 인간, 이미 가까이 와 있는 인간형이다.

여기서 덧붙여 말해 두거니와 다음과 같은 극도로 현저한 사실을 주목해 주기 바란다. 즉 이반이 이야기가 진행됨에 따라 문명인으로부터 일개의 카라마조프인 것으로, 유럽인으로부터 러시아인으로, 형태가 갖추어진 역사적 타

입으로부터 무형성無形成의 미래의 소재로 되어간다는 점
이다! 이반이 이처럼 애초의 동요하지 않는 태도, 지성, 냉
정함과 과학성 등의 위용威容으로부터 전락해 가는 과정과
외견상 가장 믿음직해 보이던 카라마조프인 히스테리로,
러시아적인 것, 카라마조프적인 것으로 서서히, 불안하게,
또한 광적인 긴장 속에서 이행해 가는 과정은 동화적인 꿈
의 붕괴와 흡사하다. 끝으로 악마와 대화를 하는 것은 바로
회의자懷疑者인 그 자신이다. 이에 대해서는 다음에 다시 이
야기하기로 하자.

그러므로 '러시아적 인간'(이런 인간은 훨씬 오래전부터 독일
에도 있다)은 히스테리 환자라고도 할 수 없고, 술주정뱅이
라고도 할 수 없다. 또한, 시인이라고도, 성자라고도 할 수
없다. 모든 그러한 성질의 병존동거並存同居라고 할 수밖에
없다.

러시아적 인간인 카라마조프는 살인자이며 동시에 재판
관이다. 야인이며 동시에 가장 섬세한 영혼이다. 완전무결
한 이기주의자인 동시에 완전무결한 헌신적인 영웅이다.
유럽적인 고정된, 도덕적, 윤리적, 교리적敎理的 입장에서는
이 인간의 참모습을 구명할 수가 없다. 이 인간 속에는 밖
과 안, 선과 악, 신과 악마가 함께 존재하고 있다.

그러므로 이 카라마조프네 일가의 사람들로부터는 그들

의 영혼의 요구를 이루어줄 수 있는 최고의 상징에의 요구, 즉 그와 동시에 악마이기도 한 신의 요구도 때때로 울려 나온다. 이 상징으로써 도스토옙스키의 러시아적 인간은 해석될 수 있다. 동시에 악마이기도 한 신은 가장 오랜 조물주인 데미우르고스世界創造者이다. 그것은 이미 태초부터 존재하고 있던 신이다. 그만이 유일의 것이며, 여러 가지 대립의 피안에 서 있으며, 낮과 밤, 선과 악도 구별하지 못한다. 그는 허무이며 일체이다. 그는 우리에게는 인식될 수 없다. 우리는 모든 것을 대립에 의해서만 인식할 수 있기 때문이다. 우리는 개인이며 낮과 밤, 온난과 한랭에 속박되어 있으며, 신과 악마를 필요로 한다. 대립의 피안이며, 허무이며, 일체의 것 속에 살아 있는 것은 오직 조물주인 데미우르고스, 선도 악도 모르는 일체자인 신뿐이다.

이 점에 대해서는 할 말이 많이 있겠지만 이상 말한 것만으로도 이제 충분하다. 우리는 러시아적인 인간을 그 본질에 있어서 인식했다. 그것은 여러 대립에서, 여러 특성에서, 여러 도덕에서 탈출하려고 노력하는 인간이다. 그것은 자기를 떠나 개체화의 원리의 배후로, 장막의 배후 저편으로 돌아가려는 인간이다. 이런 인간은 아무것도 사랑하지 않으면서 모든 것을 사랑한다. 아무것도 두려워하지 않으면서 일체의 것을 두려워한다. 아무것도 하지 않으면서 일체의 것을 이룩한다. 이런 인간은 다시 원소재原素材로, 형태를 이루지 않은 영혼의 재료로 되돌아간 것이다. 그는 그런 형태로는 살아갈 수가 없다. 몰락하는 수밖에 없다. 재빨리 지나갈 도리밖에 없다.

이 몰락의 인간, 이 무서운 유령을 도스토옙스키는 마력으로써 불러냈다. 흔히 일컬어지고 있는 말이지만 그의 〈카라마조프의 형제들〉이 완성되지 못한 것은 다행한 일이다. 만약 완성되었더라면 러시아 문학뿐만 아니라 러시아도 인류도 폭파되어 가루가 되어버렸을 것이다.

그러나 일단 입 밖에 낸 말은 설령 화자가 최후의 결론을 말하지 않았다 하더라도 말하지 않은 것으로 할 수는 없다. 존재하는 것, 일단 생각된 것, 일어날 가능성이 있는 것은 이미 말살해버릴 수는 없다. 러시아적인 인간은 훨씬 전부터 존재하고 있었다. 멀리 러시아를 넘어서 밖에까지 진출하여 유럽의 절반을 지배하고 있다. 그리고 두려움 받고 있던 폭파의 일부분은 이 몇 해 사이에 누구의 귀에나 들릴 만큼 실제로 일어났다. 유럽은 피로에 지쳐 있고, 고향으로 돌아가 휴식하고, 다시 만들어지고, 다시 태어나기를 바라고 있다는 것이 분명해진 것이다.

여기서 나는 어떤 유럽인이 말한 두 가지 말이 생각난다.

그 유럽인이란 우리 누구에게나 의논의 여지 없이 오래된 것, 과거의 것, 지금은 몰락해 버렸거나 아니면 최소한 의심쩍어진 유럽의 대표자를 의미한다. 나는 황제 빌헬름을 말하고 있다. 그 한 가지 말은 그가 일찍이 약간 기묘한 우의적寓意的인 그림 밑에 적어 넣어, 유럽의 여러 국민에 대해서 그들의 '가장 신성한 보배'를 동방에서 다가오는 위험으로부터 수호하라고 경고했던 말이다. (이것은 독일 황제 빌헬름 2세의 '황화설黃禍說'을 말한다.)

황제 빌헬름은 분명히 매우 예지력이 풍부한 인물도 매우 깊은 인간도 아니었다. 그러나 그는 고풍古風의 이상의 열렬한 숭배자이며 옹호자로서, 그 이상을 위협하는 위험에 대해서 일종의 예지 능력을 지니고 있었다. 그는 정신적인 인간은 아니며, 좋은 서적을 즐겨 읽지도 않았다. 그리고 그는 너무나 정치에 몰두했었다. 그리하여 유럽 여러 국민에 대한 경고를 첨부한 그 그림도 사람들이 생각할지도 모르듯이 도스토옙스키를 읽고 나서 이루어진 것이 아니라 아마도 일본의 야심에 자극받아 유럽에 대항하여 움직이기 시작할지도 모를 동방 여러 국민의 집단에 대한 막연한 공포에 따라 생겨난 것이리라.

황제는 그의 경고로써 무든 말을 했는지, 얼마나 두려울 정도로 적중된 말을 했는지 그것은 극히 부분적으로밖에 알지 못했다. 그는 분명히 〈카라마조프의 형제들〉을 알지 못했다. 그는 좋고 깊이 있는 책을 싫어하고 있었다. 그러나 그는 기분 나쁠 정도로 정확히 느끼고 있었다. 바로 그가 느끼고 있었던 위험 그대로의 위험이 존재했고 나날이 다가왔다. 그가 두려워하고 있었던 것은 카라마조프네 형제들이었다. 그것은 유럽이 동양에 감염되는 일이었다. 피로해진 유럽의 정신이 비틀거리며 아시아의 어머니에게로 돌아가는 일이었다. 그가 그것을 그렇듯 몹시 두려워했던 것은 당연한 일이었다.

내가 상기한 황제의 두 번째 말은 일찍이 내가 처음 그것을 읽었을 때 나에게 무서운 인상을 준 것이었다. 그것은 다음과 같은 문구였다(실제로 그가 이렇게 말했는지 아니면 단순한 소문에 불과한지는 알 수 없으나) "보다 건전한 신경을 지닌 국민이 전쟁에 이길 것이다."

당시 아직 전쟁 초기에 이 말을 들었을 때 나는 그것을 지진의 둔한 전조처럼 느꼈다. 물론 황제가 그런 의미로 말했던 것이 아님은 분명하다. 그는 오히려 그런 말로써 독일에 대해 칭찬을 할 셈이었을 것이다.

그 자신 아마도 뛰어난 신경을 지니고 있었을 것이다. 그의 수렵이나 열병의 친구들도. 그는 또 프랑스는 배덕적背德的이며 병독에 걸려 있으며, 게르만인은 도덕적이고 아이들이 많다는 예로부터의 낡은 전설을 알고 있었고 그것을 믿고 있었다. 그러나 다른 모든 사람, 사물을 분별하고 있는 사람들, 내일과 모레의 일에 촉각을 갖추고 예감하고 있는 사람들 그들에게 있어서 그 문구는 무서운 것이었다. 왜냐하면, 그들은 모두 독일이 결코 더 뛰어난 신경을 지니고 있지 않다는 것, 오히려 서방의 적들보다 좋지 않은 신경을 지니고 있다는 것을 알고 있었기 때문이다. 그러므로 당시의 국민 지도자들의 입에서 나온 이 말은 맹목적으로 파멸로 줄달음치는 전율할 만한 숙명적인 오만처럼 들렸기 때문이다.

아니, 독일인은 결코 프랑스인이나 영국인이나 미국인보다 더 뛰어난 신경을 지니고 있지는 않았다. 기껏해야 러시아인보다 좀 나은 신경을 지니고 있었을 뿐이다. 왜냐하면 '나쁜 신경'을 갖고 있다는 것이야말로 히스테리, 신경쇠약증, 배덕증背德症, 그 밖의 여러 가지로 평가할 수 있지만, 그것을 일괄하면 바로 '카라마조프광狂'과 똑같은 의미가 있게 된다. 그 모든 질병의 통속적 표현이 되기 때문이다. 독일은 오스트리아만 제외하고 어느 유럽 국민보다도 카라마조프 형제들에게, 도스토옙스키에게, 아시아에 대해 훨씬 더 가까운 관계에 있고, 무저항력으로 가슴을 열어 놓고 있었다.

그러므로 황제 빌헬름도 그 나름의 방식으로 유럽의 몰락을 두 번이나 예감했고, 또 예언도 했다.

그러나 우리가 낡은 유럽의 몰락을 어떤 식으로 평가하는가는 전혀 별개의 문제이다. 이 점에서 길과 생각이 갈라진다. 과거의 것을 철저히 신봉하는 사람들, 신성화된 고귀한 형식과 문화를 충실히 숭상하는 사람들, 시련을 거친 도덕을 옹호하는 사람들은 모두 이런 몰락을 결단코 막으려고 노력하거나, 막상 몰락되면 절망적으로 울며 슬퍼하거나 할 뿐이다. 그들에게 있어서 몰락은 종말이며 다른 사람들에 있어서는 시작이다. 그들에게 있어 도스토옙스키는 범죄자이며, 다른 사람들에게 있어서는 성자이다. 그들에게 있어 유럽과 그 정신은 오직 한 번뿐인 것, 침범할 수 없는 것, 고정된 것, 존재하는 것이며 다른 사람들에게 있어서 그것은 성장하는 것, 변화할 수 있는 것, 영원히 변화되고 있다.

카라마조프적 요소, 즉 아시아적인 것, 혼돈된 것, 야성적인 것, 위험하고 무도덕한 것은 이 세상에 존재하는 모든 것과 마찬가지로 긍정적으로도 부정적으로도 평가할 수 있다. 이 세계 전체를, 이 도스토옙스키를, 이 카라마조프 형제를, 이 러시아인을, 이 아시아를, 이 조물주의 환상 등 일체를 단순히 거부하고, 저주하고, 더없이 두려워하는 사람들은 지금 이 세계에서 곤경에 처해 있다. 왜냐하면, 카라마조프가 어느 때보다도 우세해져 있기 때문이다.

그러나 그들은 그러한 모든 것 가운데에서 사실적인 것, 눈앞에 보이는 것, 유형의 것만을 보려고 하는 오류를 범하고 있다. 그들은 '유럽의 몰락'이 뇌성과 귀를 찢는 듯한 소음을 동반하는 소름 끼치는 파국으로써 오리라고 생각한다. 즉 학살과 폭행에 가득 찬 혁명이거나, 아니면 범죄와 부패와 도둑과 살해와 온갖 악덕의 횡행으로써 오리라고 본다.

그런 모든 것이 가능하다. 그런 모든 것이 카라마조프 속에 있다. 카라마조프와 같은 인간에게 걸려들면 다음 순간에 어떤 기습을 당할지 우리는 전혀 알 수 없다. 피살당할는지도 모르고, 신을 찬양하는 감동적인 찬가를 듣게 될는지도 모른다. 그들 중에는 알료샤와 같은 패들도, 드미트리 같은 패들도, 표도르 같은 패들도, 이반 같은 패들도 있다. 그들은 앞서도 말한 바와 같이 각기 다른 성질에 의해서 특징 지워져 있는 것이 아니라, 어느 때나 어떤 성질이라도 지닐 수 있는 바탕이 되어 있다는 것으로써 특징 지워져 있는 것이다.

그러나 이 예측할 수 없는 미래인(그는 이미 현재에도 나타나 있다!)은 악과 마찬가지로 선도하고, 새로운 악마의 나라와 마찬가지로 새로운 신의 나라도 세울 수 있다는 사실로써 불안에 떨고 있는 사람들이 안심해서는 안 된다. 땅 위에 무엇이 세워지고, 무엇이 파괴되건 카라마조프 형제는 상관하지 않는다. 그들의 비밀은, 그리고 그들의 무도덕적 본성의 가치와 창조성은 다른 데에 존재하는 것이다.

즉 이들 인간은 다른 보다 오래되고, 질서 잡히고, 예측할 수 있고, 명백하고, 건전한 인간과 궁극적으로 오직 다음과 같은 점에서 구별될 뿐이다. 그것은 그들이 내부에서 외부를 향해 생활하고 있는 것과 마찬가지로 자신의 내부를 향해 살고 있다는 것, 요컨대 그들이 항상 자기 자신의 영혼을 문제로 삼고 있다는 사실이다. 카라마조프의 형제들은 어떤 범죄라도 저지를 소질을 지니고 있다. 그러나 그들은 예외적인 경우에만 범죄를 저지를 뿐이다. 왜냐하면, 그들은 범죄를 마음속으로 생각하고, 꿈꾸고, 범죄를 저지르려고만 하면 할 수 있다는 가능성을 확인하는 것으로 만족하기 때문이다. 여기에 그들의 비밀이 있다. 이제 그 방식을 찾아보기로 하자.

인간이 형성하는 것은 그것이 문화이건 문명이건 질서이건 간에 그 모두가 무엇을 허용하고 무엇을 금지하는가에 관한 협정에 기초를 두고 있다. 동물과 먼 장래의 미래 인간과의 중간에 있는 우리 인간은 품위 있는 인간으로서 사회성을 획득하기 위해서는 항상 자기 내부에서 많은 것을, 무한히 많은 것을 억제하고 은폐하고 부정해야만 한다.

인간은 동물성에 가득 차 있다. 원시성에 가득 차 있다. 동물적인 잔인한 이기심의 거대하고 억누르기 힘든 충동에 가득 차 있다. 이러한 모든 위험한 충동은 존재하고 있다. 항상 존재하고 있다. 그러나 문화니, 상호 협정이니, 문명이니 하는 것이 그것들을 은폐해 버렸다. 사람들은 그런 충동을 밖에 드러내 보이지 않는다. 어렸을 때부터 그러한 충동을 은폐하고 부정하는 것을 배웠다.

그러나 모든 이러한 충동은 언젠가는 다시 표면에 드러나게 된다. 그 어떤 충동도 살아남아 있다. 어느 것도 죽여 버릴 수는 없다. 그 어느 것이나 영속적으로 영원히 변화시키거나 고상하게 길들지는 않는다. 그리고 이러한 충동의 어느 것이건 그 자체로서는 좋은 것이며, 어떤 것이 다른 어떤 것보다 나쁘다고 할 수는 없다. 다만 어느 시대나, 어느 문화에나 다른 충동 이상으로 두려움 받고 엄금 받는 충동이 있는 것이다.

그런데 이러한 충동이, 구원받지 못하고 다만 표면적으로 가까스로 억제되어 있던 자연력이 다시 깨어나고, 이러한 충동이 오랫동안 억압당하고 채찍질 당했던 노예의 불만 호소와 자연적 본성의 뿌리 깊은 열성으로 다시 울부짖고 날뛰게 될 때 카라마조프 형제가 태어난다. 어떤 하나의 문화가, 인간을 길들이려고 하는 어떤 하나의 시도가 지치고 동요하기 시작하면 이상을 가져오고, 히스테릭한 인간들이 점점 늘어난다. 그들은 기묘한 욕망을 일으키고, 사춘기의 청년이나 임신한 여인과 비슷해진다. 그들의 영혼 속에 무어라 형용할 수 없는 절박감이 일어난다. 그것은 낡은 문화와 도덕으로 보면 악이라고 말할 수밖에 없지만, 매우 강한 본능적인 소박한 소리로 말하기 때문에 일체의 선악이 의심스러워지고, 모든 법칙이 동요하게 된다.

카라마조프의 형제는 이러한 인간이다. 그들에게는 모든 법칙이 인습처럼 보이고, 모든 올바른 인간이 속물처럼 보이기 쉽다. 그들은 자유와 이상이 가지는 성질을 과대평가하기 쉬우며, 자기의 가슴속의 많은 목소리에 너무 매혹당하기 쉽다.

그러나 이들의 영혼 속의 혼돈에서 필연적으로 범죄와 혼란이 생겨야만 한다는 뜻은 결코 아니다. 폭발해온 근본적인 충동에 새로운 방향과 새로운 이름과 새로운 평가를 주라. 그러면 새로운 문화와 새로운 질서와 새로운 도덕의 근원이 부여된다. 이 지구상의 모든 문화의 발생이 모두 그러했다.

우리는 우리 내부의 근본 충동을, 우리 속의 동물을 죽일 수는 없다. 그것을 죽이면 우리 자신도 죽어버릴 것이다. 그러나 어느 정도 일깨우고, 진정시키고, 선에 봉사하게 할 수는 있다. 난폭한 말을 훌륭한 마차에 잡아매듯이. 다만 때때로 이 '선'의 광채가 낡아 버리고 쇠퇴해지면 충동은 이미 그것을 신뢰하지 않게 되고, 굴레에 얽매여 있기를 바라지 않게 된다. 그때 문화는 붕괴한다. 대개는 서서히. 마치 '고대'라고 불리는 문화가 사멸하는 데 수 세기가 필요했듯이.

그리고 사멸해가고 있는 낡은 문화와 도덕이 새로운 것으로 교체되지 않은, 그러한 불안하고 위험한 고통스러운 단계에 있어서 인간은 새삼스레 자기의 영혼 속을 들여다보고, 동물이 자기 자신 속에서 고개를 쳐드는 것을 보고, 또한 초도덕적인, 근원적인 힘의 존재가 자기 자신 속에 존재한다는 것을 승인해야만 한다. 그런 일을 하도록 판정되고, 선출되고, 그것을 이룰 만큼 성숙한 인간이 카라마조프의 형제인 것이다. 그들은 히스테릭하며, 위험하며, 쉽사리 금욕자禁欲者도 되고, 범죄자도 될 수 있다. 그들은 모든 신앙의 광적인 의혹 외에는 아무것도 믿지 않는다.

모든 상징에는 백 가지 해석이 있으며 그 어느 것이나 정당할 수 있다. 카라마조프의 형제에게도 백 가지 해석이 있다. 나의 해석은 단지 그중의 하나, 백 가지 해석 중의 하나일 뿐이다. 인류는 이 책 속에 일대 전환기에 있어서의 하나의 상징을 만들고 인류 자신의 상像을 세웠다. 마치 한 개인이 꿈속에서 자기 내부에서 서로 싸우고 화해하는 충동이나 힘의 모형 상을 만들듯이.

다만 한 사람의 인간이 〈카라마조프의 형제들〉을 쓸 수 있었다는 것은 기적이다. 이미 그 기적은 이루어졌다. 이제 다시 그 결과를 설명할 필요는 없다. 그러나 이 기적을 해석하고, 그 문장을 가능한 한 완전하게, 가능한 한 모든 면에서, 가능한 한 그 분명한 마법 전체에 걸쳐서 해독解讀해야 한다는 욕구, 매우 깊은 욕구는 충분히 존재한다. 나의 이 글은 그것을 위한 하나의 사색, 하나의 기여, 하나의 착상일 뿐, 그 이상의 것은 아니다.

내가 이 책에 대해서 표명하는 사상이나 착상이 모두 도스토옙스키 자신의 마음에 의식 되어 있었다고 전제하고 있는 것은 아니다! 아니, 그 반대로 아무리 위대한 예언자나 시인이라 하더라도 자기 자신이 본 환상을 그 궁극까지 해석하긴 어려울 것이다.

이 신비적인 소설, 이 인류의 꿈속에는 유럽이 밟고 넘어서며 있는 관문과 허무와 일체와의 사이의 불안하고 위험한 순간이 표현되어 있을 뿐만 아니라 새로운 것의 풍요한 가능성도 또한 곳곳에서 느껴지고 예감되고 있다는 것을 나는 마지막으로 암시해두고 싶다.

이런 점에 있어서 특히 이반이라는 인물이 경탄할 만한 사람이다. 우리는 그를 근대적이며 받아들이는 문명개화인으로서 얼마간 냉정하고, 얼마간 환멸을 느끼게 하고, 얼마쯤 회의적이며, 얼마쯤 피곤한 인간으로서 인식한다. 그러나 차츰 그는 더 젊고, 더 따스하고, 더 뜻깊고, 더 카라마조프적으로 된다. 그야말로 '대심판관'을 창작한 것이다.

그가 바로 형을 살인자라고 생각하고 그를 냉대하고 경멸하는 태도를 보이다가, 마침내 자기 죄를 깊이 느끼고, 자신을 탄핵하기에 이르는 인물이다. 그가 바로 무의식적인 것과 싸움의 영적인 과정을 가장 명확하고 뚜렷하게 체험하는 인물이다. (일체의 것은 무의식적인 것을 중심으로 하여 회전한다. 그것이 바로 몰락 전체의, 신생 전체의 의미이다!)

이 소설의 마지막 권에 극도로 기묘한 일 장章이 있다. 이반이 스메르자코프에게서 돌아와서 자기 방에 악마가 앉아 있는 것을 보고 한 시간쯤 대화를 나눈다. 이 악마가 바로 다름 아닌 이반의 무의식계無意識界인 것이다. 그의 영혼의 밑바닥에 오랫동안 잠겨 있어서 일견 잊혀 있던 내용이

동요되어 상층에 떠오른 것이다. 그도 그것을 알고 있다. 이반은 놀랄 만치 명확하게 그것을 알고 있고 명확하게 표현하고 있다. 그러면서도 그는 역시 악마와 대화를 하고, 또한 악마를 믿는다. 왜냐하면, 내적인 것은 또한 외적인 존재이기 때문이다. 그리고 그는 악마의 말에 성을 내고, 악마를 공격하고, 악마가 자기 자신의 내부에 있다는 것을 알면서도 악마를 향해 컵을 던지기조차 한다.

아마도 모든 문학 중에서 인간과 그 무의식계와의 대화가 이 이상 명확하고 생생하게 묘사된 적은 일찍이 없었을 것이다. 이 대화야말로 (온갖 분노에도 불구하고) 악마에의 몰입이야말로 바로 카라마조프 형제가 우리에게 제시해야 할 사명을 가진 길인 것이다.

이 도스토옙스키의 책에서는 아직 무의식계를 악마로서 표현하고 있다. 그것은 당연한 일이다. 왜냐하면, 우리의 내부에 있는 길들고 교화된 도덕적인 눈에는 우리의 내부에 있다가 추방당한 일체의 것은 악마적으로 추하게 보이기 때문이다. 그러나 만약 이반과 알료샤가 결합할 수 있다면 다가오게 될 새로운 것의 지반을 이룰 수 있을 것이며, 보다 높은 창조적인 입장이 틀림없이 생기게 될 것이다. 그렇게 되면 그 무의식계는 이미 악마가 아니라 신이면서 악마적인 것, 창조주, 태초부터 존재하며 미래의 일체를 생성하는 근원이 될 것이다. 선과 악을 새로이 정하는 것은 영원자인 조물주가 할 일이 아니라 인간과 인간의 더욱 작은 신들이 할 일이다.

또 제대로 하자면 그 책 속에서 항상 반쯤은 장막 속에 숨겨져 있지만, 기분 나쁜 주역主役을 맡은 다섯째의 카라마조프에 관해서 특별한 일 장一章을 써야 할 것이다. 그 사람은 바로 사생아인 카라마조프, 즉, 스메르자코프이다. 그는 노인을 살해한 사나이이다. 그는 신의 편재遍在를 확신하고 있는 살인자이다. 그는 박식한 이반에 대해서도 가장 신성한 것과 가장 기분 나쁜 것에 관해서 가르쳐 줄 수 있는 사나이이다. 그는 카라마조프의 형제 중에서 가장 생활능력이 없고, 동시에 가장 지식이 있는 사람이다. 그러나 가장 기분 나쁜 인물인 그를 이 작은 글 속에서 충분히 다룰 여지가 없다.

이 도스토옙스키의 책을 완전히 이해할 수는 없다. 같은 방향을 나타내고 있지만 새로운 특색을 나는 며칠이라도 찾고 발견할 수 있을 것이다. 다만 하나의 매우 아름다운 매혹적인 특색이 지금도 생각난다. 그것은 호프로코프 모녀의 히스테리이다. 여기에서는 카라마조프적 요소, 모든 새로운 것이나 병적인 것이나 나쁜 것의 전염이 두 가지 모습으로써 나타나 있다. 그 하나, 즉 모친인 호프로코프는 단순한 병일 뿐이다. 그녀의 본성은 아직도 오랜 재래의 것에 뿌리박고 있으며, 그녀의 경우 히스테리는 질병이며, 허약함이며, 어리석음에 지나지 않는다. 그에 반해서 훌륭한 딸에게 있어서는 히스테리의 형태로서 나타나 있는 것은 피로가 아니라 과잉이며 미래이다. 어린 시절과 사랑의 성숙기와의 사이의 괴로운 시기에 있는 그녀는 범용凡庸한 어머니보다도 훨씬 깊이 생각이나 환상을 죄악 속으로 뻗쳐 나간다.

그러나 딸의 경우 극도로 어이없는 일이나 나쁜 일이나 파렴치한 일조차도 풍성한 미래를 가리키는 순진함과 힘을 지니고 있다. 모친인 호프로코프는 요양소에 들어갈 자격이 충분한 히스테리 여인일 뿐 그 이상의 아무것도 아니다. 딸은 신경과민이긴 하지만 그 병은 다만 억압된 가장 고귀한 힘의 징후인 것이다.

그렇다고는 하지만 일개 인간의 머릿속에서 창조된 소설 속 인물의 영혼 속에서 일어나는 현상이 유럽의 몰락을 의미할 수 있을까!

확실히 그렇다. 마치 밝은 눈으로 바라보면 한 줄기의 봄 풀이 생명과 생명의 영원성을 의미하고, 11월의 나뭇잎의 흔들림이 죽음과 죽음의 필연을 의미하듯이. 혹은 '유럽의 몰락'이 단순히 내면적으로 이루어지고 있을 뿐일지도 모른다. 단순히 어떤 시대의 사람들의 마음속에서, 또한 다 낡아빠진 상징의 새로운 해석 속에서, 영혼의 가치 전환 속에서 이루어지는 것에 지나지 않을지도 모른다.

그와 마찬가지로 고대 문화, 즉 유럽 문화의 저 최초의 빛나는 결정은 네로에 의해서 멸망한 것이 아니며, 노예의 폭력적 해방자인 스파르타쿠스나 게르만인에 의해서 멸망한 것도 아니다. '오로지' 아시아에서 전래한 그 사상의 시초, 훨씬 전부터 존재하고 있었으나 당시는 예수의 가르침이라는 형태를 취한 단순 소박한 그 오래된 사상에 의해서 멸망된 것이다.

물론 우리는 〈카라마조프의 형제들〉을 문학적으로도, '예술작품으로서도' 관찰할 수가 있다. 한 대륙과 한 시대 전체의 무의식적인 힘이 일개의 예언적 몽상가의 꿈속에 응집되어 그것이 무서운 임종의 절규로서 새어 나왔다면 그 절규를 음악 교사로서 관찰할 수도 있다.

의심할 바 없이 도스토옙스키는 비상하게 천분이 있는 시인이었다. 그의 작품에는 여러 가지 기괴한 요소가 발견되기는 하더라도. 그런 요소는 예컨대 투르게네프 같은 견실하고 오직 시인일 뿐인 사람에게는 없는 것이다. 이사야는 정말 천분이 있는 시인이었다. 그러나 그런 것이 중요한 일일까?

도스토옙스키에게는, 특히 〈카라마조프의 형제들〉에게는 일반 예술가에게서는 결코 찾아볼 수 없는 특출한 몰예술적인 점이 있다. 그런 것은 예술의 피안彼岸에 설 때 비로소 나타나는 성질의 것이다. 그렇긴 하지만 이 러시아의 예언자는 예술가로서도 세계 일류의 예술가로서 여러 곳에 모습을 나타내고 있다. 도스토옙스키가 이미 그의 작품을 모두 써버린 당시의 유럽에 있어서 전혀 별개의 예술가가 유럽의 대시인으로서 통용되고 있었다는 사실을 생각하면 우리는 기묘한 느낌이 들게 된다.

그러나 이것은 본론에서 벗어난 이야기이다. 나는 이러한 세계적인 책은 그 예술성이 적으면 적을수록 그 예언은 아마도 더욱더 진실이라고 말하고 싶었다. 그러나 이 '소설', 우화, 〈카라마조프의 형제들〉의 '허구'는 실로 많은 것을, 그리고 의미 깊은 것을 말하고 있는데, 그것이 나에게는 단순한 장난기, 일개인의 허구이거나, 시인의 공상이라고는 생각되지 않는다. 그 예증例證으로 모든 것을 한마디로 말한다면 이 소설 전체의 주안점은 '카라마조프의 형제들에게는 아무 죄도 없다'라는 점에 있는 것이다.

이 카라마조프의 네 사람은 모두 아버지도 아들도 의심

스럽고 위험하고 헤아리기 힘든 인간들이다. 그들은 기묘한 발작과 기묘한 양심과 기묘한 무양심적 성격을 지니고 있다. 한 사람은 술주정뱅이이고, 한 사람은 여자를 밝히는 사람이고, 또 한 사람은 공상적인 세계 도피자이고, 한 사람은 신을 모독하는 비밀 문학 작가이다.

그들, 이 기묘한 형제들은 많은 위험을 의미하고, 다른 사람의 수염을 잡아 뜯고, 다른 사람들의 돈을 소비하고, 다른 사람들을 살해하겠다고 위협한다. 그러나 그들은 죄가 없고, 모두 실제로 아무것도 범죄를 저지르고 있지 않다. 이 긴 소설은 대부분을 살해와 약탈과 죄악만을 다루고 있지만, 그중에서 유일한 살인자들, 살인의 죄가 있는 무리는 검사와 배심원들뿐이다. 즉 오래되고 선량한 보증이 붙은 질서의 대표자들, 시민들, 나무랄 데 없는 사람들뿐이다. 그들은 죄 없는 드미트리를 판결하고, 그의 결백을 조소한다. 그들은 심판관이며, 그들의 법전에 따라 신과 세계를 비판한다. 더구나 바로 그들이야말로 잘못을 저지르고 있다. 그들이야말로 무서운 부정을 범하고 있다. 그들이야말로 옹졸하며 불안과 편협으로 살인자가 된다.

이것은 허구가 아니다. 전혀 문학적인 것도 아니다. 이것은 사람을 깜짝 놀라게 하려는 탐정소설가(도스토옙스키는 실제로 탐정소설가이기도 했다)의 허구의 기교도 아니고, 장막 뒤에서 사회 비평가 역할을 하는 현명한 작가의 풍자적인 기지도 아니다. 그런 것이라면 우리는 너무나 잘 알고 있다. 그런 어조는 우리도 익숙해져 있다. 우리는 이미 오래전부터 그런 것은 믿지 않게 되었다!

그러나 그런 것이 아니다. 도스토옙스키에게 있어서는 범죄인의 무죄와 심판자들의 죄과罪科는 결코 작가적인 빈틈없는 구성이 아니라 진정 무서운 것으로서, 정말 남몰래 극히 깊은 지하에서 발생하고 성장하는 것이므로 우리는 그야말로 갑자기 이 작품의 마지막 권에 이르러서야 비로소 이 사실에 직면하게 된다. 마치 철벽에 부딪힌 것처럼, 마치 온 세계의 고통과 불합리에 부딪힌 것처럼, 또한 인류의 모든 고뇌와 오해에 부딪힌 것처럼!

도스토옙스키는 본래 시인이 아니라고, 또는 부차적인 시인일 뿐이라고 나는 말했다. 나는 그를 예언자라고 불렀다. 예언자란 대체 무엇을 의미하는가, 그것을 한마디로 말하기는 곤란하다.

나는 이렇게 생각한다. 예언자는 병자라고. 실제로 도스토옙스키도 히스테리 환자였고, 거의 간질 환자였었다. 예언자란 자기 보존을 위한 건강하고 유용한 감각을, 또한 모든 시민적인 덕의 정수를 잃어버린 병자이다. 그런 인간은 많이 있어서는 안 된다. 세계가 지리멸렬될 것이기 때문에. 이런 종류의 병자는 그의 이름이 도스토옙스키건 카라마조프이건 저 기이하고, 은밀하고, 병적이며, 신성한 능력을 지니고 있다.

아시아인들은 대개 광인에게는 그런 능력이 있을 수 있다고 생각하고 존경한다. 그는 점술가이며, 현자이다. 다시 말해서 한 국민, 한 시대, 한 나라, 또는 한 대륙이 그들 자신의 하나의 기관器官, 하나의 촉각으로써 만들어 낸 것이다. 그것은 희귀하고, 매우 민감하고, 매우 고귀하고, 매우 고뇌하는 능력을 지닌 기관이며, 다른 사람들은 그런 것을 지니고 있지 못하다. 다른 사람들에게는 행복하게도 그런 기관이 발달하지 않은 것이다.

이 촉각, 이 점술적 감각을 어리석은 텔레파시나 마술의 일종이라고 통틀어 생각해서는 안 된다. 물론 그런 능력은 그와 같은 괴상한 형태로 나타나는 일도 있긴 하지만 오히려 이런 종류의 '병자'는 자기 자신의 영혼의 움직임을 보편적인, 인류적인 것으로 대치하는 것이라고 해석해야 할 것이다.

인간은 누구나 환상과 공상, 꿈을 지니고 있다. 그리고 한 인간의 환상이나 꿈이나 착상이나 사상은 모두 무의식적인 것에서 의식화에 이르는 길 위에서 무수한 각기 다른 해석을 내릴 가능성이 있으며, 또한 그 어느 해석이나 올바를 수 있다. 예언자나 선지자는 자기의 환상을 개인적으로는 해석하지 않는다. 그의 가슴을 억누르는 몽마夢魔는 그에게 그 개인의 질병이나 죽음에 그의 주의를 환기하지 않고, 전체의 병이나 죽음에 그의 주의를 환기한다. 그는 전체의 기관으로서, 또 촉각으로써 사는 것이기에. 그 전체란 가족이나 당파나 국민일 수도 있고, 전 인류일 수도 있다.

도스토옙스키의 영혼 속에서는 우리가 보통 히스테리라고 부르고 있는 것이, 일종의 질병이나 고뇌의 능력이 인류를 위한 기관으로써, 지침으로서, 또 잣대의 역할을 다했다. 인류는 그것을 알아차리기 시작하고 있다. 이미 유럽의 절반, 적어도 유럽의 동반분東半分은 혼돈의 길을 가고 있으며, 성스러운 광상狂想에 취해 심연을 따라 나아가면서 노래를 부르고 있다. 드미트리 카라마조프처럼 술에 만취한 채 찬송가 조로 노래를 부르고 있다.

그런 노래를 듣고 시민들은 기분 나빠하며 웃고, 성자나 예언자는 눈물을 흘리며 그것을 듣는다.

도스토옙스키의
〈백치〉수상 隨想

  흔히 도스토옙스키의 '백치', 레프 무이시낀 공작은 예수
와 비교되곤 한다. 물론 그렇게 할 수는 있다. 불가사의한
하나의 진리에 사로잡혀서 사색과 생활을 이미 구별하지
못하고, 그 때문에 주위에 둘러싸인 속에서도 고립되고, 모
든 사람에게 적으로 돌림 당하는 인간은 누구나 예수와 비
교할 수 있다.

  그런 점 말고는 무이시낀과 예수와의 유사점은 그리 현
저하게 생각되지 않는다. 다만 무이시낀의 경우 또 하나의
특징, 물론 중요한 하나의 특징이 예수적인 것으로서 나에

게는 주목된다. 그것은 그의 수줍은 순결이다. 성과 생식에 대한 은밀한 두려움은 '역사적'인 예수, 복음서의 예수에게 서 빼어놓을 수 없는 특징이며, 그것은 또한 그의 현세의 사 명과도 뚜렷이 연결된 것이다. 르낭의 예수전과 같이 극히 피상적인 예수상像에서조차 이런 특징은 빠져 있지 않다.

그러나 이상하게도 무이시낀과 그리스도와의 끈질긴 비 교는 전혀 나의 공감을 끌지 않음에도 불구하고 나도 이 두 개의 상像을 무의식적으로 연결 짓고 있음을 알게 된다. 그 것을 내가 깨닫게 된 것은 꽤 오래된 후부터이다. 그것도 사소한 유사점 때문이다.

어느 날 '백치'에 대해서 생각하고 있을 때 그에 대해 내 가 맨 처음 생각하는 것은 언제나 얼핏 보기에 그리 중요하 지 않은 지엽적인 사항에 대해서라는 것을 알게 되었다. 그 를 생각할 때 마음속에 번개처럼 떠오르는 그의 모습은 언 제나 특이하면서도 그 자체로서는 별 의미가 없는 부차적 장면에 서 있는 그의 모습인 것이다.

내가 구세주를 생각할 때에도 역시 마찬가지이다. 그 어 떤 연상聯想이 나에게 '예수'를 생각하게 할 때, 또는 귀나 눈을 통해 예수라는 말에 접할 때 불현듯 한 최초의 순간에 내가 느끼는 것은 결코 십자가 위의 예수, 또는 황야의 예 수, 또는 기적을 행하는 예수, 또는 부활한 이로서의 예수가 아니라, 겟세마네 동산에서 고독한 최후의 잔을 들고 있는 순간의, 임박한 죽음에의 고통과 더욱 높은 신생의 고통에 영혼을 찢기고 있는 순간 예수의 모습이다. 그가 가련한 소년처럼 최후의 위안을 찾아 제자들을 돌아보며, 다만 얼마라도 따뜻함과 인간과의 접촉과 일시적인 고운 위로의 말을 그의 절망적인 고독의 한가운데서 얻으려고 하는. 그런데 그 제자들은 모두 잠들어 있는 것이다. 그런 예수의 모습이다.

그들은 모두 누워서 잠들어 있다. 정직한 베드로도, 귀여운 요한도, 이 선량한 자들은 모두 잠들어 있다. 예수는 선의와 애정으로써 항상 그들을 지나치리만치 신뢰하고 있었다. 이들에게 예수는 그의 사상, 아니 사상 일부를 전해주었다. 마치 그들이 그의 말을 이해하기라도 한 듯이, 그의 사상을 실제로 그들에게 전하고, 그들의 공감을 환기하고, 이해와 친근감과 연대감 같은 것을 그들에게서 발견할 수 있기라도 한 것처럼.

지금 견딜 수 없는 고뇌의 순간에 그는 이들 친구 쪽을, 그가 가지고 있는 유일의 것들 쪽을 돌아보았다. 그리고 그는 완전히 마음을 열고, 완전히 인간이 되고, 고뇌하는 자가 되어 있었으므로 그는 이제까지의 어느 때보다도 그들과 친근할 수 있었고, 제자들의 어떤 어리석은 말에서도,

어떤 미적지근한 태도에서도 위안과 격려 같은 것을 느낄
수가 있었으리라. 그런데 그 제자들은 지금 깨어 있지 않
다. 그들은 잠들어 코를 골고 있다.

이 무서운 순간이 어떤 경로를 통해서인지 모르나 극히
어린 시절부터 이미 내 마음속 깊이 아로새겨져 있었다. 그
리고 앞서 말했듯이 예수를 생각하면 언제나 영락없이 이
순간의 기억이 떠오르는 것이다.

무이시낀의 경우 그것과 대응하는 것은 이런 점이다. 내
가 그를, 즉 '백치'를 생각할 때 우선 뇌리에 떠오르는 것은
똑같이 얼핏 보기에 그리 중요하지 않은 순간들이다. 또한,
그것은 똑같이 믿기지 않으리만치 완전한 고립, 비극적인
고독의 순간이다. 내가 말하는 장면은 파브로스브크시市의
레베제프네 집으로서, 공작이 며칠 전 간질 발작에서 치유
되어 예판틴네 전 가족의 방문을 받았던 저녁때의 일이다.

그때 이 밝고 우아한 (하긴 이미 은밀한 긴장감과 답답함을 내포
하고 있었는데) 이 모임 속에 갑자기 젊은 혁명가와 허무주의
자들이 들어온다. 수다쟁이 청년인 히포리트가 이른바 그
가 말하는 '파브리체프의 아들'이며, '권투가'며, 그 밖의 패
들과 들이닥쳤다. 이 불쾌하고, 언제나 혐오스럽고, 언제
읽어도 얼마쯤 화가 치밀고 메슥메슥해지는 장면. 편협하
고, 올바르지 못한 길에 빠져버린 청년들이 갈팡질팡하는

악의를 드러내고, 마치 휘황하게 조명이 비치는 무대에라
도 서 있듯이 끔찍하고도 적나라하게 드러내놓고 우뚝 서
있는 장면.

그리고 그들의 말 한마디 한마디가 한편으로는 그것이
선량한 무이시낀 공작에게 미치는 고통 때문에, 또 한편으
로는 말하는 사람 자신이 그것으로써 드러내고 희생시키
는 잔혹성 때문에 우리를 이중으로 슬프게 한다. 이 기묘하
고, 잊히지 않는, 그러나 소설 자체 속에서는 그다지 중요
하지도 않고, 역점도 주어져 있지 않은 장면을 나는 가리키
는 것이다.

한편에는 사교적인 집단, 우아한 사람들, 부자, 세도가,
보수주의자들, 다른 편에는 반항과 인습에 대한 증오밖에
는 알지 못하며, 격렬하고 난폭한 청년들, 되돌아볼 줄 모
르며, 무례하고 야만적이며, 이론적으로는 합리주의이면
서도 말할 수 없이 우둔한 청년들. 이 양 파 사이에서 공작
은 고립되고 드러내어져, 양편으로부터 비판의 눈과 극도
의 긴장으로써 관찰당한다.

그리고 이 장면은 어떻게 끝나는가. 즉 그 마지막은 이렇
다. 무이시낀은 흥분하여 두세 가지 자그마한 잘못을 범하
긴 하지만, 완전히 선량하고 다정하고 어린이 같은 성질에
따른 태도를 보여, 견디기 어려운 것을 미소로써 감수하고,

극도로 파렴치한 일에 대해서도 몰아적沒我的으로 대답하고, 모든 죄를 자신에게 구하고, 자신이 짊어지려 하는 것이다. 그리고 그 때문에 그는 완전히 설 자리를 잃고 경멸당한다. 그것도 어느 한쪽 파에게서 그렇게 당하는 것이 아니다. 노인을 적대시하는 청년들에게서 그렇게 당하는 것도, 그 반대도 아닌 그 양쪽 모두에게서 그렇게 되는 것이다! 모든 사람이 그에게 등을 돌린다. 그는 모든 사람의 감정을 상하게 한 셈이 되었다. 일순간에 계급이나 나이나 주의 등의 극단적인 양 파의 대립도 없어져 버리고, 모든 사람은 분노와 흥분으로써 그들 중의 유일한 순수한 사람을 버리기로 의견이 일치한다. 완전히 일치한다.

이 백치가 다른 사람들의 세계에 함께 섞여들 수 없는 것은 무엇 때문일까. 왜 아무도 그를 이해하지 못하는가. 거의 모든 사람이 그 어떤 형태로든 그를 사랑하고 있고, 그의 온유한 마음씨는 모든 사람에게 호감을 주고, 아니 오히려 때로는 모범적으로 생각되는데도. 그 무엇이 이 이상한 인물을 다른 사람들, 보통 사람들로부터 거리를 두게 하는가. 그들이 그를 배척하는 게 왜 정당한가. 왜 그들은 꼭 그래야만 하는가. 왜 그는 마침내는 세상 사람들에게서 뿐 아니라, 제자들에게서도 버림받은 예수와 똑같은 경우를 당해야만 하는가.

그것은 이 백치가 다른 사람들과는 동떨어진 생각을 하고 있기 때문이다. 그렇다고 그의 생각이 다른 사람들보다 논리적이 아니거나, 다른 사람들보다 어린이 같은 연상을 한다거나 하기 때문은 아니다. 그의 사고방식은 내가 '마술적' 사고라고 부르는 바로 그것이다. 이 유순한 백치는 다른 사람들의 생활과 사고와 감정 전체를, 그리고 세계와 현실 전체를 부정한다. 그에게 있어서의 현실은 다른 사람들의 그것과 완전히 별도의 것이다. 다른 사람들의 현실은 그에게 있어서 전혀 그림자 같은 것이다. 그는 전혀 새로운 현실을 보고 또한 요구한다는 점에서 그들의 적이 된다.

양자 사이의 구별은 다른 사람들이 권력이나 금전, 가족이나 사회 질서 등의 가치를 존중하지만, 그는 그런 것들을 존중하지 않는다는 점에 있는 것이 아니다. 또한, 그는 정신적인 것을 대표하고, 다른 사람들은 물질적인 것, 또는 그 밖에 어떤 명칭을 붙이건 그런 것들을 대표한다는 것도 아니다. 결코, 그런 것이 아니다.

이 백치에게도 물질적인 것은 존재한다. 그가 그런 것을 남들만치 중요시하지 않을 뿐이지 그것의 의의는 어디까지나 인정하고 있다. 그의 요구나 이상은 금욕적·인도印度적인 것이 아니며, 또한 자기만이 진정한 현실이라고 생각하고 자기만족에 빠져 있는 '정신'의 편이 되고, '물질'이라는 외견만의 현실 세계에서 이탈하는 일도 아니다.

아니, 자연과 정신의 양쪽의 권리에 대하여, 양자 간 상호작용의 필요성에 대하여 무이시낀은 어디까지나 다른 사람들과 의견을 함께할 수 있을 것이다. 다만 자연과 정신이라는 두 세계가 함께 존립하고 똑같은 권리를 갖는다는 것이 다른 사람들에게는 지성의 명제라고 한다면, 그에게 있어서는 그것이 생명이며 현실이다. 이것만으로는 아직 분명하지 않다. 좀 더 다른 표현을 시도해 보자.

무이시낀은 '백치'로서, 또한 간질 환자로서(그러나 한편으로는 매우 총명한 사람이기도 한데) 다른 사람들보다 '무의식의 세계'에 훨씬 가깝고 밀접한 관계를 맺고 있다는 점에서 다른 사람들과 구별된다. 그에게 있어서 최고의 체험은 몇 번인가 경험한 적이 있는 최고의 민감함과 통찰에 넘친 그 반 초 동안이다. 즉 그는 일순간 동안, 번개처럼, 이 세상에 존재하는 일체의 것과 동화하고, 일체의 것을 공감하고, 일체의 것을 연민하고, 일체의 것을 이해하고 긍정할 수 있는 마술적인 능력을 획득하게 된다. 거기에 그의 본질의 핵심이 있다. 그는 마술이나 신비적인 지혜를 책에서 읽어 알게 된 것도 아니고, 연구해서 감탄한 것도 아니며, 극히 드문 어떤 순간의 것이긴 하지만 실제로 체험했다.

그는 진기하고 뚜렷한 사상이나 착상을 가졌을 뿐만 아

니라 한 번 내지 여러 번 일체의 것이 긍정 받는 불가사의 한 한계에 섰던 적이 있었다. 그곳에서는 또한 가장 동떨어진 사상이 진실일 뿐만 아니라 그러한 사상 반대의 것 또한 진실이다.

이것이 이 인물에게 있어서 무서운 점이며 또 다른 사람들로부터 두려움을 받는 점이기도 하다. 그는 전혀 고립된 것도 아니며, 전 세계가 그를 적대하고 있는 것도 아니다. 그곳에는 때때로 그를 감정적으로 이해하고 있는 몇 사람의 극히 의심스럽고, 극히 위험한 처지에 놓여 있는 위험한 사람들이 있다. 즉 로고진과 나스타샤이다. 그는, 극히 순진하며 유화한 어린이인 그는 범죄인과 히스테리 여자에게서 이해받는다. 그러나 이 어린이는 결코 겉으로 드러난 모양처럼 유화하지는 않다. 그의 순진함은 해가 없는 순진성이 아니다. 사람들이 그에 대해 두려워하는 것도 당연한 일이다.

나는 앞서 말했었다. 백치는 때때로 모든 사상에 대해 그 반대도 진실이라고 느껴지는 한계에 섰던 적이 있었다고. 다시 말해서 그는 어떠한 사상이나 법칙이나 특징이나 조직도 오직 하나의 극極에서 볼 때 진실로 정당하다는 것을 감지하고 있다. 그리고 모든 극에는 그 반대의 극이 있다. 세계를 관조하고 질서를 부여하는 하나의 극을 정하고, 하나의 입장을 수립하는 것이 모든 조직과 문화와 사회와 도덕의 첫째 기초이다. 정신과 자연, 선과 악을 단 일순간이라도 뒤바꿀 수 있다고 느끼는 자는 모든 질서의 가장 무서운 적이다. 왜냐하면, 그로부터 질서의 반대인 혼돈이 시작되기 때문이다.

무의식의 세계, 즉 혼돈으로 후퇴하는 사고방식은 모든 인간적인 질서를 파괴한다. '백치'에 대해서 어떤 때는 "그 대화 속에서 그는 진실밖에 말하지 못한다, 그 이상의 것은 말하지 못한다, 불쌍한 일이다!"라는 비평을 받는다. 정말 그렇다. 모든 것이 진실이며 모든 것이 긍정 받는다. 세계에 질서를 부여하고, 목적을 관철하고, 법률, 사회, 조직, 문화, 도덕 등을 가능케 하기 위해서는 그러한 긍정에 대립하는 부정도 필요하다.

세계가 대립적으로 선과 악으로 분류되지 않으면 안 된다. 설령 모든 부정이나 금지의 최초 정립 방법이 멋대로 된 것이었건 간에 일단 그것이 법칙이 되고, 실지로 시행되고 모든 사고방식과 질서의 기초가 된 이상 그것은 신성한 것이다.

인간의 문화에서 본 최고의 현실은 이처럼 세계가 명암, 선악, 가부로 분류되어 있다는 점이다. 그러나 무이시낀에게 있어서의 최고의 현실은 모든 규정은 전환할 수 있다는 것, 극과 대극이 똑같은 정당성으로서 존재한다는 불가사의한 체험이다. 요컨대 '백치'는 무의식의 세계의 모권母權을 확립하고 문화를 지양하는 자이다. 그는 법률의 패찰牌札을 파괴하지 않는다. 다만 그것을 뒤집어서 뒷면에는 그 반대의 것이 씌어 있다는 것을 보여줄 뿐이다.

이러한 질서의 적, 이 무서운 파괴자가 범죄자로서 등장하지 않고, 순진함과 우아함, 선량한 성실성과 무아無我의 좋은 성품을 지닌 사랑스럽고 내향적인 인간으로서 등장하고 있다는 점이 바로 이 무서운 책의 비밀이다. 도스토옙스키는 깊은 감정에서 인물을 병자로서 간질 환자로서 나타냈다. 새로운 것, 무서운 것, 불확실한 미래의 대표자, 예감된 혼돈의 선구자는 모두 도스토옙스키에게 있어서는 병자이며 회의에 찬 인물이며, 죄를 짊어진 인간이다. 다시 말해서 로고진이 그렇고, 나스타샤도 그렇고, 후에 그려진 네 사람의 카라마조프 형제들이 그렇다. 모두 정상 궤도에서 벗어난, 이상한 예외적 인물로서 그려져 있는데, 우리는 그들의 탈선과 정신병에 대해서, 마치 아시아인들이 광인에 대해 품고 있어야 한다고 생각하는 것 같은 일종의 신성한 존경을 느끼게 되는 것이다.

그런데 가장 주목해야 할 일, 기이한 일, 가장 중요하고 운명적인 일은 결코 1850년~60년대의 러시아의 어느 곳에서 한 사람의 간질 환자가 이러한 공상을 하고, 이러한 인물을 창조했다는 사실이 아니다. 중요한 점은 이 책이 30년 이래로 유럽의 청년들에게 더욱더 중대한 예언적인 책으로서 느껴져 오고 있다는 사실이다. 기이한 것은 우리가 이러한 도스토옙스키의 범죄자나 히스테리 환자나 백치에게서 다른 인기소설 속의 범죄자나 어리석은 사람들과는 전혀 다른 느낌을 받는다는 것, 우리가 그에게 은근한 이해와 기묘한 사랑을 느끼고, 우리가 우리들 자신 속에 이들 인간과의 동질 유사점을 발견하게 된다는 사실이다.

그것은 우연에서 오는 것이 아니다. 또한, 도스토옙스키의 작품의 외면적인 점이나 문학적 기교에서 연유하는 것도 아니다. 그에게는 놀랄 만한 갖가지 특색이 있으나 오늘날 이미 고도로 발달한 무의식의 심리학을 그가 앞장섰었다는 것만을 생각해 보라. 그의 작품은 고도의 식견과 기교의 현현顯現으로서, 또한 근본적으로 우리가 익숙해져 있는 세계의 예술적 재현으로서 우리에게 찬탄 받는 것은 아니다.

우리는 그의 작품을 예언적인 것으로서, 즉 수년래로 유럽을 외면적으로 사로잡고 있는 해체와 혼돈을 미리 투영한 것으로서 느끼는 것이다. 그렇다고 이 작가가 그런 인물의 세계가 하나의 이상적인 의미로서의 미래상이라는 뜻은 아니다. 아무도 그렇게 느끼는 사람은 없을 것이다. 아니, 우리는 무이시낀이건 그 밖의 어떤 인물이건 '너는 그렇게 돼야 한다'는 의미로서의 모범성을 느끼지는 않는다. 다만 '우리는 이곳을 통과해야만 한다. 이것이 우리의 운명이다'라는 의미에서의 필연성을 느끼는 것이다.

미래는 불확실하다. 그러나 여기 제시된 길은 틀림이 없다. 그것은 영적인 새로운 입장을 의미하고 있다. 그 길은 무이시낀을 넘어서 가며, '마법적인' 사고와 혼돈의 수용受容을 요구한다. 또한, 질서 이전의 세계로의 복귀를 무의식으로의, 무형체로의, 동물로의, 더 나아가 동물보다도 훨씬 소급한 상태로의 귀환, 일체의 시초로 복귀를 요구한다. 그렇다고 그것은 결코 그곳에 머물러 있거나, 동물이나 원시적인 진흙이 되기 위해서가 아니다. 그곳에서 새로운 방향을 잡고, 우리의 존재의 근원에서 잊혀 있던 충동과 발전의 가능성을 발견하고, 새로운 창조와 가치와 세계의 분할을 하기 위해서이다.

그 길을 발견하는 방법을 우리에게 가르쳐주는 것은 어떤 '주의'의 강령綱領도 아니다. 어떠한 혁명도 그곳에 이르는 문을 열어주지는 않는다. 각자 혼자서 자신의 힘으로 그 길을 걸어가야 한다.

우리 누구나가 생애의 한때는 재래의 온갖 진리가 끝나

고 새로운 진리가 시작되는 무이시낀적인 한계선에 서야할 것이다. 우리 누구나가 일생에 한순간은 무이시낀이 통찰의 광명을 얻었던 수 초간을, 또한 도스토옙스키 자신이 사형집행에 직면하고 거기서 부활하여 예언자의 눈을 얻었던 그 생애 최대의 수 초간에 체험했던 것과 똑같은 것을 자신 속에서 체험해야 할 것이다.

도스토옙스키의
불가사의

    도스토옙스키에 대해서는 새로운 것을 말할 여지가 없
다. 그에 대해서 말할 수 있는 재치 있는 말이나 적절한 말
들은 이미 다 말해졌고, 그것들은 말해질 당시에는 모두 새
롭고 생기를 띠고 있었으나 이제는 해가 지나 낡아 버린 것
들뿐이다.

    그러나 도스토옙스키 본인의 그립고도 두려운 모습은
우리가 고뇌와 내성으로써 그에게 접근할 때마다 항상 새
로운 신비와 수수께끼에 싸여 우리 앞에 나타나곤 한다.

    저 라스꼴리니꼬프(도스토옙스키의 작품 〈죄와 벌〉의 주인공)를 읽고 소파 위에서 망령의 세계가 자아내는 기분 좋은 전율에 잠기는 시민은 이 시인의 진정한 독자가 아니다. 또 그의 소설에 그려진 심리를 감탄하고, 그의 세계관에 대해 멋진 팸플릿을 쓰는 학자나 재인才人도 그의 진정한 독자는 아니다.

우리가 도스토옙스키를 읽지 않으면 안 되는 것은 우리가 비참해졌을 때이다. 우리가 고통에 견딜 수 있는 한도까지 괴로워하고, 생의 일체를 타는 듯한 하나의 상처처럼 느낄 때이다. 우리가 절망을 호흡하고, 암흑의 지옥에 침몰할 때이다. 그리고 우리가 이 비참 속에서 무감각하게 외로이 생의 모습을 바라보며, 그 격렬할 만치 아름답고 두려움에 떨면서 이미 생의 의미를 파악하지도 못하고, 이미 생이 아무것에도 관여하려 하지 않을 때, 그럴 때 우리의 귀는 이 두렵고도 훌륭한 시인의 음악에 대해 열리는 것이다.

그때 우리는 이미 관중도 아니고, 이미 애독자도 비평가도 아니다. 그때 우리는 그의 작품 속의 불쌍한 악마들의 형제이며, 그들의 괴로움을 괴로워하고, 그들과 함께 속박당하고, 호흡마저 쉬지 못하고서 생의 소용돌이와 죽음의 영원한 맷돌을 들여다보게 된다. 그리고 그와 동시에 우리는 도스토옙스키의 음악, 그의 위로, 그의 사랑에 귀를 기울이고, 비로소 저 소름 끼치는, 흔히 지옥의 모습처럼 보이는 그의 세계의 불가사의한 의미를 체득하는 것이다.

이 문학에서 우리를 사로잡는 것은 두 가지 힘이다. 다시 말해서 두 개의 원소, 두 개의 극의 동요와 대립으로부터 그의 음악의 신비적인 깊이와 힘찬 확산이 생기는 것이다.

그 하나는 절망이며, 악에 대한 감수이다. 인생의 잔혹한 잔인성과 야만성과 불신성에 대한 체념이며 무저항이다. 언젠가 한 번은 이 죽음을 뚫고 나가야 한다. 이 지옥에 발을 들여놓아야 한다. 그래야만 이 거장의 또 하나의 천상의 목소리가 진정으로 우리들의 귀에 들려오는 것이다. 우리들의 존재와 인간성은 가련하고 위태롭고, 아마도 절망적인 것이라는 솔직하고 분명한 고백은 다시 말해서 전제이다.

우리는 고뇌와 죽음에 몸을 내맡겨야 한다. 적나라한 현실의 끔찍한 적의에 찬 모습이 우리의 눈을 얼어붙게 하는 듯한 경계를 지나가야만 한다. 그래야만 우리는 또 하나의 목소리의 깊이와 진실을 받아들일 수 있다.

그 첫째 목소리는 죽음을 긍정하고 희망을 부정한다. 우리는 자칫하면 우리 마음에 아부하는 시인의 작품을 손에 들고, 고의로 인간 존재의 위험과 공포에 눈을 감으려 하지만, 그러한 시인의 작품에 수반하는 사상의, 또는 문학상의 모든 미화와 가식을 이 목소리는 포기한다.

그러나 둘째의 목소리, 도스토옙스키의 문학에서 진정한 천상의 것인 둘째의 목소리는 또 다른, 이 세상의 것이 아닌 방면에서 죽음과는 다른 요소, 하나의 별개의 현실, 별개의 실재를 우리에게 보여준다. 그것은 즉 인간의 양심이다. 인간의 모든 모습이 싸움이며, 고뇌이며, 비천이며, 추악이라 하더라도 그 외에도 또 하나의 것이 있다. 즉 신과 얼굴을 마주하는 인간의 능력, 양심이 존재하는 것이다. 물론 양심도 우리에게 고뇌와 죽음의 고통을 뚫고 가게 하는 것이다. 그리고, 비참과 죄의 상태로 우리를 이끌어 가는 일도 있다. 그러나 양심은 견딜 수 없는 외로운 무의미의 세계에서 우리를 탈출하게 한다. 우리를 인도하여, 의미와 본질과 영원에 관계 짓게 하는 것이다. 양심은 도덕이나 법률과는 아무 상관도 없다. 그런 것들과 무서운, 생사를 건 싸움조차 하는 일도 있는 것이다. 그러나 양심은 무한히 강하다. 나태보다도 강하다. 자기 자신의 이익을 꾀하는 마음보다도 강하며, 허영보다도 강하다. 그것은 비참의 밑바닥, 미혹과 깨달음의 끝에서도 항상 하나의 좁은 통로를 펼쳐 보인다. 그것은 사람을 죽음의 먹이가 되는 세계로 데리고 가는 것이 아니라, 그 세계를 넘어서 신에게로 이끌어가는 것이다.

인간이 그 양심으로 되돌아가게 하는 길은 험난하다. 거의 사람 대부분이 이 양심을 등지고 생활하며, 무리하게 거역하고, 자기의 마음에 더욱더 무거운 짐을 지게하고, 그리고 질식한 양심 때문에 멸망한다. 그러나 어떤 사람에게도 항상 고뇌와 절망 너머로 생을 의미 있게 하고, 죽음을 쉽게 하는 조용한 길이 열려 있다. 어떤 사람은 자기의 양심을 짓밟고, 온갖 지옥을 체험하고, 온갖 악업에 몸을 더럽히게 되지만 마침내는 한숨지으며 그 미혹과 깨달음을 느끼고, 전신轉身의 시간을 체험하게 된다.

또 어떤 사람들은 처음부터 자기의 양심과 친밀한 관계를 유지하며 살아간다. 그들은 극히 드문 행복하고 성스러운 사람들로서 그들에게 어떤 일이 일어나든 그것은 오직 그들의 외부를 적실뿐이다. 그들의 마음은 그것에 의해서 손상당하지 않는다. 그들은 항상 청순하다. 그들의 얼굴에서는 미소가 사라지지 않는다. 무이시낀 공작은 그런 사람 중의 하나이다.

이 두 개의 목소리, 이 두 개의 가르침을 그는 그가 그의 저서의 올바른 독자였을 때, 즉 절망과 고뇌에 사로잡혀 그의 저서에 매달렸을 때 도스토옙스키에게서 들었다.

나에게 그와 똑같은 체험을 준 예술가가 또 한 사람 있다. 그는 음악가이며, 내가 항상 그를 사랑하고 그를 들으려는 마음이 되는 것은 아니다. 마치 내가 항상 도스토옙스키를 읽을 마음이 되지는 않는 것과 마찬가지로. 그는 베토벤이다. 그는 행복과 지혜와 조화에 관한 지식을 지니고 있다. 그러나 그러한 조화나 지혜는 평탄한 길에서 발견할 수 있는 것이 아니라 심연에 연沿한 길에서만 빛나고 있다.

그것을 사람들은 미소 지으며 꺾을 수는 없다. 다만 눈물에 젖고, 고뇌에 지친 후라야 꺾을 수 있다. 그의 심포니, 그의 4중주곡에는 진정한 비참함, 안타까움 속에서 무한히 절실하게 어린이답고, 또한 다정하게 그 어떤 것이 빛을 내며 나타나는 듯한 곳이 있다. 그 어떤 것이란 다시 말해서 의의에의 예감이며, 구원에 관한 하나의 지식이다. 이러한 곳의 모든 것을 나는 도스토옙스키에게서도 발견하는 것이다.

Chapter 5

행복을 위하여

Hermann Hesse

나의
신앙

 나는 평론을 쓸 때 기회가 있을 때마다 신앙 고백을 했을 뿐만 아니라 한 10여 년 전에도 자신의 신앙을 책으로 기록하고자 시도해 본 적이 있었다. 그 책은 〈싯다르타〉라는 제목으로서, 그 신앙의 내용은 인도의 대학생들과 일본의 승려들에 의해 자주 검토되고 논의도 되었으나 기독교를 믿는 동료들에 의해서는 그것이 이루어지지 않았다.

 나의 신앙이 이 책에서 인도의 이름과 인도의 얼굴을 지닌 것은 우연한 일이 아니다. 나는 종교를 두 가지 형태로 체험했다. 하나는 신앙심 깊고 성실한 프로테스탄트교도

의 아들과 손자로서, 또 하나는 인도의 계시啓示 독자로서
이다. 그 계시 중에서도 나는 〈우파니샤드〉(바라문교의 성전
聖典와 〈바가봐드 기타〉('신의 노래'라는 뜻의 인도의 철학서), 그리
고 석가모니의 설법을 가장 위대한 것으로 생각한다.

　내가 순수하고 활발한 기독교 속에서 성장하면서도 나
자신의 종교성에 대한 최초의 자극을 인도의 형태로써 체
험했다는 것도 우연은 아니었다. 나의 부모는 물론 외조부
도 평생 인도에서 기독교를 전도하는 데 종사했다. 나의 외
사촌 동생과 나에게서 비로소 여러 가지 종교 간에 하등의
서열이란 존재치 않는다는 인식이 나타났지만, 이미 아버
지와 어머니, 그리고 외조부의 내면에도 인도의 신앙 형식
에 대한 풍부하고도 상당히 근본적인 지식이 깃들어 있었
을 뿐만 아니라, 또한 이런 인도의 형식에 대해 절반쯤밖에
표명되지는 않았지만, 어쨌든 공감을 나타내고는 있었다.
나는 이러한 정신적인 인도 종교를 기독교와 똑같이 어린
시절부터 흡수하고 함께 체험해 왔었다.

　이에 반해서 나는 기독교를 유일하고 완고하며, 내 생활
에 배어드는 듯한 형식으로 체득하게 되었는데, 그것은 오
늘날에는 이미 구식이 되어버리고, 거의 사라져 버린 취약
하고 덧없는 형식이었다. 다시 말해서 경건주의의 색채를
띤 프로테스탄트교도로써 기독교를 알게 되었는데 그 체

험은 깊고도 강력했다. 왜냐하면, 나의 조부모와 부모의 생활은 완전히 신의 나라에 의해서 규정되고, 신에게 바쳐지고 있었기 때문이다.

인간이란 자기의 생명을 신으로부터 받은 것으로 보고, 생을 이기적인 충동에 의해서가 아니라 신에 대한 봉사와 희생으로서 살아가도록 노력한다는 것, 그것은 내가 어린 시절에 물려받고 체험한 최대의 것이었고, 나의 일생에 강한 영향을 주었다.

나는 '세상'과 세상 사람들을 한 번도 극히 진지하게 대하지는 않았고, 나이가 듦에 따라 점점 더 진지하게 대하지 않게 된다. 그러나 이러한 나의 양친으로부터 체험된 기독교는 살아 있는 생활로서, 봉사와 희생, 공동체와 사명으로서, 매우 위대하고도 귀했다고는 할지라도 내가 어렸을 때 친숙했던 기독교의 종파적이며 부분적으로는 분파적인 형식은 아주 일찍부터 내게는 의심스럽게 여겨졌고, 부분적으로는 전혀 견딜 수 없게 되었다. 여러 가지 글귀가 외워졌고 시가 노래로 불렸지만, 그것은 내 마음속에 깃들어 있던 시심詩心을 일찍부터 상처 입혔다.

어린 시절의 초기가 끝났을 무렵, 나는 거의 공공연하게 나의 아버지나 외조부 같은 사람들이 가톨릭교도처럼 고정된 신앙 고백과 교리를 지니지 않았고, 진정한 의식과 진정하고 실제적인 교회를 갖지 않았던 때문에 얼마나 고난을 겪고 괴로워하고 있었는가를 알았다.

이른바 '프로테스탄트'의 교회란 존재하지 않고, 오히려 다수의 작은 시골 교회로 분열되어 있었다는 것, 그러한 교회와 그 영주領主인 프로테스탄트의 왕후와의 역사는 그들에게 비방당하고 있는 교황의 교회 역사보다 조금도 고귀할 것이 없다는 것, 나아가서는 거의 모든 실지의 기독교 신앙과 신의 나라에 대한 실제의 헌신은 이 지루하고 조그마한 교회에서 이루어지는 것이 아니라, 오히려 더욱더 허술하고도 무상한 형식의 구석진, 그 대신 불타오르듯 열렬한 집회에서 이루어졌다는 것. 그런 것들은 모두 나에게 있어 이른 소년 시절부터 아무런 비밀도 아니었다. 하지만 양친의 집안에서는 지방 교회나 그들의 관습적인 형식에 대해서 오직 존경심을 가지고 언급하고 있었다. (그러한 존경심을 나는 완전히 진정한 것으로는 느끼지 않았고, 일찍부터 의심스럽게 생각하고 있었다.)

실제로 나는 기독교 신자였던 소년 시절을 통해서 교회로부터 아무런 종교적 체험도 경험하지 못했다. 집안에 깃들어 있는 개인적인 예배와 기도, 양친의 생활 태도와, 왕자와도 같은 가난, 불행한 것에 대한 선심, 기독교도 동료들에 대한 형제애, 이교도에 대한 배려, 기독교도로 사는 생활에 대한 열성적인 고결성 등은 분명히 성서를 읽음으로써 그 양식을 받고 있었으나 교회로부터 얻지는 못했다. 일요일마다 거행되는 예배, 견진성사를 받기 위한 성서 낭독, 어린이들을 위한 교리문답 등은 내게는 아무런 체험도 가져다주지 못했다.

이렇게 몹시 갑갑하고 옹졸한 기독교와 약간은 달콤한 시구詩句와, 그리고 대개는 너무나 지루한 목사의 설교 등에 비하면 인도의 종교와 문학세계는 훨씬 더 유혹적이었다. 그곳에서는 친근감 때문에 마음을 괴롭힘당하지는 않았고, 회색 칠을 한 무미건조한 설교단의 냄새나 경건주의의 성경 시간 냄새도 없었다. 나의 공상을 활동하게 하는 공간이 있었다. 인도의 세계에서 가져온 최초의 복음을 아무런 저항 없이 받아들일 수 있었으며, 그 복음은 평생 감화를 주었다.

후에 나의 개인적 종교는 여러 번 형태를 바꾸었으나 그것이 갑작스러운 개종改宗이란 의미로 이루어진 적은 한 번도 없었고, 항상 서서히 성장과 발전이라는 의미에서 이루어졌다. 내가 쓴 〈싯다르타〉가 인식이 아닌 사랑을 상위에 놓았다는 점, 교리를 거부하고, 통일성의 체험을 중심으로 하고 있다는 것을 어떤 사람은 기독교로의 회귀라고, 심지어는 프로테스탄트적인 경향이라고 느낄지도 모른다.

나는 또 인도의 정신세계보다 좀 뒤늦게 중국의 정신세계를 알게 되었다. 그리고 새로운 발전이 이루어졌다. 공자와 소크라테스를 형제로 생각하게 한 고대 중국의 도덕적 개념과 신비적인 탄력을 지닌 노자의 은밀한 영지英知는 나의 마음을 강렬하게 끌어당겼다.

또 고도의 정신을 지닌 몇몇 가톨릭 신자들, 특히 친구 후고 발(헤세의 친구이며 최초의 헤세 전기를 집필한 사람)과의 사귐에 의해서 기독교 감화의 물결이 거듭해 왔다. 발의 준엄한 종교개혁에 대한 비판을 나는 시인할 수 있었으나 가톨릭 신자는 될 수 없었다. 당시 내게는 가톨릭 신도들의 책략과 정책을 얼마쯤 알 수 있게 되었다. 후고 발처럼 순수하고 뛰어난 인물도 그때그때의 상황에 따라서, 그 교회와 정신적·정치적 대표자들에 의해서 얼마나 선전적으로 이용되거나, 버림당하거나, 부정당하거나 했는가를 나는 보았다.

분명히 가톨릭교회도 종교를 위한 이상적인 영역은 못되었다. 그곳에도 분명히 야심과 잘난체하는 것, 싸움질과 조잡한 권력의지가 작용하고 있었다. 또한, 그곳에서도 분명히 기독교적 생활은 개인적인 마음 깊숙이 틀어박히기 일쑤였다.

이리하여 나의 종교적 생활에 있어서 기독교는 유일한 것은 아니지만 확실히 지배적인 역할을 하고 있다. 그러나 그것은 교회적인 기독교라기보다는 신비적인 기독교이다. 그리고 그것은 단일성의 사상을 유일한 교리로 하는 인도적·아시아적 색채가 짙은 신심信心과 양립되어 있어 갈등이 없지는 않지만 싸움은 하지 않고 살고 있다.

나는 종교가 없이 산 적은 없다. 종교 없이는 하루도 살아갈 수는 없을 것 같다. 그러나 이제까지 교회 없이 살아왔다. 종파별로, 또 정치적으로 나뉘어 있는 분리 교회란 내게는 언제나, 그리고 세계대전 중에는 특히 국가주의의 캐리커처(풍자화)처럼 생각되었다. 신교新教의 여러 종파가 초종교적 통일을 실현할 수 없다는 것은, 나로서는 독일 사람들이 통일을 실현할 능력이 없다는 것을 보여주는 탄핵적 상징으로 생각되었다.

그전에는 그런 생각을 할 때면 나는 얼마쯤의 존경심과 질투심을 가지고 로마 가톨릭 교회를 바라보곤 했었다. 고정된 형식과 전통과 그러한 정신의 출현을 바라는 신교도로서의 나의 동경은 오늘날에도 서양의 이 위대한 문화적 산물에 대한 존경을 유지해 주고 있다. 그러나 이 찬탄할 만한 가톨릭교회도 거리를 두고 바라볼 때만 존경할 만한 것일 뿐 가까이 다가가면 이내 모든 인간의 형성물이 그렇듯이 가톨릭교회도 유혈流血과 폭력, 정치와 비열卑劣의 냄새가 풍긴다.

어쨌든 간에 나는 자주 가톨릭 신자들을 부럽게 생각한
다. 그들이 흔히 매우 비좁은 방 안에서가 아니라 제단 앞
에서 기도를 올릴 수 있고, 또한 그들의 고해告解를 언제나
고독한 자기비판의 빈정거림 앞에 노출하는 대신에, 고해
석의 구멍 속에다 말할 수 있다는 점에서 그렇다.

나의
행복론

    신이 생각한 인간, 여러 국민의 문학이나 지혜를 몇천 년에 걸쳐서 이해해온 인간은 사물이 소용에 닿지 않을 때도 아름다움을 이해하는 기관을 가지고 그것을 즐기는 능력을 부여받고 만들어져 있다.

    미에 대한 인간의 기쁨에는 언제나 정신과 감각이 똑같은 비율로 관여하고 있다. 인간이 생활의 고난이나 위험 속에서도 그런 것을 즐길 수 있는 한, 즉 자연이나 회화繪畵 속 색채의 장난이나 폭풍이나, 바닷소리 속의 외침이나, 인간이 만든 음악 등을 즐길 수 있는 한, 또한 이해나 곤란 등의 표면 속에서 세계를 전체로서 보든가 느낄 수 있는 한, 다시 말해서 장난치는 새끼고양이의 머리가 그리는 곡선으로부터 연주곡의 변주 연주에 이르기까지, 개의 감동적인 눈매로부터 시인의 비극에 이르기까지 상호 연관이 있으며, 무수히 풍부한 연관과 상응, 유사, 반영反映이 존재하고 있으며, 끊임없이 흘러나오는 그 언어에서 듣는 이에게 기쁨과 지혜, 농담과 감동이 주어지고, 또 그러한 전체로서 세계를 보거나 느낄 수 있는 한 그런 것이 가능한 한 인간은 자기라는 것에 관련되는 의문을 되풀이하여 처리하고, 자기의 존재에 거듭해서 의미를 인정할 수 있을 것이다.

'의미'야말로 다양한 것의 통일이기 때문이다. 또 그렇지 않다고 하더라도 세계의 혼란을 통일과 조화로서 어렴풋이 느끼는 정신의 힘이기 때문이다.

진정한 인간, 건전하며 불구가 아닌 인간에게 있어 세계와 신은 끊임없이 다음과 같은 갖가지 기적에 의해서 실증된다. 즉 저녁때가 되면 기온이 싸늘해진다든가, 일과 시간이 끝나는 것 외에도 저녁 하늘에 노을이 지고, 또한 장밋빛으로부터 보랏빛으로 매혹적으로 서서히 바뀌는 현상이 있다는 것, 저녁 하늘처럼 무수히 변하는 인간의 얼굴이 미묘한 미소를 띨 때의 변화 같은 것이 있다는 것, 대사원大寺院의 내부나 창 따위가 있다는 것, 꽃판 속의 꽃술의 질서

같은 것, 조그만 판자로 만들어진 바이올린 같은 것, 음계 같은 것, 언어처럼 정말 이해하기 어렵고 미묘하며, 자연과 정신으로부터 생겨난 것, 이성적인 동시에 초이성적이며 천진한 것이 있다는 것, 세계의 아름다움, 신기함, 수수께 끼, 그리고 무릇 인간적인 모든 것이 벗어날 수 없는 취약 함과 질병과 위험 등을 물리치고 방지하지는 못하더라도 영원불변으로 보이는 것이 있다는 것. 그런 것이 이 세계를 그 하인이며, 제자인 우리에게 있어 지상의 가장 신비스럽 고 존경할 만한 현상의 하나로 만드는 것이다.

각 민족이, 또는 각 문화 협동체가 그 역사에 상응함과 동시에 또한 표명되어 있지 않은 목표에 소용될 수 있는 언 어를 만들었다는 것만이 아니다. 또한, 민족이 다른 민족의 언어를 배우고, 찬탄하고, 또 냉소하기도 하지만, 끝내 완 전히 이해하지는 못한다 하는 것만이 아니다. 아니, 각 개 인에게 있어서도 아직 언어가 없는 원시사회나 궁극까지 기계화되어 그 때문에 또다시 언어가 없어진 현실에 살고 있지 않은 한 언어는 인격적인 재산이다.

언어에 대한 감수성을 지닌 사람, 지리멸렬이 되어 있지 않은 건전한 인간에게 있어서는 예외 없이 단어나 철자법, 자모子母나 형태, 문장 구성의 가능성 등은 각기 특수한 그 사람 고유의 가치와 의미를 지니고 있다.

모든 진정한 언어는 그것을 이해하게끔 그것을 지니고 태어난 모든 사람에 의해서 완전히 개인적으로, 일회적으로 느껴지고 체험할 수 있다. 그 당사자가 그것을 전혀 자각하지 못할 때도 어떤 악기, 또는 어떤 성역을 특히 좋아하거나, 특히 의심하거나 꺼리는 음악가가 있었듯이 대개의 사람은 그가 언어 감각을 지닌 한 어떤 종류의 말이나 음이나, 모음이나 자모의 순서에 대해 독특한 기호를 갖고 있으며 다른 것을 피한다.

　누군가가 어떤 특정 시인을 특별히 사랑한다든가 거부한다든가 하는 경우, 그것은 그 시인의 언어 취미나 청각이 독자의 그것과 비슷하다든가 다르다든가 하는 것도 관계를 맺고 있다. 이를테면 나는 수십 년간 애송해 왔고, 지금도 사랑하고 있는 많은 시구를 들어, 그 의미 때문이나, 지혜나 경험이나 선의나 위대성 등의 내용 때문이 아니라, 다만 그 특정한 운 때문에 흔히 있는 형에서 리듬이 독특하게 달라져 있으므로, 또 그 모음이 독특하게 선정되어 있어서 사랑하고 있다는 것을 보여줄 수 있을 것이다.

　그러한 모음의 선정에서도 시인은 독자들이 무의식적으로 하는 것과 마찬가지로 무의식 속에서 했는지도 모른다.

　괴테라든가 브렌타노, 또는 레싱이나 E.T.A. 호프만이 쓴 산문의 구조나 리듬에서 각자의 특성이나 심신의 소질에 대하여 그 문장이 표현하고 있는 내용에서보다도 흔히 더 많은 것을 추론할 수가 있다. 어떤 작가에게나 흔히 나타날 수 있는 문장도 있으며, 또 유일한 잘 알려진 언어의 음악가에게만 가능한 문장도 있다.

우리에게 있어서 언어는 화가에게 있어 팔레트 위의 그림물감이 의미하는 것과 같다. 말은 수없이 많다. 그리고 부단히 새로운 말들이 생겨난다. 그러나 좋고 진실한 말은 그리 많지 않다. 나는 70년 동안에 새로운 말이 생겨나는 것을 체험하지 못했다. 그림물감도 그 색의 짙음과 옅음의 혼합은 헤아릴 수 없다 하더라도 임의로 많이 있는 것은 아니다.

말 중에는 말하는 사람 모두에게 있어 좋아하는 말, 익숙해지지 않는 말, 단골 말, 기피하는 말들이 있다. 천 번을 사용해도 해를 끼치지 않는 일상어가 있는가 하면, 아무리 사랑하고 있더라도 신중히 소중히 하여 장중한 것에 걸맞도록 이따금 특히 선택해서 입에 올리거나 글로 쓰거나 하는 유달리 장중한 말도 있다.

나에게 있어 행복 Glück이란 말은 그런 것 중의 하나이다.

그것은 내가 사랑해 왔고, 즐겨 들어 온 말 중의 하나이다. 그 의미에 대해서는 얼마든지 논의를 하고 이론을 전개할 수 있었겠지만, 어쨌거나 이 말은 아름다운 것, 좋은 것, 바람직한 것을 의미하고 있다. 이 말의 울림조차도 그에 알맞다고 나는 생각하고 있다.

　이 말은 짤막하면서도 놀랄 만치 무겁고, 충실한 것, 황금을 상기하게 하는 그 무엇을 지니고 있다고 나는 생각한다. 충실하며, 무게가 듬직할 뿐 아니라 이 말에는 그야말로 광채도 갖추어져 있었다. 구름 속의 번개처럼 짧은 어휘 속에 광채가 깃들어 있었다. 이 짧은 철자는 녹아들 듯이, 미소 짓듯이 GL로 시작되어 Ü에서 웃으면서 잠깐 쉬었다가 CK에서 단호하게 간결히 끝맺는다. 웃지 않을 수 없는, 그리고 울지 않을 수 없는 말, 근원적인 매력과 감성으로 가득 찬 말이었다.

　이것을 정확하게 느끼려면 이 황금 같은 말 옆에다 얄팍하고 피로한 니켈 또는 구리 같은 말을, 이를테면 소유라든가 이용이라든가 하는 말을 함께 놓아보면 모든 것은 분명해진다. 의심할 여지도 없이 그것은 사전이나 교실에서 나온 말은 아니었다. 생각해 내어지고, 반전되고, 합성된 말이 아니라 하나로 다듬어져 있으며 완전한 것이었다.

　그것은 태양의 빛이나 꽃의 눈길처럼 하늘과 대지에서 온 것이었다. 이런 말이 존재한다는 것은 얼마나 좋으며, 행복하며, 위안이 되는 일이었던가! 이런 말을 갖지 못하고 살아간다든가 생각한다든가 하는 것은 그야말로 위축되고 거칠어질 것이다. 그것은 마치 빵과 포도주가 없는,

또 웃음이나 음악이 없는 생활과 같은 것이다.

이런 면에 대해서, 즉 자연의 감각적인 면에 대해서는 행복이라는 말에 대한 나의 관계는 조금도 발전하거나 변화하지 않았다. 이 말은 그전과 똑같이 지금도 짤막하고 무겁게 황금빛으로 반짝이고 있다. 나는 소년 시절에 이 말을 사랑했듯이 지금도 사랑하고 있다. 이 마술적인 상징은 무엇을 의미하고 있는지, 이 짤막하고 무거운 말은 무엇을 말하고 있는지 하는 것에 대한 나의 의견이나 생각은 갖가지 발전을 체험하고 훨씬 훗날에 와서 비로소 명백하고 일정한 결론에 도달했다.

생애의 절반을 훨씬 지날 때까지, 사람들의 입에 오를 때 행복은 확실히 무엇인가 적극적이고 절대적인 가치를 지닌 것을 의미하고 있으나 근본적으로는 평범한 것을 뜻하고 있다는 것을 나는 검토도 하지 않고 순진하게 받아들이고 있었다. 좋은 출신, 좋은 교육, 좋은 경력, 좋은 결혼생활, 가문과 가정의 번영, 세상 사람들로부터 받는 신망, 가득 차 있는 지갑, 가득 차 있는 장롱, 그런 여러 가지 것들이 '행복'이라는 말을 할 때 생각됐다. 나도 사람들과 똑같이 생각했다.

현명한 사람과 그렇지 않은 사람이 있었던 것처럼 행복한 사람과 그렇지 않은 사람이 있는 것으로 여겨졌다. 세계

나의 행복론

사에서도 행복이라는 말을 했다. 행복한 민족과 행복한 시대를 알고 있다고 생각했다. 그도 그렇거니와 우리 자신도 유달리 '행복한' 시대 속에 살고 있었다. 우리는 오랜 평화와 광범한 거주권과 굉장한 쾌적함과 안락한 행복 속에 마치 그다지 뜨겁지 않은 욕탕 속에 잠겨 있듯이 몸을 잠그고 있었다.

그러나 우리는 그것을 깨닫지 못했다. 이런 행복은 너무나 잘 알고 있었다. 외견상 극히 즐겁고 유쾌하고 평화로운 시대에 살고 있던 우리 젊은이들은 얼마쯤 자각을 갖게 되면 지나치게 회의적인 기분이 되고, 죽음이나 퇴폐나 정신의 천박함을 장난삼아 희롱했다. 그리고 15세기의 피렌체나 페리클레스 통치하의 아테네나 그 밖의 옛 시대는 행복한 시대라고 말했다. 물론 그러한 황금시대에 대한 열중은 차츰 사라져갔다.

우리는 역사책을 읽고, 쇼펜하우어를 읽고 하여 최고급의 표현이나 미사여구에 대해 불신하게 되었다. 그리고 정신적으로 완화되고 상대화된 풍토에서 살아가는 것을 배웠다. 그래도 역시 구애받음이 없이 '행복'이라는 말에 부딪히게 되면 그것이 옛날 그대로의 충실 된 황금의 울림을 내며, 최고의 가치 있는 것을 상기시킴에는 변함이 없었다. 단순한 어린이 같은 사람은 인생의 잘 알려진 재화財貨를 행복이라고 부르고 있는지도 모른다고 우리는 때때로 생각했다.

그와 반대로 우리는 이 말을 들으면 오히려 영혼의 지혜나, 초월이나, 인내나, 확신 같은 것을 생각했다. 그런 것들은 우리를 기쁘게 하는 아름다운 것들이긴 했지만 '행복'처럼 근본적으로 충실하고 뜻깊은 명칭에 적합한 것은 아니었다.

그러는 동안에 나의 개인적인 생활은 훨씬 더 진행되어 이른바 행복한 생활이 아닐 뿐만 아니라 흔히 말하는 행복을 추구하는 노력도 거기에 끼어들 여지나 의미가 없게 된 것을 깨닫게 되었다. 격정적일 때에는 나는 아마도 이러한 태도를 "운명을 사랑하는 마음"Amor Fati이라고 불렀을 것이다. 그러나 결국 나는 짧은 시간밖에 계속되지 않았다. 열이 지나치게 높아졌던 성장 시절을 제외하고는 그다지 격정에 기울어지는 일이 없었다. 비격정적인 쇼펜하우어의 욕망이 없는 사랑도 이미 나의 무조건의 이상일 수는 없었다. 그렇게 된 것은 중국 현인들의 생활기록이라든가 장자의 비유를 낳은 기반이 되었던 지혜, 조용하고 눈에 잘 띄지 않고 은둔적이며, 언제나 약간 조소적인 성질을 띤 지혜에 친숙하고 나서부터였다.

이제 더 수다스러운 말은 그만두자. 나는 비교적 분명한 것만 말할 작정이다. 우선 지엽적인 것에 그치지 않기 위해 행복이라는 말 속에는 오늘날의 나에게 있어 어떤 내용과 의미가 내포되어 있는가, 그것을 말을 바꾸어 평이하게 표현해 보도록 하자.

나는 현재 '행복'이라는 말에서 그 어떤 극히 객관적인 것을 이해한다. 즉 전체 그 자체, 시간을 초월한 존재, 세계의 영원한 음악, 다른 사람들이 천체의 조화 또는 신의 미소라고 부르는 것과 같은 것을 이해한다. 이 정수, 이 무한한 음악, 충만하게 울리며 황금빛으로 빛나는 영원은 순수하고 완전한 현재로서, 시간도, 역사도, 그 이전도, 그 이후도 알지 못한다. 인간이나 세대나 민족이나 국가는 생겨나서 번영했다가, 다시 그림자와 무無 속으로 사라져가지만, 세계라는 얼굴은 영원히 빛나며 웃는다. 인생은 영원히 음악을 연주하고, 영원히 원무圓舞를 춤춘다. 우리 무상한 존재, 위험에 노출된 존재, 취약한 존재에도 역시 주어져 있을지도 모를 기쁨이나 위안이나 웃음은 바로 그곳에서 오는 광채이며, 빛으로 충만한 눈이며, 음악에 넘치는 귀이다.

그 언젠가 전설적인 '행복한' 사람들이 실제로 있었다 한들, 부러움으로써 찬양받은 행운아나, 태양의 아들이나, 세계를 지배한 사람들도 어쩌다가 때때로, 화려하고 은혜받은 시간, 또는 순간에 위대한 광명에 휩싸였다 한들, 그들은 다른 행복은 체험하지 못했고, 다른 기쁨은 누리지 못했다.

완전한 '현재' 속에서 호흡하는 것, 천구天球의 합창 속에서 함께 노래하는 것, 세계의 원무 속에서 함께 춤추는 것, 신의 영원한 웃음 속에서 함께 웃는 것, 이것이야말로 '행복'에 참여하는 것이다. 많은 사람은 그것을 단 한 번 또는 몇 번만 체험했다. 그러나 그것을 체험한 사람은 한순간 동안의 행복뿐만 아니라 초시간적인 기쁨의 광채나 울림의 그 어떤 것도 얻어왔을 것이다. 우리들의 세계에 사랑하는 것들이 가져온 사랑이라든가, 예술가가 만들어 낸 위안이나 명랑한 모든 것들, 그리고 이따금 몇 세기 후에도 그 최초의 날과 똑같이 밝게 빛나고 있는 모든 것들은 바로 거기에서 오는 것이다.

나의 경우 '행복'이라는 말은 평생에 이처럼 포괄적이며 우주와 같은 크기의 신성한 의미에 이르게 되었다. 나의 독자 중의 학생들에 대해서는 내가 여기서 언어학을 강의하고 있는 게 아니라, 영혼의 역사의 한 조각을 말하고 있다는 것을, 또한 그들도 말하거나 쓰거나 하면 행복이라는 말에 이처럼 큰 의미를 부여하라고 촉구할 생각은 나에게 전혀 없다는 것을 명확히 말할 필요가 있을 것 같다.

그러나 내게는 이 다정하고 짤막한 황금빛으로 빛나는 말을 에워싸고 내가 어린 시절부터 그 음향을 듣고 느꼈던 모든 것들이 집약된 것이다. 그 느낌은 어린 시절에는 확실히 좀 더 강렬했었다. 감각적인 성질이나 이 말의 호응에 대한 모든 감각의 대답은 더욱 격렬하고 높았었다. 그러나 이 말 자체가 그처럼 깊고 근원적이며 세계를 포함하고 있지 않았더라면 "영원한 현재"라든가, "황금의 흔적"(〈나르치스와 골트문트〉의)이라든가, "불멸의 것의 웃음"(〈황야의 이리〉의)이라든가 하는 나의 상념은 이 말을 둘러싸고 결정되지는 못했을 것이다.

나이 든 사람들이 언제, 얼마나 자주, 얼마나 강하게 행복을 느꼈는가를 회상하려 할 때 으레 어린 시절에서 그것을 찾는다. 당연한 일이다. 왜냐하면, 행복을 체험하기 위해서는 무엇보다도 시간에 지배당하지 않는 것과 동시에 공포나 희망에 지배당하지 않는 것이 필요하기 때문이다. 그리고 대개의 사람은 나이가 듦에 따라 그런 능력을 상실하기 때문이다.

나도 '영원한 현재의 광채', '신의 미소를 받았던' 순간을 회상하려 하면 으레 어린 시절로 되돌아간다. 그리고 거기에서 그런 종류의 가장 귀중한 수확을 가장 많이 발견한다. 확실히 청년 시절의 기쁨의 시간은 그 이상으로 눈부시고 다채로우며, 화려하게 장식되고, 아름다운 색채로 비쳐 있었다. 그곳에는 어린 시절의 기쁨의 시간 이상으로 정신이 관여하고 있었다. 그러나 좀 더 세밀히, 좀 더 잘 살펴보면 그것은 진정한 행복이라기보다는 일종의 위안이며 재미였다. 재미있고 기지에 넘쳐 있으며 재기가 발랄했었다. 여러 가지 좋은 위안거리가 많았던, 더없이 다정한 청년 시절의 친구들에게 둘러싸였던 어떤 시간을 나는 회상한다.

그때 이야기 도중에 한 순진한 친구가 "호머의 큰 웃음소리란 도대체 어떤 것일까?" 하고 물었다. 나는 정확하게 육각운六脚韻에 따라 억양을 붙인 리드미컬한 큰 웃음소리로써 그에게 대답을 대신했다. 모두가 큰 소리로 웃고 술잔을 맞부딪치며 건배를 했다. 그러나 이런 유의 순간은 훗날 음미해보면 시시한 짓이었다. 그런 것은 모두 아름답고, 재미있고, 달콤한 것 같지만 행복은 아니었다.

이러한 검토를 충분히 오랫동안 계속해 보면 행복이란 것은 아무래도 어린 시절에만 체험되었던 것 같다. 그러면서도 행복을 체험했던 시간, 그 순간을 다시 찾아내기란 매우 어려운 일이었다. 그런 상황에도, 어린 시절의 범위에서도 나중에 음미해보면 그 광채는 딱히 진짜가 아니었고, 황금이 반드시 순금이 아니었다는 것을 알게 됐기 때문이다.

극히 엄밀히 말하자면 아주 적은 체험밖에 남아 있지 않았다. 그것도 묘사해 낼 수 있는 정경, 이야기로 할 수 있는 일들은 아니었다. 그런 체험은 추구하면 슬쩍 빠져나가는

것이었다. 그런 회상이 나타나면 우선 그것은 몇 주일간이
나 며칠간 또는 적어도 하루 동안의 일인 것 같이 생각되었
다. 예컨대 크리스마스라든가, 생일날이라든가, 휴가 첫날
이라든가 하는 경우이다. 그러나 어린 시절의 하루 일을 기
억 속에 재현하려면 무수한 정경이 필요하다. 그러나 단 하
루를 위해서도, 또는 반나절을 위해서도 기억력은 충분한
양의 정경을 수집하지는 못할 것이다.

　며칠, 몇 시간, 또는 단 몇 분간의 체험이었건 간에 나는
행복한 시간을 여러 번 체험했다. 훗날 나이가 들고 나서도
몇 순간 행복에 접근한 적이 있었다. 그러나 인생의 초기에
만났던 갖가지 행복을 회상하고 음미해 볼 때마다 그중 한
가지가 특히 뚜렷하게 남는 것이었다.

　그것은 나의 학생 시절의 일이었다. 그 행복을 만났을 때
의 특유한 점, 순수함, 근본적인 점, 신화적인 점, 조용히
웃으면서 우주와 일체가 되었던 상태, 시간이나 희망이나
공포로부터 완전히 자유로웠던 상태, '완전히 현재'였던 상
태, 그것은 그리 오래 계속되지 않았다. 아마 몇 분간밖에
계속되지 않았던 것 같다.

　아마 열 몇 살쯤의 원기 왕성한 소년이었을 무렵의 어느
날 아침, 나는 여느 때와는 전혀 다른 은혜를 받고, 유쾌하
고, 즐거운 기분으로 눈을 떴다. 행복감이 나를 내부의 태

양처럼 환히 비추었다. 방금 깊은 잠에서 깨어난 이 순간에 그 어떤 새롭고 훌륭한 것이 생겨나기라도 한 것처럼. 또 나의 조그마하면서도 큼직한 소년의 세계 전체가 마치 새롭고 더욱 높은 상태, 새로운 광채와 풍경으로 들어가기라도 한 것처럼. 그리고 아름다운 생활 전체가 이날 아침에 비로소 그 가치와 의미를 남김없이 획득하기라도 한 것처럼. 나는 어제의 일도 내일의 일도 잊어버리고 있었다. 행복한 오늘에 둘러싸여 온화하게 씻겨지고 있는 느낌이었다. 그 행복감은 감각과 영혼에 의해서 호기심이나 변명도 없이 쾌적한 느낌을 주었다. 그것은 나의 온몸에 스며들어 훌륭한 쾌감을 느끼게 했다.

아침이었다. 높직한 창문을 통해 이웃집 기다란 지붕 너머로 하늘이 푸르게 개어 있는 것이 보였다. 하늘도 행복에 충만하여 그 어떤 특별한 일을 구상하고 있는 듯이, 그 때문에 고운 옷을 입고 있는 듯이 보였다. 나의 침대에서는 넓은 세계도 그 이상은 보이지 않았다. 그 아름다운 하늘과 이웃집의 기다란 지붕밖에 보이지 않았다.

그러나 그 지붕도, 짙은 적갈색 기왓장의 항상 보아 오던 살풍경한 지붕도 마치 웃음 짓고 있는 것처럼 보였다. 그 급경사 진 지붕 사면斜面에 여러 가지 색채가 아련히 감돌고 있었다. 그중 단 한 장의 푸른빛 유리로 된 기와가 붉은 진흙 기와들 사이에서 또렷하게 보였고, 조용하고 찬란한 이른 아침의 하늘 일부를 반영하려고 기꺼이 애쓰고 있는 것처럼 보였다. 하늘이며 지붕 마루의 약간 우툴두툴한 각, 가지런히 늘어선 갈색 기왓장, 공기처럼 엷은 단 한 장의 푸른색 유리기와 등이 아름답고 즐겁게 화합하고 있는 것처럼 보였다.

그 특별한 아침 시간에 그런 것들은 명확히 서로 웃으면서 서로 선의를 지니려고 하는 것처럼 보였다. 하늘의 푸른색, 기왓장의 다갈색, 유리의 연청색은 한마음에 한 몸이 되어 함께 희롱하고 있었다. 모두 즐거워 보였다. 그런 것들을 바라보는 것, 그런 놀이에 입회하는 것, 그런 것들과 똑같이 아침의 광휘와 쾌감에 잠기는 듯한 느낌이 드는 것은 멋지고 기분 좋은 일이었다.

그처럼 나는 숙면熟眠의 평안한 여운과 함께 시작되는 아침을 즐기면서 누워 있었다. 그것은 하나의 아름다운 영원이었다. 나의 평생에 이 시간 외에도 그와 같거나 아니면 비슷한 행복을 느꼈던 적이 또 있었을까, 하는 생각이 든다. 어쨌거나 행복이 이때보다 더 깊고 더 현실적이었던 적은 없었다.

세계는 하나의 질서 속에 있었다. 그 행복이 백 초 동안 계속됐었는지 10분 동안 계속됐었는지, 어쨌거나 그것은 시간을 초월해 있었으므로 다른 모든 진정한 행복과 완전히 비슷했다. 마치 하늘하늘 나는 호랑나비가 다른 것들과 꼭 닮은 것처럼 그것은 잠깐의 일이었다. 시간에 씻겨져 갔다.

그러나 그것은 60년 이상이나 지나간 오늘에도 여전히 나를 되부르고, 끌어당기고, 내가 피로한 눈과 아픈 손가락으로 그것을 향해 부르고, 미소 짓고, 그것을 묘사하지 않을 수 없으리만치 깊고 영원한 것이었다. 그 행복은 나의 신변의 하찮은 사물과 나 자신의 존재와의 조화, 그 어떤 변화나 상승도 바라지 않는, 욕심 없는 쾌감으로 이루어져 있었다.

집 안은 아직도 조용했다. 바깥에서도 아무 소리가 들려오지 않았다. 이 고요가 없었더라면 아마도 빨리 일어나서 학교에 가야 한다는 일상의 의무에 대한 경고가 나의 쾌감을 흩트려 놓았을 것이다. 그러나 그것은 틀림없이 낮도 아니고 밤도 아니었다. 달콤한 햇빛과 웃음 짓는 하늘빛이 존재하고 있었지만, 현관의 돌을 깐 바닥 위를 하녀가 부산하게 달리고 있지도 않았고, 문이 여닫히는 소리도 나지 않았고, 빵집 소년이 계단을 걸어 다니고 있지도 않았다.

이 아침 한때는 시간을 초월하고 있었으며, 아무것도 부르고 있지도 않았고, 다가올 그 무엇을 표시하고 있지도 않았다. 그것은 그 자체로서 충족되어 있었다. 그것은 완전히 나를 그 안에 감싸버리고 있었으므로 나에게 있어서도 '날'이라는 것은 존재하지 않고, 자리에서 일어나는 일도, 학교도, 반쯤 하다 만 숙제도, 어슴푸레 외워둔 단어도, 상쾌하게 환기가 된 식당에서 서둘러 아침 식사를 할 일도 생각이 나지 않았다.

그런데 그러한 행복의 지속은 이때 아름다운 것의 증대, 기쁨의 증가와 과잉에 의해서 무너져버리고 말았다. 그렇게 누운 채 꼼짝도 안 하는 나의 내부에 밝고 조용한 아침의 세계가 들어와서 나를 감싸고 있는 동안에 멀리서 그 어떤 예사 것이 아닌 것, 휘황한 것, 극도로 밝은 것이 황금처럼 자랑스럽게 정적을 뚫고 들어왔다. 그것은 터질 듯한 기쁨과 마음을 들뜨고 깨우게 하는 감미로움에 넘쳐 있었다.

그것은 나팔 소리였다. 그제야 비로소 완전히 깨어나서 침대 속에서 몸을 일으키고 담요를 걷어 젖히는 동안에 그 나팔 소리는 다시 이중음二重音이 되고 삼중음이 되었다. 우렁차게 연주하면서 골목길을 행진해가는 거리의 악대였다. 그 음향은 화려함으로 가득 차고, 아주 진기하고 가슴을 두근거리게 하는 것이었으므로 내 몸속의 어린 마음은 웃음과 함께 흐느껴 울고 말았다. 그 축복받은 한동안의 행복과 매력도 모두 이 자극적인 날카롭고 달콤한 음향 속으로 흘러들어 깨어나고, 순간적인 시간 속으로 되돌려져서 넘쳐나는 것 같았다.

그 순간 나는 축제의 기쁨으로 몸을 떨면서 침대에서 내려와 문을 열고 옆방으로 뛰어들어 갔다. 그 방 창문으로는 크고 넓은 길이 보였기 때문이다. 기쁨과 호기심과 구경을 하고 싶은 도취 속에서 열린 창문에 기대어 차츰 다가오는 음악의 커지는 자랑스러운 울림을 나는 가슴 두근대며 들으면서, 이웃집들이며 크고 넓은 길이 깨어나 활기를 띠고, 사람들의 얼굴과 모습과 목소리들로 가득 차는 것을 보고 듣고 있었다. 그 순간 나는 또 잠과 낮 사이의 기분 좋은 상태 속에서 완전히 잊고 있었던 것을 모두 깨달았다. 오늘은 정말 학교도 쉬는 대축제 날이라는 것, 아마도 국왕 탄신일이었던 것 같은데 시가행진이며 깃발이며 음악이며 등등 평소에는 없었던 즐거운 일들이 여러 가지 있으리라는 것을.

그것을 깨닫자 나는 평소의 상태로 되돌아갔다. 그리고 일상을 지배하는 법칙 속에 놓였다. 금속성의 울림에 깨어났던 그 날은 보통 날이 아니라 축젯날이긴 했지만, 그 불가사의한 아침의 독특한 아름다움과 신성함은 이미 사라져 버리고 말았다. 그리고 자잘하고 부드러운 기적奇蹟의 배후에서 시간이며, 세계며, 일상생활이며 물결이 또다시 맞부딪치고 있었다.

옮긴이 **송동윤**

영화감독이자 소설가. 1980년 5월 광주에서 죽을 고비를 넘기고 후유증을 겪다가 유학을 떠나 독일 보홈대학교에서 연극영화TV학 박사 학위를 취득하고, 한일장신대학교 연극영화학 교수를 지냈다. 〈서울이 보이냐〉〈바다 위의 피아노〉〈블랙 아이돌스〉와 최근 〈마장호수〉의 각본과 연출을 맡았으며 〈HID 북파 공작원〉의 시나리오 작업을 했다.

영화 관련 저서로 『송동윤의 영화 이야기』 『영화로 치유하기』, 일반 저서로는 『흔들리면서 그래도 사랑한다』 『블랙 아이돌스』 『5월 18일생』 『영웅의 부활』 등이 있으며, 최근에는 8부작 드라마의 기획과 각색을 하며 열정적인 활동을 하고 있다.

헤르만 헤세 인생론

초판 인쇄	2024년 6월 14일
초판 발행	2024년 6월 20일

지은이	헤르만 헤세
옮긴이	송동윤
펴낸이	김상철
발행처	스타북스
등록번호	제300-2006-00104호
주소	서울시 종로구 종로 19 르메이에르종로타운 B동 920호
전화	02) 735-1312
팩스	02) 735-5501
이메일	starbooks22@naver.com

ISBN 979-11-5795-743-9 03850